煙で描いた肖像画

ビル・S・バリンジャー

古い資料の中から出てきた新聞の切り抜き。それは，ダニー・エイプリルの記憶を刺激した。そこに写っていたのは，十年前に出会った思い出の少女だったのだ。彼女は今どうしているのだろう？　ちょっとした好奇心はいつしか憑かれたような思いに変わり，ダニーはわずかな手掛かりを追って彼女の足跡を辿り始める。この青年の物語と交互に語られていくのは，ある悪女の物語。二人の軌跡が交わったとき，どんな運命が待ち受けているのか？　『歯と爪』『赤毛の男の妻』などで知られる，〈サスペンスの魔術師〉の待望の名作がついに登場！　完訳決定版。

登場人物

ダニー・エイプリル……………………集金代行業の青年
クラッシー・アルマーニスキー……ダニーの思い出の美女
クラレンス・ムーン……………………集金代行業者

煙で描いた肖像画

ビル・S・バリンジャー
矢口　誠　訳

創元推理文庫

PORTRAIT IN SMOKE

by

Bill S. Ballinger

1950

目次

煙で描いた肖像画

類いまれなる女性、最愛のローラへ

第1章　ダニー

もし間違った相手にうっかり秘密をもらせば、おれは死ぬことになる。

とはいっても、いったい誰がおれの話など信じるだろう？

そもそも、なにもかもが意味をなさない。なにがどうなっているのかまるでわからない。おれはひたすら考えつづけ、何度となく自分に問いかけた。そのあげく、ついには悪夢まで見るようになってしまった。それでいて、いまだに意味がわからない。なぜあんなことが起こったのか理解できない。そこでおれは、これまでに起こったことをもう一度最初からひとつひとつ思い返してみる。すると、やがてすべてがぼんやりとかすんでしまう。それはいわば、バケツ一杯の煙を使って絵を描こうとするようなものだった。

最初のうち、クラッシーの肖像画は明確でくっきりしている。それがやがて、輪郭がすこしぶれ、ぼんやりしてくる。さらにしばらくすると、すべての線が溶けあい、輪郭が揺らぎ、狂ったように渦を巻きはじめ……気がついたときには、絵はすっかり消えている。おれは意識を集中し、線をつかんでもとの場所へ引き戻そうとする。しかし、線と見えたものはただの煙にすぎず、この手をすり抜けていってしまう。最後に残るのは、あたりを漂うかすかな青い煙ばかりだ。

おれの目にはすべてがそんなふうに見える。これはたぶん、頭のなかで勝手につくりあげた幻想なのだろう。ただし誤解しないでくれ。おれが幻想と言ってるのは煙のことだ。すべての発端となったあの日、シカゴはどんよりと曇り、工場から吐きだされる煤煙が湖の湿った空気とまじりあい、濡れた灰色の毛布のように街を覆っていた。やがて湿った空気は霧となり、煤煙とさらにまじりあい、その場に澱《よど》んで動かなくなった。誰もが口々に、「ほんと嫌な天気だな！」と言い合った。

ループ地区に林立する巨大な美しいビルの上層階を、煤煙と霧が覆っていた……しかし、煤煙も霧も、本物のシカゴには触れていない。本物のシカゴとは、二階建てや三階建ての薄汚いビルが見渡すかぎり雑然と並ぶ地区のことだ。煤煙もそこまでは漂ってこない。悪臭を放っている小さな商店のウインドーには、ボール紙でつくった手書きの看板が下がっている。〈自転車修理〉〈新品同様の男性衣料品——五〇パーセントオフ〉〈その場でお待ちいただければ、あっというまにクリーニング〉〈古い家具の交換なら当店で〉。そのほかに目につくのは、いくつものネオンサインだ。ネオンで客を呼び寄せようとしているのは、ビリヤード場だったり、生ビールを出す酒場だったり、〝この街最高の美女が勢ぞろい〟と謳《うた》うショーであったり、さらにはロビーが三階にあるエレベーターのないホテルであったりする。

ときたま煤煙は、ビルの二階部分から通りの上に突きでた非常階段のあたりまで降りてくる。錆びついた非常階段の最下段部分は地面から上に押しあげられており、ネオンサインに明かりがともると、補修された歩道におかしな形の影や模様を投げかける。煙は多くのものを覆ってしまう。しかし、すべてを覆いつくすわけではない。

とにかく、祖父のチャールズ・エイプリルが死んだという知らせをうけとったのは、ちょうどそんな日だった。爺さんはおれに二千五百ドルの金を遺していた。おれは通りのすこし先にある小さなバーへ行き、酒を二杯ほどひっかけながら爺さんのことを考え、悲しい気持ちになろうとしてみた。しかし、そいつはどだい無理な話だった。おれはいつだってあの男を心底憎んでいたからだ。爺さんは性根の腐ったろくでなしだった。

爺さんはおれにとってただひとりの身寄りだった。まだ幼かったころ、おれは爺さんといっしょに暮らしていた。エリー鉄道の機関助手だった爺さんは、ほとんどいつも酔っぱらっていて、受け持ち区間が終わって列車を降りるころにはかならず喧嘩をおっぱじめていた。家に帰ってきてもまだ怒り狂っていることもめずらしくなかった。たぶん、拳でなにかを叩き壊していると気分がよかったのだろう。おれにはわからない。とにかく、ある晩のこと、爺さんはへべれけに酔っぱらって家に帰り、脳みそが飛びでるくらい激しくおれの頭を殴りつけた。おれは家を出た。

それが十五歳のときのことだ。

おれはこのシカゴへやってきて、さまざまな場所で働き、最終的にインターナショナル集金代理店という借金取り立ての代行会社に落ちついた。たいした会社ではなかったが、おれは辞めずに働きつづけた。通常の業務は、借りた金を踏み倒したやつらに脅しの手紙を書き送り、夜逃げしたやつらを探し当て、ろくでなしどもに借金を返済させることだった。

給料は週にたったの四、五十ドルほどにしかならなかったから、エレベーターのない建物の三階に部屋を借りるのがせいぜいだった。部屋には安物のドレッサーと真鍮のベッドがあり、床には色褪せた古いリノリウムが張ってあった。片隅にはおんぼろのフロアランプと、たわんだ張りぐるみの椅子が一脚。べつの隅の壁には洗面台がすえつけてある。しかし、水の出る蛇口はひとつしかないうえに、それも使っていると途中で水が出なくなってしまう。廊下の奥にあるバスルームにいたっては、いつ行っても先客が十人もいる始末だった。

窓にかかった緑色のブラインドは薄汚く、羽根板のそこここが割れて穴になっていた。おれはよくベッドに横になっては、ブラインドの影がつくる絵を眺めていたものだ。いくつもの穴から射してくる太陽の光が部屋を舞う埃を浮かびあがらせ、壁や床にありとあらゆる形の影模様を投げかけている。左右の目を交互に閉じると、模様はまったくちがう形に見えた。べつに目を閉じなくても、頭をほんのちょっと動かすだけでもよかった。部屋は壁がとてつもなく薄いので、プライバシーを守りたければ、すわったままものを考えているしかなかった。しかし、ほかに選択の余地などなかったから、おれはそこに住みつづけ、インターナショナル集金代理店で働きつづけた。

そこへ舞いこんだのが爺さんの保険金の話だった。おれは生まれてはじめて、突破口を開くチャンスを手にした気がした。

労働組合が葬儀を出すことになり、おれはそれに列席するためにインディアナへ行った。家を出てからもうかれこれ十年以上たっていたから、悲しくもなければ寂しくもなかった。葬儀屋とおれ以外、葬儀には誰も顔を見せなかった。葬儀屋が列席したのは金を払ってもらったからで、おれが列席したのはほかに身寄りがひとりもいなかったからだ。

帰りの列車のなかで、おれは遺産の二千五百ドルでなにができるだろうと考えた。現金を手元においておけばすぐに使いこんでしまうのはよくわかっていた。

そこで、なにか会社の権利を買いとろうと考えた。

しかし、二千五百ドル程度の金で買える会社などたかがしれている。おれはシカゴに戻るとあちこち探しまわり、クラレンス・ムーンという老人が借金取り立ての代行会社を売りたがっているという話を聞きつけた。ハンバーガー・ショップやガソリンスタンドよりはいいように思えた。すくなくとも、業務内容に関してはこっちも素人ではないからだ。おれはその老人に会いに行った。

クラレンス・ムーンはもう七十歳にはなろうかという不潔なデブの大男だった。耳の前と後ろに白い髪がひと房のびている以外、あとは完全に禿げており、頭のてっぺんがひどく汚れているものだから、爪で掻いたあとが白い線になって残っている。オフィスは部屋がふたつしかない小さなもので、シヴィック・オペラ・ハウスにほど近い古びたロフト・ビルディングのなかにあった。

入口を入ってすぐの部屋には、ひびの入ったガラスが敷いてあるおんぼろの古いデスクと、背もたれつきの回転椅子、それに来客用の粗末な木製の椅子が一脚あるだけだった。デスクの横の小さなテーブルには、一九二九年製のアンダーウッドのタイプライターが載っている。奥の部屋には引き出しが三つついた緑色のファイル・キャビネットがずらりと並んでおり、その上や部屋の四隅には、新聞の古い切り抜きや雑誌、取引文書などが積み重ねてあった。おれが背もたれのまっすぐな木製の椅子に腰をおろすと、老人は品定めでもするようにこちらを眺めた。見たところ……というよりこの匂いからすると……どうやらこの爺さん、かなりの飲んだくれらしい。

「ダン・エイプリルという者だが」しばしの沈黙をやぶり、おれは切りだした。「あんたがこの会社を売るつもりだと聞いてきたんだ」

老人はヴェストをたたき、ボタンをとめようとした。ヴェストには三つしかボタンが残っておらず、その下では太鼓腹がたぷたぷと揺れていた。「はっきりそう決めたわけでもないんだがね」と老人は言った。「ま、条件さえよければ考えんでもない」

「ばかな、売れればそれだけでも儲けもんのはずだぞ。いったいいくらほしいんだ?」

「三千六百ドルだ」老人はちらっとおれを見てから目を伏せ、ふたたびヴェストのボタンをいじくりはじめた。

おれはよく考えた。借金取り立ての代行業ってやつはおかしな商売だ。金を取り立ててくるだけで依頼人から金を払ってもらえる。とはいっても、返済期限の過ぎた借用書をかかえた誰かに仕事を依頼されないかぎり、商売は成り立たない。反対に、一回どこかの会社に雇われて借金を取り立てに行き、うまく仕事をこなせば、おなじ会社から何年も仕事をまわしてもらえる。設備投資や商品の仕入れに金を使う必要もないし、卸業者や販路などといったいまいましいことに頭を悩ませる必要もない。定期的に仕事をまわしてくれる顧客をつかまえるだけでいい。

「この商売をはじめてどれくらいになる?」おれはムーンに訊いた。

「ここにオフィスをかまえてもう三十五年だよ」老人は得意げに答え、ふたたびヴェストをぎこちなくいじくりはじめた。指先にだいぶ震えがきているのが見てとれた。

「一杯やったほうがいいんじゃないのか」とおれは言った。

「仕事時間中には飲まんことにしているんでね」ムーンの口調はいかにも誇らしげだったが、しばらくするとそのプライドには小さな針穴があいてしまい、中身が汚水のように漏れていった。「しかし、ここんところ関節炎がひどくなってきてるもんだからな。ほんのちょっとやったほうがいいかもしれん」老人はデスクの引き出しに手をつっこみ、オールド・カルペッパーのボトルをひっぱりだすと、コルクをはずして床に落とし、一気にぐいぐい飲んだ。それから床に手を伸ばしてコルクを拾い、おれにボトルを差しだした。

「いや、けっこうだ」と答え、老人がボトルをしまうのを見届けてから訊いた。「定期的に仕事をくれる会社はいくつあるんだ?」

ムーンは何度か答えかけて、そのたびに口を閉ざした。嘘をつきたいのだが、もうそれだけの度胸が残っていないらしい。ようやくのことでムーンは答えた。「六社だ。いつも仕事をくれる会社は六つある。以前は三十六あったんだがね。しかし、わしがこの……病気を患ってからは、その六社の仕事をこなすのが精一杯になっちまってな」

それがどういうことであるかはわかっていた。ムーンは酒の飲みすぎが原因で三十の得意先を失ったのだ。しかし、六つの得意先がいまだにムーンを使っているのなら、たぶんおれのことも使ってくれるだろう。

「帳簿を見せてもらえないか?」とおれは訊いた。ムーンはデスクのまんなかの引き出しをあけ、ページの隅が折れた古い元帳を差しだした。ぎっしりと記載されているのは、返済額と回収日の日付だけだった。それぞれの月の最後には、一カ月の総計金額が記されている。おれは最後のページを開いて現在から遡っていき、ムーンが三千ドル稼ぐのにどれくらいかかったか調べた。後ろから前へぱらぱらとページをめくっていくと、六つの小さな会社からかなり定期的に仕事が入っているのがわかった。というより、それ以外には仕事などほとんど入っていなかった。

ただなんとなくすわったたまま、おれはさらにいくつか質問をした。ムーンの会社にたいした価値がないのはもうはっきりしていたし、そのことはムーン自身も知っていた。とうとうおれは立ちあがり、オフィスを出ていきかけた。「いいか」とおれは言った。「このつぶれかけた会社に、二千ドル払おうじゃないか」

ムーンは文句をたれはじめた。

「そんな話を聞く気はない。あす電話するから、返事はそのときまでに決めておいてくれ。話をうけるかうけないか、ふたつにひとつだ」おれがドアから出るより早く、ムーンは酒瓶の入った引き出しに手をつっこんだ。

そのときおれは確信した……ムーンはこの話をうけるにちがいないと。

その夜、おれはベッドに入って物思いにふけった。がむしゃらに働けば、あんな会社でもすこしくらいは儲けを生むだろう。あの老人とどっこいどっこいの働きしかしなくても、損にはならないはずだ。ようやく眠りについたが、一晩じゅう夢を見た。夢のなかでは、祖父のチャーリー・エイプリルとクラレンス・ムーンがごっちゃになっていた。朝起きてみると、チャーリー爺さんを憎む気持ちは消え、飲んだくれのムーンに憐れみを感じていた。

おれは朝食をとってからムーンのオフィスに電話をかけた。自分がお人好しの馬鹿なのはわかっていたが、あの老人のことを憐れに思う気持ちを抑えられなかった。「いいか、ムーン」とおれは言った。「あれからまたよく考えてみた。これが最終的な申し出だ。おれはまず現金で二千ドル払う……それにくわえて、一年以内にもう千ドルだ」

電話線の向こうから、老人が息をのむ声が聞こえてきた。「いいだろう、坊主」とムーンは言った。「クラレンス・ムーン集金代理店はおまえさんのもんだ」

第2章　その1／ダニー

おれはステイト通りとヴァン・ビューレン通りの角にあるインターナショナル集金代理店まで歩いていった。すでに出勤時間を一時間半も過ぎていた。

「なにやってんのよ、ダニー。大目玉をくうわよ！　クレンショーがずっとあなたを探してたんだから」と電話交換台の娘が声をかけてきた。おれはコートと帽子を脱ぎ、受付の応接室においた。

オフィスの自分の席につくと、ほかの五人の社員が忙しく働いているのを横目に、デスクの整理をはじめた。引き出しにはほとんどなにも入っていなかったが、完璧に片づけておきたかった。そこへ、おれの姿に気づいたオフィス・マネージャーのクレンショーが大急ぎでやってきた。

「いったいどこをほっつき歩いてたんだ、エイプリル？」クレンショーは叫んだ。

「ちょっとそのへんを」おれは答えた。

「ちょっとそのへんだと？」クレンショーは鼻でせせら笑った。「クビになりたくなかったら、もっとこのへんにいたほうが身のためだぞ！」彼はおれが笑うのを待った。おれは笑わなかった。

「あんたは面白いつもりなんだろうがな、クレンショー。こっちは虫唾《むしず》が走るだけだね」

クレンショーは拳銃で撃たれたかのように身体を硬直させ、顔を真っ赤にした。それからこんどはおれを怒鳴りつけようと、でかくて醜い口をあけた。

「黙れ！」とおれは言った。「この五年間ってもの、ずっと蹴飛ばしたくてたまらなかったんだ。そのばかでかい……脂身のまんなかをな。どうやら、ようやく実行に移すときがきたようだ」

オフィスはしんと静まり返った。クレンショーはあとずさって背後のデスクに尻をぶつけた。おれは私物をポケットにつっこみ、受付へ歩いていった。ドアのところで立ちどまり、後ろをふりかえった。誰もがその場に凍りついていた。おれは隣りの席だったバド・グラスゴーに手を振り、外へ出た。

クラレンス・ムーン集金代理店に行ってみると、すでに老人は消えていた。引き出しの酒瓶以外、なくなっているものはなにもなかった。デスクの上にはドアの鍵と、アンダーウッドでタイプした紙が載っていた。

親愛なるミスター・エイプリル
あす金をうけとりにくる。幸運を祈る。

敬具

クラレンス・ムーン

デスクの横の引き出しのひとつに、ここ三カ月ほどまえからの取引文書の束が入っていた。おれはタイプライターのまえにすわって返事をしたためはじめた。

その夜、おれは夕食のあとでオフィスに戻り、奥の部屋にある古い緑のファイル・キャビネットに目を通した。なかには何年もまえからの取引文書とデータ・カードがごっちゃにつまっていた。借金取り立ての代行会社は仕事を依頼されると、まずはデータ・カードを作成し、金を取り立てる相手に関してわかっているかぎりの情報を記入する。住所、配偶者の有無、年齢、勤務先、月収、知人のあいだでの評判、もしあれば借入限度額、借りた金の主な使用目的、などなどだ。もし返済がちょくちょく遅れている場合には、カードの情報は毎回の取り立てのたびに更新されていく。

データ・カードを見れば、取り立ての担当者はその人物から借金を回収するのがどれくらい困難かがわかる。同時に、情報をかき集めてまわる膨大な時間を節約することができた。

老いぼれのムーンは、会社をはじめてからのデータ・カードをすべて保存してあった。そのほとんどは古くて役にたたなくなっていたし、ここ数年のものは情報に乏しく、文字が震えていた。カードはなんの秩序もなくつっこまれていたが、おおまかに年度ごとにまとめられていいた。ファイル・キャビネットにすべて目を通し、データ・カードを選別したうえで不要なものを捨てるには、膨大な時間と労力が必要だった。一カ月間、おれは毎晩オフィスに戻って何時間もデータ・カードと格闘した。

ある晩、おれは十年前のファイルにとりかかった。二時間後、〈クラッシー・アルマーニスキー〉という名前の書かれたデータ・カードが出てきた。カードにはクリップで、若い娘の写真が入った新聞記事の黄ばんだ切り抜きがとめてあった。

写真の娘は個性的で誇らしげな笑みを口もとに浮かべ、じっとこちらを見つめていた。おれはその切り抜きをいったん脇においたものの、もう一度手にとり、じっくりと写真を眺めた。瞳の色は薄かったが——グレーかブルーのどちらかだろう——まつげは濃く、豊かなブロンドの髪を編んで頭に巻きつけている。彼女にはどこか、いわくいいがたい威厳があった。年はかなり若い。そして、間違いなくおれがこれまでに見たなかでいちばん美しい娘のひとりだった。

写真の下の記事にはこう書かれていた。

サウス・ヘムステッド4120-½在住のミス・クラッシー・アルマーニスキーはきょう、地元週刊新聞《ストックヤード・ウィークリー・ニュース》主催の美人コンテストに優勝した。三十人の参加者のなかから選ばれたミス・アルマーニスキーには、賞品として《ストックヤード・ウィークリー・ニュース》から現金百ドルが贈呈されたほか、鞄と革製品の専門店〈ブラウザーズ〉からは革製の旅行用スーツケースを、〈ソロモンズ・ドレスショップ〉からは新しいスーツを、〈エドナ・メイのお買い得マート〉からはすてきな帽子とコートを、〈グラマー・ビューティサロン〉からはパーマとマニキュアのサービスを、〈レッドトップ・タクシー〉からは五ドル分のタクシー・クーポン券ひと綴りを、〈ディープウェル・ビール〉からはビールを一ケース贈られた。

その写真のなにかが、おれの意識の奥に眠っている記憶をしきりに刺激しはじめた。なにか悲しくて……惨めな記憶だった気がする。おれには最初、それがなんだかわからなかった。だが、しばらくしてはっと思いだした。そう、あのときの記憶に間違いない！　あれはシカゴへきて最初にむかえた夏のことだ。大都会へ出てきたばかりだった当時のおれは、まだほんの子供で、まったくの無一文で、ひたすら孤独だった。しかし、おれはすぐに大人になった。この世界には女の子というものがいることをはじめて意識するようになり、そのうちの何人かと知り合いになれればいいのにと願うようになった。しかし、当時は女の子を紹介してくれるような友人はひとりもいなかったし、かといって自分でひっかけるには内気すぎた。

しかし、誰だって夢を抱くことはできる。

そう、あれはあの夏のことだ……全身が火ぶくれにでもなりそうなくらい暑いイリノイ州の夜。空気は澱《よど》んだまま動かず、かすかに風があるのは湖の沿岸だけだった。ビーチを埋めつくした家族連れや若者やカップルは、ただ砂の上にすわって待っていた。湖の向こうから冷たい風が吹いてくるのを。さもなければ、夜が終わるのを。なかには、たんに眠りが訪れるのを待っている者もいた。中年女の多くはドレスを脱いでスリップ一枚になり、黙って静かに待っていた。エレベーターのないアパートのオーブン並みに暑い部屋へ帰ることを考え、あすやらなければならない洗濯や家事のことを思い浮かべながら。上半身裸になった亭主連中は、たぶん工場や作業台のことでも考えていたのだろう。おれにはわからない。

とにかく、狭苦しい部屋に住むおれも、その夜はまるで眠れなかった。そこでノース通りのビーチまで出かけていき、ねじ曲がった腕のように突きだしているコンクリートの防波堤ぞいを歩いた。それから防波堤の上に腰をおろし、側面に足をたらしてぶらぶらさせながら、暑さと不快感と孤独にひとり耐えた。湖に目をやると、ときどき遠くに遊覧蒸気船の光が見えた。ホタルのように点々と輝いているのは、個人所有の小さなヨットの明かりだ。ヨットのラジオから流れている音楽が、たまに湖面を伝わって響いてきた。ときには、ヨットに乗った者たちの楽しげな話し声が聞こえてくることもあった。

そこにすわっていると、ヨットが憎くなり、ヨットを買うだけの金のある男たちや、ヨットに乗っている美しい女たちに対する反感がつのっていった。おれは二十五セント稼ぐためにへとへとになるまで使い走りをしたことを思いだし、十セント稼ぐために電報を配達したことや、三十五セント稼ぐためにトラックから野菜を降ろしたことなど、なんとか食いつなぐために自分がそれまでやってきたすべてのことを考えた。

やがて、ようやく闇に目が慣れてきたところで、おれは防波堤にひとりの娘がすわっているのに気がついた。たぶん、三メートルも離れていなかっただろう。娘は身体のまえに引き寄せた脚を両腕で抱き、顎を膝にのせ、湖のほうを見つめていた。まるで、なにかを待っているかのように……さもなければ、なにかを見つめているかのように。彼女は身じろぎひとつしなかった。おれがくるまえからそこにいたかどうかはわからない。しかし、たぶんいたのだろう。おそらく暗かったせいで見えなかったのだ。それとも、向こうのほうがあとからきたのだが、あまりに静かだったので気づかなかっただけだろうか。とにかく、はじめて彼女を見た瞬間、おれは思わず息をのんだ。

はっきりと顔が見えたわけではない。しかし、いくらあたりが暗くても、彼女が若くてきれいなのはわかったし、自分とほぼ同い年くらいなのも見てとれた。おれはすっかり目を奪われ、声をかけたくてたまらなくなった。しかし、向こうはおれがそばにすわっていることさえ知らないらしく、あいかわらず湖のほうを見つめている。おれはなにか気のきいたセリフを考えようとした。うまく自己紹介をし……会話のきっかけをつかむのだ。しかし、なにも思いつかなかったばかりか、不器用な口説き文句を口にしてあざ笑われる自分を想像しただけで恥ずかしくなってしまった。第一、下手をすれば公園警察に通報される恐れもあった。

そこで、おれはただそこにすわったまま、一瞬ごとにますます彼女の存在を強く意識しながら、どうすればいいか考えつづけた。そのとき、彼女がすべるようなかろやかさで音もなく立ちあがり、防波堤からゆっくりとビーチへ降りはじめた。ためらうことなく、おれも立ちあがってあとを追った……かなりの距離をおいて。防波堤からビーチへ降りると、彼女は人通りの多いくねくねとした歩道を歩いていき、アウタードライブの下を横切っている地下道へ向かった。あとをつけていきながら、おれの心を狂った考えがよぎった……いますぐ追いついて横に並び、なにも言わずに腕をとったらどうだろう。さもなければ、車で家まで送ろうかと声をかけてみたら……しかし、おれは車を持っていなかった。上を走る車の振動が伝わってくるがらんとした地下道に入ると、目のまえの闇に白く浮かぶ彼女の背中しか見えなくなった。だが、そのときになっても、地下道へ降りていく彼女の揺れるような腰つきは手にとるようにわかった。彼女はノース通りに出てそのまま西へ進み、クラーク通りへ向かった。さらに二ブロック歩き、ノース通りとクラーク通りの角までくると、彼女は大きな安売りのドラッグストアに入っていった。おれは入口のまえで立ちどまった。彼女はソーダ・ファウンテンのスツールによじのぼって腰をおろし、コークを注文した。店内は明るく、おれははじめてはっきりと彼女を見ることができた。年は十六歳くらいで、信じられないほど美しく、長いブロンドの髪を三つ編みにしている。安物の色褪せた青いコットンのドレスは背中が大きくあいていた。何度も何度も洗ったせいで、ドレスの色はほとんど白に近いくらい淡くなっており……髪の色によく似合っていた。おれはその青を知っていた。貧乏な家庭に育った者なら誰もが痛いほどよく知っている色だ。おそらく彼女はビーチのそばに住んでいるわけではないのだろう。腕と背中がほとんど日に焼けていないのを見ればわかる。たまにしか外へ出ない証拠だ。ビーチに住んでいる者の日焼けではない。

おれはそこに立ったまま彼女を観察しつづけた。ソーダ・ファウンテンの店員に話しかけられ、彼女が微笑み返すのが見えた。おれはその店員が妬《ねた》ましかった。彼女と話をして微笑んでもらえるなら、おれはなんでも差しだしていただろう。店員はコークの代金をレジに打たず、彼女が金を払おうとすると、いいからいいからというように手を振り、にやっと笑った。彼女はスツールから降り、入口のほうへやってきた。おれはすばやく背を向け、相手が後ろを通りすぎるあいだ、ウインドーのなかを見つめていた。そのとき、彼女が急に小走りになるのが聞こえた。ぱっとふりかえると、ループ地区へ向かう路面電車に大急ぎで飛び乗る彼女の姿が見えた。一瞬、あの路面電車に追いつけるだろうかという思いが頭をよぎった。しかし、あきらめる以外に道はなかった。無駄に乗車賃を使うほど生活に余裕はなかったからだ。おれはまた翌日も仕事を探さねばならない身だった。

そう、おれが彼女を見たのは、そのときただ一度きりだ。けれど、その後も長いあいだ、おれは彼女のことを幾度となく思い起こした。彼女はいったい誰なのか？　どこに住んでいるのか？　どうすれば会えるのか？　答えはなかった。ビーチで見かけることはもう二度となかった。おれは頭のなかでしじゅう空想をめぐらせ、もし彼女にもう一度会えたらなにをするかを考えた。ときには、大金持ちになった自分が彼女とダンスをしている場面を想像することもあった。おれは白いフランネルのズボンに青いダブルのジャケットを着て、白と黒のコンビの靴をはき……彼女は長いイブニング・ガウンに身をつつみ……おれたち二人はどこかとても洒落た店にいて……とかいったことだ。

まだほんの子供でしかない若者は、なかなか夢を捨てきれない。おれは彼女のことがいつまでも忘れられなかった。やがて何人もの女とつきあうようになり、多くのものが簡単に輝きを失ってしまうことを知ってからも。しばらくたってから、おれは当時の自分がとった行動を思いかえし、彼女に声をかけるのを怖れていた自分をあざ笑った。そして、ついにはそのことを完全に忘れてしまった。彼女のことは、もう何年も考えたことがなかった。

いま手にしている新聞の切り抜きを見るまでは。

それでも、すぐにおなじ娘だと確信が持てたわけではない。おれは彼女を一度しか見たことがないうえに、細部の記憶は色褪せていたからだ。しかし、クラッシー・アルマーニスキーにも、ビーチにいたあの娘にも、男を惹きつけずにはおかないなにかがあり、それが古い記憶を呼び覚ました。突然おれは、自分があのときのことをなにひとつ忘れていないのに気づいた。

おれはもう一度切り抜きに目を向けた。

記事は一九四〇年の三月三十一日のものだった。切り抜きがとめてあったデータ・カードを手にとり、記入された日付を見た。一九四〇年の九月。記事からほぼ六カ月後だ。データ・カードにはクラッシーが買った商品のリストがついていた。アイロン、ラジオ、旅行鞄、腕時計、宝石類（高価なものではない）、それに服だ。総額は千二百ドルとなっている。半端な金額ではない。おれは数字を目にして思わず口笛を吹いた。しかしさらに驚いたのは、データ・カードに〈全額一括返済〉のスタンプが押されていたことだった。直感かもしれないし、ただの下《げ》司《す》な好奇心だったかもしれないが、おれは一九四〇年の古い元帳を調べてみることにした。

ようやくのことで、ファイル・キャビネットのいちばん下の引き出しにめざす元帳がつっこんであるのを見つけた。おれは九月のページを開き、その月にうけた支払いのリストを見た。クラッシー・アルマーニスキーの名義での支払いはなかった。十月にも、十一月にも、十二月にも、彼女の名前はリストされていなかった。しかし、カードには〈全額一括返済〉とある。

おれは肩をすくめた。だからどうだというのか。どちらにしろ、いまや借用証は失効している。おれはクラッシーのカードを脇においた。しかし、写真の入った新聞の切り抜きはポケットに入れた。その晩、おれはデータ・カードの整理をさらにつづけたが、クラッシー・アルマーニスキーのことを頭からふりはらうことはできなかった。あすになったらムーンに電話して、なにか知っているか訊いてみることにした。

翌日、おれは目を覚ましたとたん、すぐさまクラッシーのことを思いだした。ムーン老人は一カ月まえに金をうけとりにきたとき、おれが連絡をとりたくなったときにそなえ、下宿屋の電話番号を残していった。おれはその番号にかけてみた。意地の悪いぶっきらぼうな声が、爺さんならもう何週間も部屋に戻っていないよ、と答えた。おれは電話を切ってオフィスへ行った。その日、おれは何度か切り抜きをポケットからとりだし、クラッシーの写真を眺めた。そのたびに、穏やかな瞳がこちらに微笑みかけてきた。ふと気づくと、おれはそこに彼女の気持ちを読みとろうとしていた。好奇心を抑えきれない自分を罵《のの》りつつ、おれは4120-½へ行って当人に会ってみようと決心した。もしなにかあれば、仕事の関係で調査にきたふりでもすればいい。

サウス・ヘムステッド4120-½は悪臭の漂う幅の狭い小さな家で、もっと大きいが同じくらいみすぼらしい二軒の家にはさまれていた。家の正面にはかなり高い位置に小さなポーチがついており、歩道からそこまで、いまにも壊れそうな木の階段が壁づたいにつづいている。鉄パイプでできた階段の手すりは錆びつき、階段の下の通りに面した窓は板を打ちつけてふさいであった。壁から突きだしたポーチにある玄関はドア枠が傷だらけだし、かつてはきれいにペンキが塗られていたはずの壁も、長年にわたって煤煙にさらされてきたせいで汚れ、すっかりあばた面になっている。屋根のまんなかからは、赤煉瓦の煙突が弱々しく突きでており、ひさしの下には錆びて腐った軒樋がかさぶたのようにしがみついていた。

おれは階段を登ってドアをノックした。ドアの両脇の窓は汚れて脂ぎっていた。やがて、カーテンがさっと動くのが見えた。ようやくドアが開き、とてつもなくでかい尻をした、足首がひどく節くれだった女が顔をのぞかせ、疑わしそうにおれを見た。女は着古しただぶだぶのガウンをだらしなくまとい、しぼんだ大きい風船のような胸を腹の上で揺らしていた。

「いらないよ」と言って、女はドアを閉めようとした。

「待ってください」とおれは言った。「ちょっと話をうかがいたいんです」

「いらないよ。買わないからね」おれが手をかけているのもかまわず、女はドアをぐっと押した。

おれは閉めさせなかった。「クラッシー・アルマーニスキーと話がしたいんです」

小さなブタのような目に不審の色を浮かべ、女は不機嫌そうにこちらを見返した。それから、真っ赤にあかぎれした手を上げ、白髪まじりの薄汚い髪を耳の後ろにかきあげた。女の手の甲には太い紫色の血管が浮いていた。

「アルマーニスキー、ここにゃいないよ」と女は言った。

おれはポケットに手をやり、一ドル札をとりだした。五ドルも出したら、女は反対に不審の念を深めるだけだろう。おれはその札を差しだして言った。「クラッシー・アルマーニスキーと話がしたいんです。彼女に仕事をあげたいんですよ」

醜い老女は札をうけとり、首を横に振った。

「なら、彼女のご両親は?」

「アルマーニスキー、ここにゃいないよ」と、女はくりかえした。「アルマーニスキー、だいぶまえ死んだからね」

「クラッシーのお父さんがですか?」

女はうなずいた。

「だったら、お母さんのほうはどこに?」

「母親いないよ」女はにべもなかった。

「クラッシーになにがあったんです?」

女は首を振って肩をすくめ、「アルマーニスキー、ここにゃいないよ」とくりかえした。

おれはあきらめて通りまで階段を降り、クラッシーの写真をひっぱりだしてもう一度眺めた。こんなにも美しい娘が、いま目のまえにあるこの不潔な家で生まれたとはとうてい信じられなかった。こうなったら、つぎにとるべき行動はひとつしかない。おれはヘムステッド通りを歩いていき、最初に見つけたもぐり酒場に入ると、カウンターへ行ってビールを注文し、グラスを持ったまま電話ボックスに入った。つぎに職業別電話帳を開き、〈出版社/新聞社〉の欄を探した。《ストックヤード・ウィークリー・ニュース》はいまもまだ電話帳に載っていた。おれは住所を暗記し、ビールを飲み終えると、歩いて新聞社へ向かった。めざす住所は酒場からほぼ五ブロックのところだった。

《ストックヤード・ウィークリー・ニュース》が入っているのは、小さな二階建ての煉瓦造りの建物だった。建物は中央をぶち抜いているコンクリートの区分壁で左右ふたつの部分に分けられていた。一階の右側には床屋が入っており、その奥には酒屋がある。新聞社は区分壁の左側の一階だった。階段を上がった二階には、みすぼらしい部屋がいくつかあるようだった。

新聞社のドアをあけてなかに入ると、そこから二メートルほどのところに傷だらけの汚れたカウンターがあった。カウンターは幅の狭いオフィスの左右いっぱいに延びていて、一方の端に蝶番《ちょうつがい》のたわんだスウィングドアがついている。奥にはロールトップ・デスクがひとつと、新聞の束がうずたかく積まれた傷だらけの長いオフィステーブルが一卓あり、肩の高さまである羽目板のパーティションが、おそろしく旧式の平台印刷機と活字キャビネットを一部分だけ隠していた。

デスクには二十七、八歳くらいの若者がすわり、他社の新聞から記事を切り抜いていた。おれがカウンターに近づいていくと、若者は顔を上げた。

「編集発行人はいるかい？」とおれは訊いた。

「それならおれだよ」若者はゆっくりと立ちあがり、前かがみでこちらへ歩いてきた。目のまえに立つと、相当タフらしいことが見てとれた。肌は浅黒く、鼻は以前骨を折ったとみえ、つぶれたままになっている。油をたっぷりつけた髪は後ろになでつけられ、ライラックの匂いを放っていた。若者はカウンターに両手をつき、背中をまるめた。「なにか用かい？」

「ああ、ちょっと教えてもらいたいことがあるんだ。なにか情報がほしいときは、新聞社の編集発行人に訊くのがいちばんだからな。いまのぼくには、きみが頼りってわけさ」

おれのお世辞に、若者がすこしだけ緊張を解くのがわかった。「なにが知りたい？」

「じつはいま、クラッシー・アルマーニスキーという娘の居場所を探してるんだ。彼女を知ってるかい？」

「あの女を探しだして、いったいどうするつもりだ？」と若者は訊いた。

「彼女は十年ほどまえにうちの保険に加入してね。二年後に解約してるんだが、それでも少額の払い戻し金がある。うちの社としては、そいつを処理して帳簿から消したいんだ。ところがいまのところ、彼女の行方がどうしてもわからない」

若者はしばらく黙っていたが、ようやくのことで口を開いた。「あの女とは十年まえに会ったきりだ」

「直接知ってるのか？」とおれは訊いた。

「ああ……知ってるよ」

「なんでも、おたくの新聞社が主催した美人コンテストで優勝したとかって話だが」

若者は短く笑った。「そうさ」彼はうなずいた。「たしかに優勝したよ。当時はおれの親父がここの編集発行人だった。おれかい？　おれは放課後にすこしばかり手伝いをしてただけだ。もちろんあの女のことは知ってたさ」若者はカウンターから手を離し、ポケットにつっこんだ。

「あんたの名前は？」

「エイプリルだ」とおれは答えた。「ダニー・エイプリル。きみは？」

「マイク・マノーラだ」

「彼女の身寄りで生きている人は?」

「いない。あの女の親父は頭のイカレたポーランド人で、イタリア女と住んでたんだがな。クラッシーが姿を消してから二、三年後に、ガリーの工場で事故に遭って死んだよ。イタリア女のほうはいまでもおなじ場所に住んでるが、おれの知ってるかぎりじゃ、ほかに血のつながった親戚はいないはずだ」

「きみが最後にクラッシーを見たのは?」

「あの女が美人コンテストに優勝した日だ。場所はここさ。あの女はこのオフィスへきて、賞品をうけとり……帰っていった。それ以来、連絡はなにもない」

「けっこうな賞品を手にいれたのか?」とおれは訊いた。

マノーラは目を落とし、しばらくカウンターを見つめていた。「ああ」その口調はひどくそっけなかった。「けっこうな賞品をいくつも手にいれたよ」マノーラは背を向け、デスクへ戻っていった。

これ以上はなにも訊きだせないだろうと考え、おれは新聞社をあとにした。通りを南へ向かって歩きながら、おれはもう一度クラッシーの写真を見たいという誘惑をこらえた。いまや、まぶたを閉じるたびに、彼女の顔が目に浮かぶようになっていた。

第2章　その2／クラッシー

　クラッシー・アルマーニスキーは目を開き、ベッドの上で伸びをした。一瞬、ぐっと身体を硬直させたが、またゆっくりと力を抜いた。「三月十七日……聖パトリックの日」クラッシーは満足げにひとりつぶやいた。「そして、あたしの誕生日！」彼女はベッドからむきだしの床に飛び降り、壁のフックから針金でぶらさげてある小さな鏡のまえへ行くと、ほとんど膝まである着古した男物のシルクのシャツのボタンをはずし、頭から脱いだ。

「きょうからは」クラッシーは自分に言い聞かせた。「すべてが変わるんだわ」

　まだ十七歳にもかかわらず、その身体はすでに成熟した女のものだった。こうなったのは十四のときからだ。男物のシャツを床に落とし、コートをさっと着こむと、忍び足で廊下に出た。隣りの寝室から寝返りをうつ音が響いてきて、やがてベッドが規則的に軋みはじめた。「なによあれ！」クラッシーは小声で毒づいた。「あの二人ったら、まただわ」

　小さな汚い洗面所に急いで入り、音をたてないように水をちょっとだけ流し、顔と手をすばやく洗った。父親に聞こえないことを願いながら。

「パパは忙しいからだいじょうぶよ」クラッシーは自分に言い聞かせた。「いまはマリアといっしょなんだもの」彼女はコートを身体に巻きつけ、こっそりと自分の部屋に戻った。父親とマリアはもうひとつの寝室でまだ音をたてていた。

クラッシーはすばやく服を着はじめた。安っぽいピンクのレーヨンのブラジャーに腕を通そうと肩をすぼめたとたん、胸の大きな赤い痣《あざ》が痛み、彼女は顔をしかめた。「まったくもう、マイク・マノーラのやつったら」悪態が口をついた。「あいつにはヘドが出るわ」しかし、口では毒づきながらも、マイクと接するときには気をつける必要があるのはわかっていた。機嫌をそこねて怒らせ、援助を取り消されたらまずい。いまのクラッシーにはマイク・マノーラが必要なのだ。他人の家の暗い玄関の陰で、キスや愛撫に身をまかせなくてはならないとしても。

「おまえはおれが好きじゃないんだ」とマイクは彼女を責めた。

「もちろん好きよ、マイク」

「なら、どうしてだめなんだ？」

「だって、あたしはキスのほうが好きだし……」

「キスなんてガキのやることさ」マイクはクラッシーを暗闇のなかに引き寄せた。マイクの手が腿の外側を這いあがり、腰からさらに上へ伸びてくる。熱い期待のまじった恐怖に身体をこわばらせつつも、クラッシーはマイクの手が動きつづけ……胸に押し当てられるのを待った。玄関まえの黒い影のなかで、マイクが身体を強く押し当ててきた。と、突然マイクはクラッシーの唇を嚙み、胸に当てた手にぐっと力をこめた。

「だめよ、マイク……やめて……お願いだから」クラッシーは唇をひきはがし、相手の腕をふりほどこうとした。闇のなかでマイクは身体を離したが、手はまだ胸をつかんでいた。

「なんでだめなんだよ、クラッシー……どうしてだ？」マイクは息を切らしてささやいた。

突然、クラッシーの口から言葉が吐きだされた。「こんなの我慢できない！　いやよ……あなたにさわられると気分が悪くなるわ！」

激しい怒りをこめ、マイクがクラッシーの胸を強くひねりあげた。クラッシーは痛みのあまり叫び声を上げた。するとマイクは手を離し、背を向けてその場から去っていった。家に帰りつくまでの道すがら、クラッシーの胸はマイクにつけられたひどい痣のせいでずきずきと痛んだ。

ようやく服を着終わると、クラッシーはもう一度コートを着こみ、急いで階段を降りた。踏み板が軋んで静寂をやぶり、父親の声がして、彼女は足をとめた。

「おまえか、クラッシー？」

「ええ、パパ」

「こんな朝っぱらからなにしてる？」

「きょうは学校に早めに行かなきゃならないのよ」とクラッシーは言った。「それに、きょうはあたしの誕生日だから、マイク・マノーラがドラッグストアで会いたいっていうの」

「朝食までは家にいろ！」

「マイクが朝食をご馳走してくれるっていうのよ、パパ。誕生日のお祝いに!」父親の答えを待たずに、クラッシーは階段を駆け降りて通りに出た。

〈ミラーズ・ドラッグストア〉へ行くと、マイクがカウンターにすわって彼女を待っていた。きのうつれなくされたせいで、まだふくれっ面をしている。クラッシーは隣りのスツールによじのぼり、マイクの腕を軽くたたいた。

「誕生日に朝食をご馳走してくれるなんて、ほんとに優しいのね」

「ああ」マイクはうなずいた。「たぶんおれはとんだアホなんだろうよ。優しくしてやれば素直にうなずく女がたくさんいるっていうのにな。まったく! おれは頭がどうかしちまったんだ」

「あたしが美人コンテストで優勝するのに手を貸してくれたら、ぜったいに後悔はさせないわ」クラッシーは期待を持たせるようにささやいた。

マイクは疑わしげな顔をして、不機嫌に訊いた。「約束するか?」

「ええ、もちろんよ、マイク」

「ハッ、そうだろう……そうだろうともさ。どうせまた口だけのくせしやがって。おれがすこしでも愛撫しようもんなら、感謝の言葉が雨あられだからな!」マイクはクラッシーの口真似をしてみせた。「こんなの我慢できない……イヤイヤイヤ!」

「こんどはちがうわ」とクラッシーは言った。「しかも、あなたはあたしの身体にさわる最初の人になるのよ」

マイクは目に見えて元気づき、「よし！」と叫んだ。「じゃ、朝食にしよう……なんでも好きなもんを注文しろよ」

クラッシーはマイクに目をやり、その浅黒い肌と、傲慢そうな鼻と、無邪気な笑顔を眺めた。「そう悪くはないじゃない」クラッシーは自分に言い聞かせた。「どんなものだって、いまのあたしが持っているものに較べたらよっぽどましだわ」

「さあ、クラッシー、注文しろって」マイクがせきたてた。

クラッシーはセット・メニューの一番を選んだ。トマト・ジュースに卵が二個、ベーコンが二枚、トースト、マーマレード、それにコーヒーだ。値段は四十セントだった。マイクはおなじものを二つ注文した。

朝食を終えると、二人は路面電車に乗って高校へ向かった。その道中、マイクは自分の計略を説明した。

「そもそも今回の美人コンテストは、広告量をふやしたくてうちの親父が思いついたもんでね。このあたりの店にもっと広告欄を買ってもらおうって魂胆なのさ。親父はまずそれぞれの店に優勝賞品を提供させて、それを二週間ほどうちの新聞で宣伝してやるんだ。コンテストに参加してる店には、うちから投票用紙が配ってある。買い物客は十セント買い物するごとに一票手にいれて、自分がいちばん美人だと思う候補者に投票する。こうして最後に優勝者が決まると、こんどはどの店もうちの新聞に祝賀広告を打つってわけだ」

「そんなことどうでもいいわ」とクラッシーは言った。「あたしはただ優勝したいだけ」

「心配すんなよ。負けるはずないさ。親父は投票の集計をおれにやらせるつもりなんだ。自分は忙しくって、そんなことやってる暇はないからな。おれはオフィスに余分の投票用紙を用意してある。だから、もし投票を集計しておまえが勝ってなかったら……おれが白紙の投票用紙におまえの名前を書いて勝たせてやるよ」マイクは頭をのけぞらせて笑った。「ちょろいもんさ！」それから、急に真剣な顔になった。「だけど、親父に見つかるわけにはいかない。そんなことになったら殺されちまうからな！」

「あなたってほんとすてきだわ」クラッシーはマイクの腕に指をからめ、腰をそっと彼の身体に押し当てた。座席にすわったマイクがはっとするのがわかった。クラッシーはマイクに気づかれないように微笑み、「もうすぐよ」とささやきかけた。「もうすぐ……」

授業が終わると、クラッシーは家路を急いだ。路面電車を降りて家に向かう彼女に、途中までダンク・ティングルがついてきた。

「土曜の晩にショーを見に行かないか？」とダンクは訊いた。ダンク・ティングルは背の高い痩せぎすの若者で、ピンク色がかった赤い髪をしており、鋭い目は石炭のように黒かった。

「悪いわね、ダンク」とクラッシーは答えた。「マイクと約束があるの」

「マイクとつきあってんのかい？」

「まあね」とクラッシーは認めた。

「あんなやつとつきあってると、貧乏暮らしをするはめになるぞ」とダンクは言った。

「たとえそうだとしても、あんたには関係ないでしょ」クラッシーはすばやく背を向けた。しかし、心の奥底ではひとり微笑んでいた。

「あたしはマイクといっしょに貧乏暮らしをすることになんかならないわ……ほかのどんな男ともね」とクラッシーは思った。「やり方さえ心得てれば、男をあやつるのなんて簡単だわ。だってそうでしょ。父さんとマリアを見てよ。デブでだらしのないあのマリアが転がりこんできてからってもの、パパときたらあの臭いキッチンでのらくらお酒を飲んじゃ、酔っぱらってばかりいるじゃない。あとはマリアをベッドへ連れていって一晩じゅうやってる。男にとって、セックスってよっぽど重要なものなんだわ。それしか頭にないんだから！

マイクが手を貸してくれれば、あたしはぜったいに優勝できる。そしたらここを逃げだして、あたしやパパのことなんか誰も知らない場所へ行くの……そして、高い服を着て贅沢な暮らしをするわ。いつの日か、他人のものを盗む必要なんてなくなるのよ！」

やがてクラッシーの頭を、いますぐ解決しなければならない問題のことがよぎった。「もしこのコンテストに優勝したら、新しいドレスと服が手に入るし、髪もセットしてもらえる。そしたらここから逃げだしてやるわ。でも、それにはお金がいる」クラッシーはじっくり考えた。そ

「マイクからなら巻きあげられるかもしれない。でも、あいつはたいしてお金なんか持ってな

いわ。なにかほかに方法を考えないと……」

クラッシーは小さなポーチへつづく長い階段を昇って、家に入った。マリアがキッチンを歩きまわっている音がした。

「ただいま、パパ」とクラッシーは声をかけた。「きょうは仕事はないの?」

とてつもなく身体の大きな男が、ソファーの向こうからのっそりと現われた。男は顔を上げ、クラッシーに冷たい視線を投げてよこした。

「たまにゃ家にいたらどうなんだ?」とクラッシーの父親は言った。「向こうへ行ってマリアの手伝いをしろ」

「いいわよ、パパ」クラッシーは素直にうなずいた。

「いいわよ?」突然かっとして、父親は叫んだ。「おまえは自分に言い寄ってくるやつら全員にそう言ってまわってるんだろ……いいわよ、リチャード。いいわよ、ヴィクター。神様が相手でも色目を使うんじゃないのか?」

「そんなことないわ。パパだってよく知ってるでしょ!」

「いいや、これっぽっちも知らないね。おれが知ってるのは、おまえがいつも遊びまわってるってことだけだ。昼も夜も……さかりのついたどこぞの雌犬みたいにな。さあ、とっとと向こうへ行って、おれが本気で怒りだすまえにマリアの手伝いをするんだ!」

クラッシーはコートを椅子に放りだし、キッチンへ入っていった。古い鉄製の黒いレンジが、たっぷり石炭をくらいこみ、怒ったように燃えさかっていた。安物のキモノを着て、油染みたフェルトのスリッパをはいたマリアは、表面のほうろうがあちこち欠けた灰色の流しのまえに立ち、出の悪い蛇口の下に差しだした大きなやかんに水がたまるのを辛抱強く待っていた。

「夕食はなんなの？」とクラッシーは訊いた。

「スパゲティだよ」

「スパゲティ以外にはなにもつくれないわけ？」

「人間、これ食べてりゃいいよ」とマリアは言った。

「なにをこざかしいことを抜かしてやがるんだ！」父親がソファーから叫んだ。「スパゲティにはうんざりだっていうんなら、食わなくたっていいんだぞ！」

「言われなくてもわかってるわよ」とクラッシーはつぶやいた。「もうしばらくしたら、あんな食べものとはおさらばしてやるんだから」

一週間後、クラッシーはマイクに会うために《ストックヤード・ウィークリー・ニュース》へ寄った。しかし、オフィスにいたのはマイクの父親であるシーザー・マノーラだけだった。シーザー・マノーラは四十過ぎの心配性の男で、妻が回復の見込みのない結核で長期入院しているため、小さな新聞社の経営で必死に金を稼いでいた。ストックヤード地区の鼻をつく悪臭は、シーザー・マノーラだけでなく、その悪臭のマントの下に住むほとんどの者たちに貧困をもたらしていた。

世界広しといえど、ここまでみじめな地区はあまりない。シーザー・マノーラは近所で起きたつまらない事件に関する感傷的な記事を書き、つねに破産の不安をかかえた商店主たちに広告を売り、新聞の活字を組み、ガタガタいう平台印刷機を動かす。発売日の土曜になると、黒人や、黒人と白人のハーフや、黄色人種や、白人の少年たちが、一時間十セントで一軒一軒の家に新聞を配達してまわる。

シーザー・マノーラは人生を美しいと思ったことなど数えるほどで、楽しいと感じたことはほとんどなく、希望を見出したことは一度もなかった。彼はオフィスのデスクに向かい、広告主への請求書をタイプしていた。クラッシーはカウンターへ歩いていき、マイクはいないかとたずねた。

「あいつなら出かけてるよ」とシーザーは答えた。

「すぐに戻ります？」

「十五分か二十分だと思うが……ここで待ってるかね？」

クラッシーはシーザーに微笑みかけた。「いいえ、とくに用事があるわけじゃないんです。ただ、コンテストの投票がどんな具合かなと思って」

「きみもコンテストの候補者なのかい？」

「ええ……あたし、クラッシー・アルマーニスキーです」

シーザーはうなずいた。「名前は知ってるよ。たぶんきみが優勝でほぼ決まりじゃないかな。

なかに入ってどこかにすわってなさい。マイクが帰ってきたら訊いてみるといい。投票の集計はあいつがやってるから」

クラッシーは小さなスウィングドアを通り抜け、シーザーのデスクの脇へ行った。大きなテーブルの上は新聞のゲラ刷りや資料のコピー、その他さまざまなゴミで散らかっていた。クラッシーはデスクの端にちょこんと腰かけ、笑みを浮かべてシーザーを見下ろした。

「あなたの噂はよく聞いてます。とってもいい方だって」

シーザーは微笑み返した。「誰からかね……マイクかい？」

「あら、ちがいます」とクラッシーは言った。「あたし、マイクとはあまり親しくないんです。一、二度話をしたことはありますけど、それだけですから。あたしはマイクよりずっと年上だし……」クラッシーはいったん言葉を切ってからつづけた。「自分が幼く見えるのはわかってますけど、あたし、ほんとうは二十一歳なんです」彼女は上品に腰をくねらせてすわりなおした。

突然シーザーは、デスクに押しつけられたクラッシーのふっくらした腿を意識し、それを頭からぬぐい去ろうとした。「女性の年齢は言い当てるのがむずかしいからね。年をとった女は若く見せようとするし、若い娘は反対に大人ぶったふりをする……しかし、それにしてもおかしなもんだな。これまできみを見かけたことがなかったなんて」

「あたし、四年まえに高校を卒業したんです」とクラッシーは言った。「その後は、数週間まえまでミシガン・シティで働いてました。つい最近帰ってきたばかりなんです」

「ああ、それでだな」と言い、シーザーはさっと目を上げた。相手に見下ろされているのはあまり嬉しくなかったが、おかげで柔らかな曲線を描いたクラッシーの膝下を眺めることができた。

「でも、あたし驚いてるんです……」とクラッシーはつづけた。

「驚いてる?」無理やり目をそむけながら、シーザーはおうむ返しに訊いた。

「ええ。だって、新聞社は賞品を出さないいんでしょう?」

「うちはただコンテストを主催してるだけだからね」とシーザーは説明した。「賞品を提供するのはコンテストの参加店のほうなんだ」

「それはわかってます」とクラッシーは答えた。「でもあたし、新聞社が賞金を出したらすごいなって思ったんです。そうすれば今回のコンテストが、もっとなんていうか……重みが出るんじゃないかって」

シーザーは首を振った。「そいつは無理だな」

クラッシーはシーザー・マノーラを見下ろし、ひどく老けて疲れているように見えると思った。

「じゃあこれで。あたし、もう帰らないと……」

「きみがきたことはマイクに話しておくよ」とシーザーは言った。

「そんな必要はありませんわ。たぶん、言っても誰だかわからないんじゃないかしら」

シーザーは一瞬ためらい、それから訊いた。「今夜は暇なのかね？」

「ええ、まあ。でも、なぜです？」

「九時すぎにまたここへきてくれたら、一杯ご馳走しようじゃないか」

クラッシーは首を振った。「それはちょっとまずいんじゃないかしら。コンテストの候補者のくせに、あなたのオフィスにちょくちょく顔を出したりしたら」

「なら、ほかの場所で待ち合わせればいい」とシーザーは言った。

「ほかの場所って？」

「〈ディキシーズ〉はどうかね？」

〈ディキシーズ〉のことならクラッシーも聞いたことがあった。いまこのあたりで評判のビストロだ。しかし、行ったことは一度もなかった。クラッシーは心のなかで相手の申し出をじっくり考えてみた。もしシーザー・マノーラに下心があるのなら、クラッシーといっしょのところを誰かに見られたくはないだろう。なんといっても、シーザーは妻のいる身なのだから。一方、クラッシーのほうも場所が〈ディキシーズ〉なのは都合がいい。おなじ高校の友人に出くわす心配がすくないからだ。

「いいわ。九時に〈ディキシーズ〉で会いましょ」クラッシーは身体を伸ばしてデスクから降り、シーザーの目が追いかけてくるのを意識しながらドアへと歩いていった。そして、「じゃ、またあとで」と言い、オフィスをあとにした。

その晩、クラッシーは夕食をすますと急いで自分の部屋へ行き、とっておきのドレスに着替え、上からコートを着こみ、安物の模造ネックレスと頬紅とリップスティックをポケットにつっこんだ。それからコートの下にハイヒールを隠すと、静かに階段を降り、なにくわぬ顔でリビングルームのドアへ向かった。

「どこへ行くんだ?」父親のアントン・アルマーニスキーが訊いた。

「友だちと映画よ」とクラッシーは答えた。

アントン・アルマーニスキーは疑うような目を娘に向けたが、不審なところはなにもなかった。化粧もしていないし、靴も普通のサドルシューズをはいている。

「いつも遊び歩いてばかりじゃないか……外出、外出、外出ばっかりだ。そんなことしてるといつか後悔するぞ」

「彼女、男と会うよ」突然マリアが確信をこめて言った。

「あんたには関係ないでしょ」クラッシーはかっとなってふりかえり、声を張りあげた。「あたしたちがなにを話してるかわかるほど、英語なんてできないくせに」

父親が椅子から立ちあがり、拳をふりあげた。クラッシーはすばやく身をかわし、玄関のドアをあけた。「あたしは友だちと映画に行くだけよ。信じようと信じまいと、勝手にすればいいわ!」クラッシーは叩きつけるようにドアを閉め、階段を駆け降り、歩道に出てからも一ブロックほど走りつづけた。そして、家からだいぶ遠くまできたところで、ようやく歩調をゆるめた。

さらに三ブロック先でクラッシーはガソリンスタンドに寄り、女性用トイレに入った。お湯で丁寧に顔と手を洗い、ペイパータオルでふき、頬紅とリップスティックをとりだすと、洗面台の上にボルトで留められた鏡のまえに立ち、プロ顔負けの手つきで化粧をした。それが終わると、こんどは蹴るようにサドルシューズを脱いでハイヒールをはき、最後に安物の真鍮のネックレスを首から下げた。「知らない人が相手なら、ぜったいに二十一で通るわ」クラッシーは満足げにつぶやいた。

サドルシューズを拾いあげ、クラッシーはガソリンスタンドの正面にまわった。「この靴、今晩ここであずかってもらえるかしら」と彼女は店員に訊いた。「あすの朝とりにくるから」「いいとも。またこんど靴の駐車場所に困ったら、いつでもきてくれ」店員は下卑た笑みを浮かべてみせた。

「ありがとう。優しいのね」クラッシーは店員に微笑み返すと、通りの角まで歩いていき、路面電車をつかまえた。〈ディキシーズ〉はそこから十ブロック先だった。店の正面で電車を降りたときには、まだ約束の時間までに三十分ほどあった。クラッシーは通りをゆっくりとぶらつき、さえない店のウインドーをのぞいてまわった。

「いつの日か」とクラッシーは思った。「ニューヨークの高級デパートへ行って、自分のほしいものをぜんぶ買ってやるわ。値段も訊かずに片っぱしからね。誰かにお金をもらう必要なんてない。必要なお金はすべて手に入れるんだから！」クラッシーは古着屋のまえで足をとめ、ワイヤーハンガーにかかっているウインドーの服を眺めた。「なにを買えばいいかも勉強するわ……それに、どうやって買うかも」

シーザー・マノーラは一九三二年型のポンティアックに乗り、九時に〈ディキシーズ〉へやってきた。もともとはセダンだったポンティアックは、中古車販売店や修理工場を何度も行ったりきたりした結果、いまやかつての姿をとどめているのは車体の前半分だけだった。後ろ半分は切り落とされ、小さな荷台に改造されている。シーザーはこれを新聞用の紙の運搬に使うと同時に、取材用のピックアップ・トラックとしても使っていた。シーザーが店に着いたとき、クラッシーは〝ディキシーズ〟と〝ビール〟の文字が交互に光っている赤いネオンの下で彼を待っていた。

「だいぶ待ったかい？」シーザーは車を降りながら訊いた。

「いいえ」クラッシーは嘘をついた。「たったいまきたところ」

二人は店のドアをあけ、饐《す》えたビールの臭いがこもった薄暗い店内に足を踏み入れた。片側の壁際には部屋の幅いっぱいに延びている長いカウンターがあり、スツールに腰かけた男女で混みあっていた。カウンターの奥の壁には細長い艶消しの鏡が張られ、そのまえに渡されたガラスの棚に、整列した兵士のようにボトルが並んでいる。照明はオレンジ色の電球がところどころにあるだけなので、バーテンダーは支障なく仕事ができるが、客は目をこらさないとボトルのラベルを読むことさえできない。

シーザーは部屋のまんなかにぎっしり並べられた小さなテーブルの横を通り、奥のボックス席へクラッシーを連れていった。ボックス席はどれも壁に接していて、シートに赤い模造革のクッションが張ってある。シーザーは空いているボックス席を見つけると、まずはクラッシーをすわらせ、自分はその横に腰をおろした。疲れ顔のウェイトレスが濡れ布巾でテーブルの上を拭き、いらいらしながらオーダーを待った。

「きみはなんにする？」とシーザーが訊いた。

「ウィスキー・コークがいいわ」とクラッシーは答えた。ウィスキーを入れたコークをちょっとだけなめたことなら、これまでにも何回かある。好きなわけではぜんぜんないが、知っている酒といったらそれくらいしかなかった。

「それって、キューバ・リブレのこと？」とウェイトレスが訊いた。

自分のオーダーしたのがキューバ・リブレかどうかなど、クラッシーにはわからなかった。

「ええ」彼女は威厳をこめて答えた。「それでいいわ」

シーザー・マノーラはバーボンのダブルとただの水を頼んだ。自分の飲み物がくると、クラッシーは味見をしてみた。「なんだ、結局ただのウィスキー・コークじゃない！」彼女はつい声を張りあげた。「ライムがちょっと入ってるだけ！」

シーザーが驚いてクラッシーを見た。「酒はあまり飲まないのかね？」

「あら、もちろん飲むわ」と答え、クラッシーはそれ以上説明しなかった。

十一時になるころには、シーザー・マノーラは酔っぱらっていた。クラッシーはキューバ・リブレを二杯飲んだだけで、あとのもう二杯はうっかりしたふりをしてこぼしてしまったが、それでもいまや酔いを感じはじめていた。

「ものならきちんと考えられるわ」クラッシーは心のなかで思った。「でも、しゃべるのはちょっとむずかしいみたい」そのとき、シーザーの手が自分の膝に押し当てられるのを感じた。きつく握ったりもしなければ、まさぐったりする気配もない。ただそこで手を休め……待っている。クラッシーは自分の脚を一瞬だけシーザーの脚にすり寄せ、すぐに離した。テーブルの下で、シーザーの手がすばやく脚を這いのぼり、腰にまわされた。

「きみが好きだよ、クラッシー」とシーザーが言った。

「あたしもあなたが好きよ、シーザー。でも……」クラッシーの声は尻すぼみになった。

「でも、なんだね？」

「言ったらきっと怒るわ」

「怒ったりなんかしないさ」シーザーはまじめくさった顔で約束した。

「なら言うけど、あたしにはまだわからないの。あなたがなんでコンテストの優勝者に賞金を出さないのか」クラッシーは挑むように言った。

「もしきみが優勝したら、出してあげないでもない」

「まあ、シーザー！」クラッシーは叫んだ。「ほんとに？」

「ただし」とシーザーは言った。「ただし、きみがわたしによくしてくれるならの話だ」

クラッシーははっと息をのんだ。「なに言ってるのよ、シーザー。それじゃまるで……その……あたしを買おうと言ってるみたいじゃない」

「そう考えてもらってかまわない」シーザー・マノーラはすっかりしらふになっていた。「わたしは自分を偽るつもりはないよ、クラッシー。わたしがきみを手にいれるにはそうするよりほかにない。わたしは金持ちじゃないからね。それどころか、ほとんど無一文も同然なんだ」

シーザーはいったん言葉を切り、グラスを干してからつづけた。「しかし、もしきみがわたしとつきあってくれるというんなら……どんなことでもするつもりだ」クラッシーの腰にまわされたシーザーの左腕に力がこもった。クラッシーは息をとめ、身じろぎひとつしなかった。

「いったい、わたしはいくらぐらい賞金を出すべきだと思うかね。もしもその……きみが優勝したとして」シーザーの指がクラッシーの胸を軽くかすめた。

「百ドルよ！」とっさに判断を下し、クラッシーは言った。

シーザー・マノーラは手をひっこめた。そして、疲れ果てたようにもう一杯酒を注文した。

〈ディキシーズ〉を出ると、シーザーはクラッシーを車でまっすぐ送っていき、彼女の家のそばの角で降ろした。旧型のポンティアックからクラッシーが這うように降りると、シーザーは彼女を見下ろして言った。「賞金のことは、どうにかできるか考えてみよう」街灯に照らされたクラッシーはすらりとして美しかった。彼女は落ちついた顔でシーザーを見上げた。

「あなたって優しいのね、シーザー。ぜったいに後悔はさせないわ」

翌日、シーザー・マノーラはおんぼろのポンティアックで〈正直ルークの中古車販売場〉に乗りいれた。いつも洒落た服を着ている出っ歯のルークが、オフィス代わりに使っている木造の小さな掘っ立て小屋から出てきた。販売場には一九二八年型のオークランドやA型フォード、一九三五年以降に生産されたさまざまな年式のシェヴィなど、すっかりさまがわりした中古車がずらりと並んでいた。それはまるで、酷使されてすっかり疲れ果てた老いぼれの馬が、目に見えない杭につながれているかのようだった。ただし、道路際におかれた板張りの小さな展示台の上では、販売場の誇りである一九四〇年型ビュイックがまばゆいばかりに輝いている。ルークはそれを、昼のあいだは客に勧め、夜は自分で乗りまわしていた。ルークはシーザー・マノーラに近づいてくると、いきなり前回の会話のつづきをはじめた。

「おいおい勘弁してくれよ、マノーラ」とルークは言った。「もう一回よく考えてみたんだが、やっぱりあれ以上は出せん」

「わかったよ、ルーク」とシーザーは言った。「七十五ドルで手を打とうじゃないか」

ルークは自分の言い値を相手が突然うけいれたことを無視してつづけた。「まったく、最近じゃ車なんてさっぱり売れやしない。供給過剰ってやつで、どいつもこいつもすっかり棚ざらしさ。一九三八年にゃ景気が悪いといわれてたもんだ……しかしおれに言わせりゃな、マノーラ。いまはあんときよりももっと悪い。ここにある車だってさっぱり売れやしな……」

ルークは車を買ってくれないのではないかという不安が、シーザーの胃をぎゅっとねじりあげた。「先週は七十五ドル出すと言ったじゃないか」

「ああ」とルークは言った。「あんたとかみさんにゃ金が必要なのは知ってるからな」

「だったらそれでいい」シーザーはほっとして言った。

「なら、買わせてもらうかね……あんたを助けると思ってな」いかにも殊勝ぶった顔をして、ルークは自分の汚い爪に目をやった。「で、奥さんはどうしてるね？」

「あいかわらずだよ」

「そりゃ大変だな。しかし、この金で奥さんも虚脱療法をうけられる。そうすりゃ病状もすこしはよくなるってもんだ。そうだろ？」

「ああ」とシーザーは答えた。

「肥え太った医者どもはみんなクソッタレさ。あいつらときたら、どいつもこいつも白衣を着たちっちゃなイエス・キリストを気取ってる。しかし、きちんきちんと金を払わなきゃ、なにひとつやっちゃくれない……嘘じゃないぜ！」

「なかにはいい医者だっているさ」

「やつらは肺を切っちまったほうがいいと言ってるんだろ？」とルークは訊いた。

「まあね」シーザーは言質をとられないように慎重に答えた。

「わかったよ。じゃあオフィスへきてくれ。金を払うから」ルークはそう言って木造の掘っ立て小屋のほうへ引き返しはじめた。「譲渡用の書類と権利書を忘れずに持ってきてくれよ」ルークはふりかえって叫んだ。

シーザー・マノーラはおんぼろのポンティアックから這い降りると、無言でルークのあとにしたがい、オフィスへ入っていった。ルークはそこで、五ドル札と十ドル札で七十五ドル払った。シーザーは新聞社のオフィスまで歩いて帰った。

三月二十九日、新聞紙上でコンテストの優勝者が発表される二日まえ、マイクは優勝を公式に知らせるため、クラッシーを《ストックヤード・ウィークリー・ニュース》のオフィスに呼んだ。クラッシーがオフィスに入ると、マイクはドアの横に立っていた。シーザー・マノーラは自分のデスクについていた。

「あなたがマイク・マノーラ?」とクラッシーは訊いた。

「ええ」とマイクは答えた。「で、あなたは? なんだか見覚えのある顔だけど」マイクはクラッシーにウィンクし、自分の後ろにすわっている父親のほうに目くばせした。

「あたしはクラッシー・アルマーニスキーです」クラッシーも調子を合わせた。「あなたからここへきてくれって葉書をいただきました」

「ああ、あなたか!」とマイクは言った。「まずぼくの口から最初におめでとうを伝えたかったんですよ。あなたは《ストックヤード・ウィークリー》主催の美人コンテストで優勝者に選ばれたんです」父親のほうをふりかえるときも、マイクはまじめくさった顔をくずさなかった。「父さん、こちらがクラッシー・アルマーニスキー。コンテストの優勝者だよ」

「はじめまして、ミス・アルマーニスキー」とシーザー・マノーラは言った。「今回はおめでとう。それから、もうひとついいニュースがありましてね……うちの新聞社から、賞金として百ドルを贈呈することになったんです」

マイクがあんぐりと口をあけ、びっくりして父親を見つめた。「百ドルだって？」

「そうだ」とシーザー・マノーラは答えた。「新聞のいい宣伝になるはずさ！」彼は息子に目を向けようとしなかった。

「ありがとうございます、ミスター・マノーラ」とクラッシーは言った。彼女の心臓は興奮に高鳴っていた。「まったくなんて言ったらいいか……」

マイクはどうにか落ちつきを取り戻すと、クラッシーのほうをふりむき、ふたたび事務的な話をはじめた。「ミス・アルマーニスキー、まずはあす、あなたの写真を撮ることになってるんです。できればきょうの午後、今回のコンテストのスポンサーになっている店へ行って賞品をうけとってきてくれませんか。あすじゅうに写真を撮らないと、つぎの号に間に合わないんですよ」

クラッシーは勝利感に酔いしれながら《ストックヤード・ウィークリー・ニュース》のオフ

イスをあとにした。「百ドル」彼女は心のなかで快哉を叫んだ。「百ドル……それに新しい服も。もうじきあたしはここを逃げだすのよ……そしたら、こんなところへはもう二度と戻らないわ！」クラッシーはまず、〈ソロモンズ・ドレスショップ〉へ急いだ。この店の目玉商品は、二ドル九十八セントから十四ドル九十八セントまでのドレスと、十二ドル五十セントから二十七ドル五十セントまでの女性用スーツだった。クラッシーが来店の理由を告げると、デイヴィッド・ソロモンは急に不機嫌になった。

「ちょいと洒落たホームドレスなんかはいかがかね？」

「いいえ」とクラッシーは言った。「あたしはスーツがほしいの」

「だったらあんたは、うちでいちばん値の張る二十七ドル五十セントのスーツをただで持ってくというのかね？　あれは二倍の値段をつけたってまだ安いくらいだっていうのに？」

「そうよ」とクラッシーは答えた。

ソロモンはそんな率直さに動じたりはしなかった。いつもくる客を相手にしていて、そういう態度には慣れていたからだ。三十分後、クラッシーは新しい黒のスーツを持って店を出た。ひたすら毒づきつづけるソロモンへの唯一の譲歩は、もし手直しが必要なら自分でやるということだけだった。

〈エドナ・メイのお買い得マート〉では、まず地味で小さな帽子を選んだ。ハーフ・ベールがついていて、値段は二ドル六十五セント。クラッシーがその帽子を選んだのは、それをかぶると実際よりもずっと年上に見えると思ったからだった。店には安っぽい商品しか並んでいなかったものの、大柄で親切なエドナ・メイはクラッシーの賞品選びを親身になって手伝い、できるかぎりのアドバイスをしてくれた。クラッシーは最終的に十七ドル五十セント（それがこの店でいちばん高い商品だった）のコートを選んだ。色はベージュで、ポケットのまわりに黒い縁飾りがついていた。

鞄と革製品の専門店〈ブラウザーズ〉では、模造皮革のスーツケースを選んだ。スーツケースには模造象牙の櫛とブラシ、化粧品ボトルが三つ、それにフェイスパウダー用の小さな丸いセルロイド・ボックスがついていた。クラッシーは新しい帽子とコートを身につけ、スーツケースに新しいスーツをつめると、〈レッドトップ・タクシー〉に寄って五ドル分のタクシー・クーポン券をうけとると同時に、ついでにオフィスの電話を借りて〈ディープウェル・ビール〉に連絡を入れ、ビールのケースを自宅に届けてくれるように頼んだ。

それがすむと、こんどは〈グラマー・ビューティサロン〉へ行き、パーマとマニキュアをしてもらった。美容院を出たときには、六時を過ぎていた。家路を急ぐクラッシーの髪は、整髪料のせいで硬くなっていた。

クラッシーはゆっくりと階段を登り、玄関のドアをあけた。部屋の向こうから父親の怒声が飛んできた。「もうとっくに帰ってるべき時間だろうが、このクソッタレが！」

父親のアントンとマリアは、リビングルームにすわっていた。床のまんなかにはビールのケースがおいてあった。ただし、ケースの中身はもうほとんど空で、部屋のあちこちに空き瓶が転がっている。アントンはシャツを脱いで上半身裸になり、天井のまんなかに針金でぶらさげてある裸電球に照らされ、たくましい胸と腕をぬらぬらと光らせていた。ベルトはゆるめてあり、ズボンの前ボタンははずしたままだった。

マリアは背筋を伸ばし、たわんだソファーのまんなかにすわっていた。なかば閉じたまぶたの下の黒い瞳には生気がまるでない。いまもどんどん太りつづけているせいで、身体を覆っている薄いコットンのドレスはなかばサイズが合わなくなっていた。

「あたし、コンテストで優勝したの」とクラッシーは言った。「賞品をうけとりに行ってたのよ」

「おまえが優勝だ？　そんなことなんぞあるもんか」とアントンは怒鳴った。「嘘に決まってる！」

「彼女、男と寝てるよ」とマリアが言った。

「なによ、薄汚いイタ公のくせして」クラッシーは食ってかかった。「だったらあんたはどうなの？　パパとは結婚だってしてないじゃない！」

マリアは甲高い哀れっぽい声を上げると、両手をまえへ突きだしてソファーから飛びあがった。クラッシーは足元に転がっていた空のビール瓶をつかみ、一歩も引かずに身構えた。マリアはアントンの脇をすり抜けてまえへ飛びだそうとした。その瞬間、アントンの大きな拳が飛んだ。拳はマリアの脇腹をとらえ、部屋の反対側まで吹き飛ばした。マリアは壁に叩きつけられ、ゆっくりと床にくずおれた。アントンは立ちあがり、足を引きずってクラッシーのほうへにじりよった。

「もし売春なんぞしてまわってるんだったら、殺してやるからな」

クラッシーは二階の自分の部屋へ逃げこんだ。アントンはリビングルームの丸いオーク材のテーブルの脇によろよろと膝をつき、テーブルの端に額を押し当てた。「なにもかもクソくらえだ」彼はかすれた声でつぶやいた。

翌日の午後、クラッシーは授業に出なかった。正午に家へ帰り、父親もマリアもいない隙に新しい服を着こむと、数少ない持ち物を新しいスーツケースにつめた。それから、ハイヒールをはいていちばん近くの店へ行き、タクシーを呼んだ。《ストックヤード・ウィークリー・ニュース》のオフィスへ行く途中、クラッシーは美容院に寄ってスーツケースをあずかってもらい、そこからまた新聞社へ向かった。

クラッシーがオフィスへ入っていくと、シーザー・マノーラは自分のデスクで仕事をしていた。オフィスにはほかに誰もいなかった。

「ああ、クラッシー、すごくきれいだよ!」とシーザーは言った。

クラッシーはシーザーがじっくり眺められるように、その場でゆっくりと身体をまわしてみせた。

「どこか変じゃないかしら?」

「ほんとにすてきだよ」シーザーはうけあった。

「マイクはどこ?」とクラッシーは訊いた。「新聞に載せる写真が撮りたいと言ってたんだけど」

シーザーは笑った。「わたしが用事を言いつけて、ループ地区に行かせたよ。あいつには、おまえの帰りが遅いようだったら写真はわたしが撮っておくと言ってある」シーザーはさもおかしそうに笑った。「きょうわたしが用事を言いつけた場所は、きみとの約束の時間までに帰ってこられるようなとこじゃない」

「ぜったいに?」

「ああ」シーザーはうなずいた。「きょう、きみに例の百ドルを渡そうと思ってね」彼はデスクから立ちあがり、小さなカメラを手にとった。「外へ出なさい。いまわたしが写真を撮ってあげよう」

クラッシーはシーザーについて外の歩道へ出た。シーザーは建物の正面でクラッシーにポーズをとらせ、強い陽射しに目をほそめながら何回かシャッターを切った。それから、クラッシーの腕をとってふたたびオフィスに戻ると、デスクにカメラをおき、そこに用意してあった封筒をとりあげた。

「さあ、きみの百ドルだ」

クラッシーはシーザーの目を避けるようにして封筒をうけとり、ハンドバッグにしまった。

「ありがとう、シーザー。ほんとに……ありがとう」

「二階に行こう」とシーザーは言った。

「二階になにがあるの？」

「部屋を借りてあるんだ。仕事で帰れない夜もあるんでね。ときどきここに泊まるんだよ。さあ、クラッシー……」シーザーはクラッシーの手をとり、オフィスの奥へと優しく導いた。

されるがままに、クラッシーは黙ってしたがった。小さな平台印刷機がおいてある薄いパーティションの裏に行ってみると、そこに小さなドアがあり、荒削りな木の板でつくった急な階段が二階の暗い廊下へとつづいていた。シーザーのあとについて二階へと登っていきながら、クラッシーは思った。「こんなことがあっていいはずがないわ……これは現実なんかじゃないのよ……まさかほんとうに百ドルくれるなんて思わなかったのに……この男にさわられるなんてごめんだわ」彼女は気味の悪い廊下で足をとめ、シーザー・マノーラが部屋のドアをあけるのを待った。

そのとき、激しいパニックに襲われたクラッシーの耳もとで、冷徹な理性の声がそっとささやいた。「自分を欺いてはいけないわ……これがあなたの待っていたことでしょ……そもそもこれはあなたが自分で計画したことなんですもの……こうなるってわかっていたはずよ。お金をうけとったからには、代価を払わなくちゃ！　そしたらあなたは自由になれるのよ、クラッシー！　父さんやマリアからも。シーザーやマイクや、ストックヤードからも……それにヘムステッドからも……それに……」

「さあ、ここだよ」シーザーが脇へ寄り、クラッシーをなかへ通した。狭い小さな部屋へ足を踏みいれてみると、そこにはカーキ色の毛布のかかった簡易ベッドがおいてあった。その横には、かつては赤く塗られていたとおぼしきキッチン用の古い椅子が一脚。壁には、木製のがっしりしたフレームに入った歪んだ鏡がかかっている。シーザーはむきだしの床を横切って窓のまえへ行くと、羽根板が割れて壊れかけている茶色いブラインドを半分おろした。それからクラッシーのほうを向き、彼女の身体に腕をまわした。

「ベッドに腰かけて、わたしの横へおいで」とシーザーが言った。クラッシーは機械的に命令にしたがい、そっと頭に手をやって新しい帽子を脱いだ。シーザーは身を乗りだし、唇にキスをした。シーザーの身体の重みが、クラッシーを簡易ベッドに優しく押し倒した。シーザーは彼女の脇に身体を横たえ、耳の下に唇を押し当てた。

「いいかね、クラッシー」とシーザーはささやいた。「ちょっとだけ話を聞いてくれ。頼むからわたしといっしょにいてほしいんだ……わたしといっしょにいて……離れないでくれ。きみを愛しているんだよ。きみを幸せにするためだったらなんだってする。なんだかまた若返った気がしてね。わたしはここ数年ではじめて……希望と、野心と、夢を持てた。ストックヤードなんてもうどうでもいい。二人でいっしょに……どこか……知らない土地へ行こう。仕事ならきっと見つかるさ……」シーザーは一瞬言葉を切り、小声で訊いた。「きみだって、すこしはわたしが好きなんだろう、クラッシー？」

クラッシーは枕の上で頭をめぐらせ、黙ってうなずいた。「ああ、マリア様」彼女は心のなかで祈った。「この人を黙らせて……お願いだから、さっさとこれを終わらせて……」

「わたしにキスしておくれ、クラッシー」シーザーが迫った。彼の手がブラウスの上をまさぐるのが感じられた。優しい手つきで、痛くはなかった。「この新しいスーツは脱いだほうがいい」とシーザーはささやいた。「さもないと、しわになってしまう」

クラッシーはなかば意識をなくしていた。ジャケットから腕を抜くのをシーザーが手伝ってくれるのが、なんとなくわかった。クラッシーが背中を弓なりにそらすと、シーザーはスカートをそっと脱がせた。部屋の四方の壁がどくどくと脈打ち、ゆっくりと迫ってきた。反対に、低い天井はどんどん高くなっていき……遙か彼方へ遠ざかり……望遠鏡を逆さに覗いたときのように見えた。やがて、天井はシーザーの肩と頭に覆い隠された。

クラッシーは心を固く閉ざし、感覚を麻痺させ、目をつぶった。永劫とも思える拷問のあいだ、彼女は空っぽの空間を浮遊していた。

そのとき、シーザーの身体が自分の上から吹き飛んでいき、クラッシーははっとわれに返った。と同時に、どこか遠くから叫び声が響いてきた。恐怖にとらわれ、簡易ベッドの上で身体を起こしたクラッシーは、床に倒れたシーザーの脇に立っているマイク・マノーラの姿を見た。

マイクは父親の頭を蹴りつけていた。

「このクソ野郎！　きさまなんか地獄にでも落ちやがれ！」マイクは甲高い金切り声を上げながら、ぼろぼろと涙を流していた。「彼女はおれの……おれの女なのに……」

シーザー・マノーラがマイクの足をつかみ、突然ひねりあげた。マイクは簡易ベッドの上に叩きつけられ、半分クラッシーの上に覆いかぶさった。シーザーが床から立ちあがると、マイクはしゃかりきにパンチを浴びせはじめた。そのとき、シーザー・マノーラが渾身の力をこめてくりだした拳が、大きく弧を描いて息子の鼻にめりこんだ。

クラッシーは骨の砕ける音を聞いた……中身のつまったマッチ箱を誰かが踏みつぶしたような音だった。

マイクは鼻と口から真紅の血をほとばしらせながら、床に倒れこんだ。叫び声はやんでいた。シーザーが息子の脇に膝をつき、噴出する赤い奔流をとめようとしている隙に、クラッシーは服をかき集め、気づかれないようにそっと部屋を抜けだした。

一階に行くと、印刷室ですばやく服を身につけた。クラッシーの心は冷たく、無感覚で、超然としていた。服を着終えると、ハンドバッグを拾いあげ、歩いて〈グラマー・ビューティサロン〉へ行き、スーツケースをうけとった。それから〈レッドトップ〉のタクシーを呼び、街を去った。クラッシーは二度とストックヤードへ戻らなかった。

一カ月後、ミセス・マノーラが死んだ。

妻が息をひきとった二時間後、シーザー・マノーラは自殺した。教会の方針で、二人はおなじ墓に埋葬されなかった。

それから一週間後、マイク・マノーラはシカゴへ戻り、《ストックヤード・ウィークリー・ニュース》の経営を引き継いだ。

第3章　その1／ダニー

マノーラと話をしてから、おれはループ地区へ戻り、クラッシー・アルマーニスキーのことはすべて忘れることにした。結局、この十年というもの、彼女の姿を見た人間は誰もいないのだ。クラッシーはたぶん街を去り、結婚したか、さもなければ死んだのだろう。

第一、どっちであろうとおれになんの関係があるというのか？

すくなくとも、おれは自分にそう言い聞かせつづけた。オフィスで督促の手紙を書き、踏み倒しの常習犯を何人か探しだし、そこここで金を回収した。暇な時間があるときには、新しい顧客を開拓すべく会社をまわり、クラレンス・ムーン集金代理店に仕事をまかせてもらえないかと売りこんだ。こうして新しい仕事を確保した結果、状況はすこしずつよくなっていった。昼のあいだ、おれはとんでもなく忙しかった。

しかし、夜ともなると話はべつだ。ベッドに入っても一、二時間ほどで目が覚めてしまい、もう眠れなくなってしまう。おれは頭のなかからいっさいの雑念をぬぐい去ろうとした……ゴムのへらでこそげ落とすように……しかし、そうはいかなかった。ふと気づくと、いつのまにかクラッシーのことを考えている。まず、ぼんやりとかすんだクラッシーの顔が浮かんできて、やがてその美しい顔がくっきりと明確になり、つぎの瞬間、彼女はおれのすぐ隣りにすわっている。

おれは思いつくかぎりのありとあらゆるジョークを連発し、ラジオのコメディアンみたいに会話を進めていく。クラッシーの美しい笑い声が聞こえ……おれは自分がとてつもなく大物になったような気分になる。

しかし、それだけでは満足できなかった。なぜなら、心の奥底には、いつだってひとつの疑問がわだかまっていたからだ。

——彼女は、いまどこにいるのか？

この地球のどこにいてもおかしくなかった。この大陸かもしれないし、この国かもしれないし、この州かもしれないし、この街かもしれない。もしクラッシーがシカゴにいたら？　しかし、シカゴには五百万もの人間が住んでいるのだ。そこからクラッシーを探しだすのは、碾《ひ》き臼《うす》でひいた粉のなかから、たった一粒の粉を見つけだすようなものだろう。十年後のいまでは、彼女も二十七歳くらいになっているはずだ。おれにわかっているのはそれだけだった。

しかし、おれはこれまでに数えきれないほどの行方不明債務者を探し当ててきた。おかげでいまでは、それぞれの人間の行動パターンは生涯ほとんど変わらないことを知っている……たとえその人間が夜逃げをしたあとでも。そこでおれは、丸めて高くした枕に頭をのせ、煙草に火をつけ、闇に横たわったまま、ストックヤードから逃げだしたクラッシーがつぎになにをするかを考えた。当時のクラッシーはまだ十七歳で、新品のスーツケースとスーツとコートと帽子を持っており……懐には百ドルあった。それだけの情報があれば、どうにか糸をたぐりよせ、現在の居場所をつきとめられるはずだ……ぜったいどこかにいるはずなのだから。しかしどこだ？

百ドルといったら、当時のクラッシーにとって、この世に存在しているのが信じられないほどの大金だったろう。しかし、生まれてからずっと貧乏暮らしをつづけていたことを考えれば、彼女のとった道はふたつにひとつだったはずだ。その金をあっというまに使い果たしてしまったか……さもなければ……テリアのように食らいついて離さなかったか。例の写真からうける印象で判断するかぎり、たぶんクラッシーは後者だったにちがいない。もしそうなら、彼女はその金にできるだけ手をつけまいとしたはずだ。ニューヨークやロサンゼルスのような街まで足を延ばして金を無駄にしたはずはない。おそらく、このシカゴを離れなかっただろう……すくなくとも、しばらくのあいだは。

しかし、百ドルで永遠に生活していけるはずもない。だったら、職につく必要があったはずだ。どんな種類の仕事か？　おれの知るかぎり、クラッシーにはなんの経験もなかった。となれば、事務員かウェイトレスになるのがせいぜいだっただろう。しかしそこで、おれはクラッシーがいかに美しかったかを思いだした。そのことは、もちろん彼女も自覚していたはずだ。すくなくとも、ある程度は。だとすれば、自分のルックスを武器に金を儲けようとしないはずがない。ショービジネス？　そうだ、ショービジネスにちがいない。

　そこまで糸をたぐりよせ、おれはかなりいい気分だった。しかし、さらによく考えてみると、その答えには満足できなくなった。シカゴはショービジネスが盛んな街ではない。シカゴで企画製作されたショーなどほとんどない。ショーといえばやはりニューヨークだ。もちろん、クラッシーがシカゴの大きなナイトクラブやホテルで仕事についた可能性はある。ただし、たとえそうだったとしても、それには歌と踊りができる必要があったはずだ。クラッシーにその手の才能があったかどうかおれは知らない。けれど、彼女が住んでいた古いシロアリの巣を考えると……ダンスのレッスンをうけるほどの余裕があったとは思えなかった。ただし、その線を完全に考慮からはずしてしまうまえに、おれは知り合いのエイブ・ブロッサムに話を聞いてみることにした。借金取り立ての仕事はたいして金にはならないが、多くの人間と知り合いになれる。エイブは二十五年まえから劇場の出演契約係をやっている男で、おれは一度やつから借金を取り立てたことがある。ただし、結局金は回収できずじまいだった。こっちはやつの腕をねじりあげるつもりだったのだが、そのうちになんとなく親しくなってしまったのだ。やつならクラッシーの写真に心当たりがあるかもしれなかった。

　おれはウッズ・ビルディングに入っているエイブのオフィスへ行った。エイブは身体のがっしりした小男で、いつもグレーの服を着ている。その日は、ライトグレーのスーツに手染めのグレーのネクタイを締め、グレーのスエード靴をはいていた。いつもどおりの真っ赤な顔に、白髪まじりの豊かなグレーの髪。そしてこれまたいつものとおり、太くて長い黒の葉巻をくわえていた。

「よくきたな、ダニー」とエイブは言った。「そこの椅子をこっちへ持ってきて、足を休めてくれ」

「やあ、エイブ。商売の調子はどうだい？」

エイブは肩をすくめた。「ギャンブルをやってる店はどこも調子がいい。おれも芸人を売りこめる。しかし、ギャンブルをやってない店はてんでだめだ。そこでやつら、カジノに圧力をかけてやがるんだ。おかげで、おれのかかえてる芸人たちもふくめ、誰もまったく金を稼いじゃいない。おれの手数料は十パーセントなんだが……芸人の収入がゼロじゃ話にならん」

「そいつは苦しいな」

「おまえが気にする必要なんぞないさ」とエイブは言った。「もう何年もこんな調子なんだ」

「ところで」おれは話を切りだした。「ちょっと力を貸してほしいんだ。この娘を見たことがあるか？」おれはクラッシーの写真が載った新聞の切り抜きをとりだし、エイブに渡した。

エイブはそれをじっくり眺め、ゆっくりと口笛を吹いた。「こいつはまた上玉だな」

「ああ」おれはうなずいた。

「名前は？」

「クラッシー・アルマーニスキーだ。しかし、いまでは名前を変えてるかもしれない」

「そりゃそうだろさ！　そんな名前じゃ変えるよりほかに手はない」とエイブは言った。「この女はショービジネスの世界で働いてるのか？」

「わからない」とおれは答えた。「たぶんそうじゃないかとは思うんだが」

エイブは切り抜きを返してよこした。「そんな名前の女には心当たりがないな。それに、顔にも見覚えがない」

もちろんだからといって、クラッシーがこのあたりで仕事をしていないという保証にはならなかった。しかし、もしエイブが知らないのであれば……このあたりで成功しているわけではないことはぜったいにたしかだ。

おれは切り抜きをポケットに戻した。「なあ、エイブ。もし自分がこれくらい美人で、なんの資格も持っておらず……しかも生活費を稼がなければならないとしたら……あんたならどうする？」

「ショービジネスの世界に入るね」エイブは即座に答えた。

「そのことはよく考えてみたんだ。ほかにはなにか考えられないか？」

エイブは葉巻の吸い口を嚙み切り、デスクの脇の真鍮製の痰壺に吐き捨てた。「たぶん、モデルをするだろうな。才能はないがルックスはいい女たちの多くが、写真を撮ってもらって優雅な生活を送ってる。おれだったら、そっちに賭けてみるね」

クラッシーがモデルになっているかもしれないとはこれまで思いつかなかったが、考えれば考えるほど可能性が高い気がしてきた。おれは礼を言い、エイブのオフィスをあとにした。

まず最初に、基本的な調査をしておく必要があった。おれは電話会社の本社へ行き、過去十年間に発行されたシカゴおよびその郊外の電話帳をすべて調べた。クラッシーの名前はそのどれにも載っていなかった。つぎにおれは、ガス会社と電力会社をあたった。事務員の話によると、どちらの会社にもクラッシー・アルマーニスキーなる人物は一度も加入していないとのことだった。クラレンス・ムーンの古いデータ・カードに載っていた住所は、クラッシーの実家のものだった。しかし、ムーンが彼女と会ったのはどこかべつの場所だったのは明らかだ。それはいったいどこだったのか？　おれにはわからなかった。

クラッシーがクレジットで買った商品は、どれもリストに載っていた。しかし、買った店の名前は記載されていない。おれはムーン老人の杜撰《ずさん》な仕事ぶりを呪った。

最後におれは小売業信用調査所へ行き、集金代理店の担当に話を聞いた。彼らはできるかぎりの助力を惜しまなかったが、なんの役にもたたなかった。クラッシー・アルマーニスキーに関する記録はいっさい残っていなかった。

そのとき、突然その理由がわかった。彼女は名前を変えたはずだとエイブは言っていたが、事実そのとおりだったのだ。クラッシーは名前を変えた。しかし、だとしたらなんという名前なのか？

クラッシーの新しい名前はわからない。しかし、十中八九イニシャルは〝K・A〟のままだろう。どういうわけか、ほとんどの人間は名前を変えるとき、イニシャルだけは本名とおなじにする。たぶんそのほうが憶えやすいからだと思う。さもなければ、クリスマスに新しいブーメランをもらった少年のようなものかもしれない。どうしても古いブーメランを捨てるのが嫌なのだ。

イニシャルが〝K・A〟の娘を探せばいいとわかっても、たいして役にはたたなかった。それでも、手がかりがなにもないよりはましだ。すくなくとも、クラッシー・アルマーニスキーという名前の娘を探しても無駄であることだけはわかったのだから。

あたえられた手がかりはあまりにも乏しかった——おれにわかっているのは、探しだすべき娘は一九四〇年当時十七歳で、ブロンドで美しく、イニシャルがK・Aということだけだった。あとは写真が一枚あるきりだ。そこでおれは、それらの情報と新聞の切り抜きだけを頼りに、シカゴのモデル事務所をまわりはじめた。まずは、現在営業しているモデル事務所のリストと十年前に営業していた事務所のリストを照合し、訪ねてみるべき社を二十五ほどに絞った。

最初の十七社は期待はずれに終わった。おれはひたすら歩きつづけ、いくつもの階段を登り、何度もエレベーターに乗った。ほとんどの事務所の女性社員は、仕事についてから一年か二年しかたっていなかった。〝K・A〟というイニシャルだけを手がかりに、十年まえのモデルの記録をチェックしても、なにも見つからなかった。

ただ、そうやって延々と探しまわったおかげで、ひとつだけわかったことがあった。どうやらクラッシーは、シカゴをはじめとする大都市で写真モデルの仕事についたことは一度もないらしい。もしクラッシーが全国的な雑誌や新聞で活躍していれば、おれが見せた写真に反応をしめす者がひとりくらいいて当然だからだ。

しかし、十八番目に訪れた〈モニカ・モートン・モデル養成学校〉で、おれは金脈を掘り当てた。経営者のモニカ・モートンは四十なかばの上品な銀髪の女性で、いまだにすばらしいスタイルを保っていた。じつは以前にも一度、おれはミス・モートンから情報を提供してもらったことがあった。とはいっても、もう何年もまえのことだ。当時の彼女は〈コノヴァー〉のモデルだった。

おれは応接室の受付デスクのまえに立ち、ミス・モートンにひたすらお世辞を並べたてた。やがて彼女はおれをダニーと呼ぶようになり、ファイルを探しにいってくれた。

ミス・モートンは光沢仕上げの写真を二枚と、小さなインデックスファイルのカードを持って戻ってきた。「わたしがこの情報をあなたに教えても、この子に迷惑がかからないのはたしかなの?」

「だいじょうぶですよ、ミス・モートン」とおれはうけあった。「それどころか、向こうにとってもいい話なんですから」おれは保険金の払い戻しに関するいつもの作り話を披露した。

ミス・モートンはおれに写真とカードを渡してくれた。間違いなくクラッシーだった。しかし、カードに記載された名前は〝キャサリン・アンドリュース〟となっている。カードによると、年齢は二十歳、身長一メートル七十四センチ、バスト八十九、ウエスト六十一、ヒップ八十七、髪はブロンド、瞳はグレー、実家の住所はミズーリ州ハンニバル、シカゴの住所はイースト・バンクス通り。クラッシーはすでにこのときから素性を偽り、大都会に身を潜めて生活していたらしい。

おれは写真を見て息をのんだ。見慣れたあの美しい顔が、穏やかな透き通った目でおれを見返していた。以前はしっかりと編まれていた髪は、肩まで垂らした内巻きに変わり、まばゆいばかりの金色に輝いている。唇には、新聞の切り抜きを見て記憶に焼きついた、あの控えめだが自信にあふれた笑みが浮かんでいる。

「この写真をどちらか譲っていただければ、喜んでいくらかお支払いしますよ」おれはミス・モートンに言った。

「いいのよ、ダニー。こちらには焼き増しがあるから。一枚持っていっていいわ。うちでは卒業生の写真をかならず撮って、レファレンス・ファイルに保存してあるの」

「あなたがクラッ……いやその、キャサリン・アンドリュースに最後に会ったのはいつです？」とおれは訊いた。

「もうずいぶんまえ、ほんとうに何年もまえだわ。この学校を卒業してから顔を見せにきたことは、たぶん一度もなかったんじゃないかしら」

「あなたが教えたんですか？」

「ええ、そうよ」モニカ・モートンはうなずき、カードの隅に書かれたいくつもの小さな記号に目を走らせた。「あの子はうちでいちばん高いモデル養成コースをとったの。受講料はあの当時で二百五十ドルだったわ。いまだったら、その倍にはなるわね」

「なにをお教えになったんです？　歩き方とか？」

モニカ・モートンはおれに憐れむような笑みを向けた。「モデルになって成功するには、もっといろいろなことが必要なの」

それからミス・モートンは、これまでに何度となくくりかえしてきたセールス・トークをおれにも聞かせてくれた。説明が終わったときには、おれはクラッシーがなにを学んだかをすっかり理解していた。プロのメイクアップ、ヘアスタイリング、発声法、言葉づかい、服の着こなし、社交上のエチケット、会話英語、手足の動かし方、立ち居振る舞い、それに……おれの聞き間違いでなければ……ちょっとした演技の勉強まで。

「ミス・アンドリュースは、そういったことをすべてマスターしたんですか？」とおれは訊いた。

「わたしの憶えているかぎりでは、とても優秀な生徒だったわね。それに、まれにみるほどの美人で。写真写りもすばらしかったわ……ほんと、すばらしいとしか言いようがないの。とても真剣で、一生懸命に勉強していたわ。卒業後にあの子がトレーニングをやめてしまったときには、わたしたちはみんな驚いたものよ」

「では、モデルとしては働かなかったんですね？」

「そうなの」とミス・モートンは答えた。「卒業後は一度も顔を見せなかったわ。あの子は週に十時間の六カ月コースを受講したんだけど、それを終えると文字通り消えてしまったの。仕事をまわそうと思って、イースト・バンクス通りの住所へ何回か手紙を出したこともあるわ。でも、どの手紙も返送されてきてしまって。たぶん、街を出たんじゃないかしら」

おれはクラッシーの写真を手にミス・モートンのもとを辞去し、ミシガン通りでイースト・バンクス行きのバスをつかまえた。イースト・バンクスはニア・ノース・サイドにある短くて狭い通りで、湖からほんの数ブロックほどの長さしかなく、通り沿いに並んでいるのはほとんどが古い大邸宅を改装した下宿屋だった。

クラッシーが住んでいた家は、通りの角に建つ四階建ての古いブラウンストーンの屋敷だった。正面の屋根からは優に一階分の高さがある塔が突きでており、そのてっぺんには、古い城の小塔を思わせる銃眼付きの胸壁がついている。最初にこの屋敷を建てた人物は、おそらく湯水のように金をつぎこんだのにちがいない。おれはこれよりもっと小さい郵便局をいくらでも見たことがあった。

おれは階段を登っていき、玄関の両開きドアの脇のボタンを押した。ドアはおれの身長の二倍ほどの高さがあり、上半分はエッチングを施したすりガラスになっていた。エッチングの線模様はぐるぐると渦を巻きながら四方へ延び、小麦の刈り束や、空を飛ぶ鳩や、からみあうりボンなどへと姿を変えていた。ただし、どの部分からも、なかを見通すことはできなかった。

ドアをあけたのは背の高い馬面の女だった。髪は不自然な色のブロンドで（もう早いところ染め直す必要があった）、地味な茶色のスーツを着ており、赤い宝石が埋めこまれた太い角縁の眼鏡をかけている。おれが家主に会いたい旨を告げると、女は自分だと答えた。

おれは自己紹介をしてクラッシーの写真をとりだし、一九四〇年にここに住んでいたミス・キャサリン・アンドリュースの行方を探しているのだと説明した。女主人はミス・デュークスと名乗り、おれをなかへ招じいれた。

玄関広間は途方もなく広いうえに、びっくりするほどがらんとしていた。あるのはコート掛けと傘立て、それに電話の載った手彫りの古いテーブルだけで、ほかにはいっさいなにもおかれていない。床にはさまざまな色の四角い木のブロックがぎっしり嵌《は》めこまれ、いろんな形の渦巻き模様が描かれており、中央には小さくて地味な丸い絨毯が敷いてある。ミス・デュークスはおれを応接間に案内した。そこはノートルダム大学の体育館に較べればこぢんまりした部屋で、床から天井まである巨大な張り出し窓がついていた。部屋にはキーキー軋む大きなソファーと、薄い色で仕上げられた樫材のテーブルにくわえ、二〇年代風のふかふかの椅子と、これみよがしな暖炉があった。暖炉の表面仕上げには光沢のある小さなピンクのタイルが使われていて、どこかできあいのバースデイケーキを思わせた。暖炉の上には、大きく引き伸ばしたミス・デュークスの写真が飾ってあった。なかなかいい写真で、ミス・デュークスはいまよりも十五歳ほど若い。この十五年で、彼女はすっかり面変わりしていた。

おれはいつもの保険金の話をくりかえした。ミス・デュークスはキャサリン・アンドリュースなら知っていると答えた。一九四〇年に六、七カ月ほどここに住んでいたという。

「ここを出るとき、ミス・アンドリュースは転居先の住所を残していきましたか？」とおれは訊いた。

「いいえ、おいていきませんでしたよ」

「なら、荷物をまとめてなにも言わずに？」

「ええ、ある日スーツケースを持って出ていきました」

「あなたに借金は？」

「いいえ、ありませんでした」

「なぜ彼女が出ていったか、心当たりはありますか？」

「もちろんですとも！」とミス・デュークスは言った。突然、堰《せき》が切れたかのように、彼女は怒りをこめてまくしたてた。「あの娘は自分のフィアンセが逮捕されることを知っていたんです。なのに、あの青年のそばにいてやるだけの勇気がなかったんですよ！」

ミス・デュークスの言葉を耳にした瞬間、おれはその場に凍りついた。なら、クラッシーは婚約していたのだ！　だが、もしそれが本当だとしても、彼女が愛する婚約者を見捨てるとは信じられなかった。しかも、相手の男が窮地にあったとなればなおさらだ。

「ミス・アンドリュースは誰と婚約していたんです?」

「ここに住んでいた若い青年ですよ」とミス・デュークスは答えた。「とてもいい青年でした。ラリー・バッカムという名前でね。新聞社のカメラマンで、《デイリー・レジスター》に勤めていたんです。わたしの写真も撮ってくれましたよ……そこに飾ってある」ミス・デュークスは暖炉の上の大きな写真を顎でしゃくった。

「ここに住んでいたとき、ミス・アンドリュースはどこで働いていたんです?」

「働いてはいませんでした」ミス・デュークスは不愉快そうに答えた。「ミネアポリスに住んでいる家族が送金してきてたんです」

ここでもまた作り話だ。クラッシーは自分の過去をすべてでっちあげている。いったいなぜだろう?

「バッカムという青年はどうなったんです?」

「逮捕されてから二日ほど勾留されただけで、結局は釈放されたんです。新聞社は馘になりましたけどね」

「バッカムはここへ持ち物をとりにこなかったんですか?」

「持ち物? 持ち物なんて、みんな警察が押収してしまいましたよ」

「なぜ警察はバッカムを逮捕したんです?」

「わたしが知るもんですか」とミス・デュークスは言った。彼女の唇が急にこわばるのを見て、おれはもうこれ以上はなにも聞きだせないことを悟った。たぶん話したくないのだろう。もしかしたら、本当にそれ以上のことは知らないのかもしれない。とにかく、おれは立ちあがって礼を言った。ミス・デュークスは玄関までおれを見送りにこなかった。古いソファーにすわったまま、暖炉の上に飾った自分の写真を見ていた。おれはひとりで外へ出た。

翌日、おれは《デイリー・レジスター》のオフィスへ行った。その日も嫌な天気だった。雨が降っていて、ループ地区の濡れた通りは、車が通りかかるたびに油のまじった泥水を撥ね散らかせた。おれはひどく憂鬱な気分で、もうクラッシーの居場所をつきとめるのはあきらめる気になっていた。たとえ見つけだしても、彼女を自分のものにできる可能性があるとは思えなかった。しかし、心の奥のなにかが、ラリー・バッカムになにがあったのかを突きとめろとささやきかけていた。

「バッカムの件を調べるだけだ」おれは自分に言い聞かせた。「それが終わったら、詮索するのはやめてなにもかも忘れるんだ。クラッシーなど、おまえにとってはただの他人じゃないか。向こうはおまえという人間がこの世に存在していることさえ知らないんだぞ」

《デイリー・レジスター》の写真部長はボブ・ベリーという男だった。額がほとんど禿げあがったこの男は、残りすくない髪をまんなかから丁寧にわけ、できるかぎり広い範囲を覆えるようにと、ブラシで扇状になでつけていた。おれが訪ねていった日、彼はちょうど歯医者から帰ってきたところで、二本の前歯にブリッジをつけているため、あまりうまくしゃべれなかった。

治療はまだ終わっておらず——おれはついつい〝クリスマスにほしいものは二本の前歯だけ〟という歌を思いだした——Wの発音が口笛みたいになってしまううえに、Pを発音するたびにおれの目に唾を飛ばした。バッカムが豚箱にぶちこまれた当時、ベリーはまだ写真部長ではなかったものの、すでに《デイリー・レジスター》で働いていたことがわかった。

「いやほんと」とベリーは言った。「もうだいぶまえのことだ。バッカムのことならよく憶えてるよ。しかし、細かい点はあまり記憶にないな。たしかバッカムは、なんかをやらかして窃盗班のやつらに捕まったんだ。だがそこでなんらかの取引があったらしい。警察はやつを釈放した。しかし新聞社はクビさ。おれの憶えてるかぎりじゃ、その件に関する記事はなにも載らなかったはずだ」

「それで？」とおれは訊いた。

「そもそものところ、おれはバッカムが正式に逮捕されたんだとは思っちゃいない。それに、やつがなにをしたにしろ、そいつはたいした犯罪じゃなかったんだ。いいか、この街じゃ毎日とんでもない数のチンピラが窃盗罪で捕まってるんだぞ。バッカムは重要人物じゃなかったから、新聞も大騒ぎはしなかった。ま、新聞社にしたって、関係者が犯した犯罪を書きたてたくはないしな」

「新聞社をやめたあと、バッカムはどうしたんです？」

「知らないね。この街を出てどこかへ行ったよ。このあたりの新聞社で職にありつくことは、どうあがいたって無理だったからな」

「バッカムのガールフレンドに会ったことはありますか？……キャサリン・アンドリュースというんですが」

「いいや」ベリーは言葉を切り、一瞬考えこんだ。「そりゃもちろん、ガールフレンドくらいはいただろうよ。あいつほどハンサムなやつはいなかったからな」そこでまた、ベリーは口をつぐんだ。「そういや、いま思いだしたんだが……やつには速記者だか秘書だかをやってる恋人がいたよ」

おれはただ、「ほう？」としか言えなかった。

「ああ」と言って、ベリーは古い記憶をたぐりよせた。「そうそう、間違いない。事情を話すと、ざっとこんな具合でね。警察から釈放されると、バッカムはどこかへ姿を消し、あとにはやつのデスクが残された。うちのカメラマンは、全員が自分のデスクを持ってるんだ」ベリーはそれぞれデスクが三つ並んだふたつの列を指さした。「バッカムは窓際のデスクを使ってた。おれのは奥だった。おれが雇われたときには、あいつはもうここのスタッフだったんだ。おれたちカメラマンはデスクなんかほとんど使わないが、とにかくおれは、やつの古いデスクに引っ越すことにした。そこでまず、やつのデスクを片づけて、引き出しに残ってたゴミを処分した。するとそのなかに、裏に硬い厚紙がついたメモパッドが入ってたんだよ。ほら、よくあるだろ？　間隔の広い横罫が入ってて、まんなかに縦の罫が一本入ってる、秘書が口述筆記に使うようなやつだ。メモパッドは速記文字で埋まってて、厚紙の裏にはなんかの図形が描いてあった……四角やなんかがごちゃごちゃとね。当時のおれは仕事の虫だったから、自分は偶然なにか重要なものを見つけたのかもしれないと思った。そこで、そのメモパッドを広告部へ持っていき、秘書のひとりに中身を読んでもらったんだ」

「なにが書いてあったんです?」

「それが、なにも書いてありゃしなかったのさ。〝かけがえのない一時間は、六十の貴重な一分からなる〟とかいった、やくたいもない格言やことわざでいっぱいだっただけでね。おれに速記文字を読んでくれた秘書の話じゃ、たぶん初心者が練習用に使ったんだろうってことだった」

「バッカムが書いたんですか?」

「いいや」とベリーは言った。「間違いなく女の文字だった」

「図形に関しては?」

「図形? おれの知ってるかぎりじゃ意味なんかなかったさ。ただの四角やなんかが書き散らしてあるだけで……」

「そこに女の名前は書いてありませんでしたか?」

「おいおい! そんなことまで憶えちゃいないさ」ベリーはいらだたしげに言った。そのとき、デスクの電話が鳴り、ベリーは受話器をとると、なにやら早口でまくしたてはじめた。おれはベリーが受話器をおくまで待ってから言った。「ありがとうございました。お礼に一杯おごらせてもらいますよ」

「休暇中と祝日以外、酒はやらないんだ」とベリーは言った。

「ところで」おれは帽子をかぶりながら訊いた。「メモパッドに書いてあったのは……本当に速記の練習だけだったんですか？」

「そうだ。裏の落書き以外はな……四角形がいくつかと……三目並べみたいなもんと……とにかくなにかそんなもんだけさ」

おれは《レジスター》のオフィスを出て、雨に打たれながらランドルフ通りを歩いていった。もう午後も遅い時間で、先ほどまでの霧雨が間断のない雨に変わっていた。あたりはすでに暗く、頭上低くたれこめた灰色の空は、手を伸ばせば指先で穴があけられそうだった。ランドルフ通りはかすんだネオンの光にぼんやりと輝いていた。おれはバーに寄り、酒を注文し、これまでにわかった事実をなんとか組み合わせようと頭をひねった。

その日の深夜、おれは自分の部屋のベッドに横になり、煙草をくゆらせながら、まだおなじことを考えていた。クラッシーは専門学校へ行き、モデルになる勉強をした。そして、バッカムと婚約した。にもかかわらず、バッカムはどこかの秘書とつきあっていた。クラッシーのような娘と婚約していながら、ひそかにほかの女と浮気する男がいるなどとは、おれにはどうしても信じられなかった。バッカムがその秘書とつきあっていたのは、クラッシーと出会うまえだったのだろうか？　だからやつは速記用のメモパッドを持っていたのか？

しかし、自分のデスクに古いメモパッドをつっこんだまま、バッカムはいったいなぜ六、七カ月も――やつがクラッシーと知り合ってから逮捕されるまでのあいだ――放っておいたのだろう？

だが、メモパッドがクラッシーのものだったとしたら？　もしそうなら、バッカムが大事にしまっていたのもわかる。おおかたセンチメンタルな理由だろうが、バッカムにとってはじゅうぶんな理由だったはずだ。

とすると、新たな疑問が湧いてくる。クラッシーはどこで速記を学んだのか？　もしかしたら、高校の商科の授業で習ったのかもしれない。さもなければ、秘書の養成学校へ通ったかだ。しかし、それだと筋が通らない……〝それ〟というのは秘書養成学校のことだ。もし秘書になる勉強をしていたのだとすれば、クラッシーは同時にふたつの学校へ通っていたことになる。

けれど、おれの身体は興奮で脈打っていた。クラッシーの行方をたどれるかもしれないと考えただけで、気分が奮いたった。ただし、彼女の通っていた学校をつきとめるのはそうそう簡単なことではない。おそらく、とんでもなく時間がかかるだろう。およそ気が遠くなるほどの時間が。

それに、おれが間違っていることもじゅうぶんに考えられる。問題のメモパッドがクラッシーのものだったとは断定できないのだから。しかし、すべてをはっきりさせるまでは自分が落ちつかないのはわかっていた。

　こうして、お決まりの手順がふたたび最初からくりかえされた。電話帳にはじまり、信用格付照会所、水道局の記録、ガス会社や電気会社の記録、さらにはキャサリン・アンドリュースの逮捕歴までチェックした。しかし、今回はさらに手ごわかった。おれは何人ものキャサリン・アンドリュースに行き当たり、そのうちの誰かをリストからはずすときには不安に駆られ、その女性がクラッシーではないことを完全に証明しなければ気がすまなかった。けれど、結局はすべて徒労に終わり、あとは秘書養成学校をまわる以外に手は残されていなかった。秘書養成学校は、文字通り何百もあった。おれはまず最初に古い電話帳を調べ、そのうちの半分をふるい落とした。

　それでも数が多すぎたため、すこしばかり当て推量に頼る必要があった。クラッシーはイースト・バンクス通りに住み、ループ地区の〈モニカ・モートン・モデル養成学校〉に通っていたのだから、ニア・ノース・サイドかループ地区の秘書養成学校を選んだと考えるほうが理にかなっている。もちろん絶対とは言いきれないが、クラッシーにとってはそのほうがずっと便利だったはずだ。

　住所をチェックし、おれは残る学校のさらに半分をふるい落とした。それでもかなりの数が残った。すべてをまわるには何カ月もかかるだろう。調査をはじめるまえに、さらに数を絞る必要がある。しかし、いくら数を絞ってもそう危険はない。もし間違っていたことがわかったら、ふるい落とした学校にも足を運んでみればいいだけの話だからだ。

反対に、もしおれの推測が正しければ、仕事量をぐんと減らすことができる。家を出たときにクラッシーが百ドル持っていたことはわかっている。さらに彼女は、モデル養成コースの受講料として、モニカ・モートンに二百五十ドル支払っている。となれば、クラッシーはできるだけ受講料の安い秘書養成コースを選んだだろう。いったいモニカ・モートンに払った金はどこで手にいれたのか？　秘書養成学校の受講料はどうやって工面したのか？　そのへんのところはおれにもわからない。しかし、クラッシーが金に不自由していたことは賭けてもいい。できるだけ出費をおさえて生活していたにちがいない。

おれはコースを受講する気があるふりをして電話をかけ、タイプと速記をいちばん安く教えている学校を選びだした。もし現在でもいちばん安いのなら、おそらく一九四〇年当時もいちばん安かったはずだ。

おおまかな情報は電話でも得られるが、何年もまえの古い情報を掘り起こそうと思ったら、直接出向いていくしか手はない。おれは暇を見つけては、それぞれの学校をまわりはじめた。こいつはなまなかのことではなかった。その間もおれは、クラレンス・ムーン集金代理店の経営を軌道に乗せようと、ほうぼうの会社へ売り込みに歩いていたからだ。しかし、それ以外の時間は、昼も夜もクラッシーのことだけを考えつづけ、からんで玉になった糸をほどくのに必死だった。

五、六週間後、おれはイースト・オハイオ通りを歩きながら、いつも手放さずに持っている秘書養成学校のリストをひっぱりだした。集金代理店の仕事で外出したとき、訪問先の近くにリストアップした学校のどれかがあれば、そこにも寄ってみることにしていたのだ。そうやっておれは、すこしずつリストをつぶしていた。リストにある〈グッドボディ・ビジネス専門学校〉は、住所がオハイオになっていた。おれはそこまで足を延ばした。

〈グッドボディ・ビジネス専門学校〉は、文房具店と小さな花屋にはさまれた狭いビルの三階にあった。エレベーターはなく、一階は金物屋になっていて、どこからかスープをつくる匂いがしているところをみると、二階はアパートメントに改造されているらしかった。〈グッドボディ〉が入っているのはビルの正面側だった。階段をいちばん上までのぼっていくと、十卓以上の机がつめこまれた大きくてみすぼらしい部屋があり、それぞれの机に古いタイプライターが載っていた。時代遅れのレコード・プレーヤーから軍隊マーチが流れるなか、三、四人の娘がタイプライターに向かっているのが見えた。娘たちは音楽のリズムに合わせてタイプを打っていた。ドアを入ってすぐのところに、部屋の隅を低い壁で四角く囲った一角があり、おれはそこで足をとめた。低い壁のすぐ内側では、タイプの教師とおぼしき白髪まじりの女性が、一心に爪を磨いていた。とてつもない厚化粧で、顔には疲労のしわが刻まれ、髪はヘンナ染料で鮮やかな赤茶色に染められている。おれがミスター・グッドボディはいないかと訊くと、女はわたしがミス・グッドボディだと答え、ミスター・グッドボディなる人物は過去にも現在にも存在していないし、今後も現われることはないだろう、とつけくわえた。

ミス・グッドボディは爪やすりを下におろし、おれに向かってにっこりと笑った。

「そいつはいいことを聞いたな」とおれは言った。「だったら、ぼくにもチャンスがあるってことになる」

「残念だけど、出会うのが三十年ほど遅すぎたようね。ま、いいわ、お入りなさい」

おれはなかに入り、ミス・グッドボディの隣りの椅子にすわると、保険金を払いたいという例の話をし、キャサリン・アンドリュースを知っているかとたずねた。このときにはもう、数しれぬほどの学校に足を運び、おなじ話を何度もくりかえしていたので、ついつい不注意になっていたおれは、もうすこしでへまをしでかすところだった。

「いいえ、キャサリン・アンドリュースという名前に憶えはないわね。でも、ちょっと待ってちょうだい」ミス・グッドボディは〈一九四〇〉というラベルのついた黒い大きな名簿を持ってきて、目を通しはじめた。「ないわね」しばらくして、ミス・グッドボディはやっと口を開いた。「キャサリン・アンドリュースという名前は見当たらないわ。カレン・アリスンならいるけど、あなたの探してる娘さんじゃないわね」

「わかりました。ありがとうございます」おれは礼を言って立ちあがり、ドアに向かいかけた。そのとき、ミス・グッドボディの口にした名前がふと頭をよぎり、おれははっとした。キャサリン・アンドリュース……カレン・アリスン。またもやおなじイニシャルだ！　おれはミス・

グッドボディのほうをふりかえり、クラッシーの写真をとりだした。彼女はそれをうけとると、一瞬だけ目を向けた。

「ええ、この子に間違いないわ。カレン・アリスンよ」

おれはまたなかに入って腰をおろした。手が震えているのがわかり、しばらくはなにも言うことができなかった。おれは煙草に火をつけ、ミス・グッドボディにも一本勧めた。

「そのカレン・アリスンという女性は、ここをやめてからどこへ行ったんです？」おれはようやく質問を口にした。

「どこかで仕事を見つけたらしいわ。あたしが知っているのはそれだけ」ミス・グッドボディは煙草をぐっと吸い、目を天井に向けた。「そういえばあの子はたしか……とても優秀な生徒だったわね。あまり親しくならなかったからよくは知らないけど、授業料はきちんと払ってくれたし、勉強にも熱心で、他人には干渉しない子だったわ。それに、なんといったって、あれだけの美人でしょ！　ほんとにねえ、あなた、狼の群れが一マイルも列をなしてたっておかしくなかったわ」ミス・グッドボディは自分の比喩に満足したようだった。「でも、あの子が男といっしょにいるのを見たことは一度もなかったわね」

「彼女はどこで働くことになったんです？」

「あたしもそれを思いだそうとしているの。お願いだからそんなに熱くならないでちょうだい。あれはたしか……ああ、だめだわ。思いだせない。でも、たしかミシガン通りにある広告代理店だったはずよ」

「思いだせることをすべて話してください」おれはせっついた。「もしかしたら、行方を突きとめられるかも……」

「あの子はとっても努力して……優秀な秘書に成長したわ。愚かすぎもせず、利口すぎもせず。あたしの記憶に間違いがなければ、一分間に平均百語タイプできたはずよ。大手の広告代理店で働こうと心に決めてたけど、実際にそうならなかったとしたら驚きね」

ミス・グッドボディは煙草をふかし、昔を回想しながら、さらにゆっくりとつづけた。「ある日あの子は、レターヘッドが浮き出し印刷してある高級な便箋を持ってやってきたの。レターヘッドの名前はいんちきで、ゴールドコーストの高級住宅街の住所が入っていたわ。でも、電話番号はあたしのものなの。で、なにかと思ったら、その便箋を使って推薦状を書いてくれっていうわけ。あの子があたしの社交事務担当秘書だったと偽ってね」

「それで、実際に書いたんですか?」

「もちろん」とミス・グッドボディは答えた。「そしたら、どこかの男から電話がかかってきて、〝ミセス・ゴトロック〟はいるかと尋ねられたわ。あたしが、ミセス・ゴトロックならわたくしですが、と答えると、相手はカレンについて話が聞きたいというの。そこで、あの子ならあたしのもとで五年間働いてきたけれど、とても正直で優秀な娘だと答えておいたわけ。カレンがなぜあたしの秘書をやめたのかも訊かれたわね。だから答えてやったわ。あたしは三番目の夫とハネムーンに出る予定で、美人の若い娘にそばにいてほしくなかったんだって。男は笑って、よくわかりますよ、と言ったわ。たぶん、カレンはあの仕事を手にいれたんじゃないかしら。あの子からはその後、一度も連絡がなかったから」

「広告代理店の名前は思いだせませんか？」とおれは訊いた。シカゴにある四百もの広告代理店をしらみつぶしに調べている自分の姿が思い浮かんだ。

「ええ」とミス・グッドボディは言った。「でも、なんだかとても長い名前だったのは憶えているわ」

「長いって、どれくらいです？」

「すっごくよ！　たとえていえば……そうね……〈バター、ラード、マーガリン＆オイル〉みたいな……」ミス・グッドボディはひらひらと手を振った。

「からかってるんですか？」

「ええ、冗談よ。でも、とにかく長い名前で、どこまでが誰の名前かごっちゃになっちゃうくらいだったわ。共同経営者の名前が四つか五つは入っていたんじゃないかしら」

「いま電話帳に目を通して、思いだせるかためしていただけますか？」

「かまわないわよ」ミス・グッドボディは立ちあがり、職業別電話帳を持って戻ってきた。おれは広告代理店のセクションを開いた。

「名前がふたつか三つでなかったことはたしかなんですか？」とおれは訊いた。

「ぜったいにね」とミス・グッドボディは答えた。「すくなくとも四つか五つはあったわ」

会社名にたくさんの名前が並んでいる代理店はいくつもなかった。ミス・グッドボディは、すぐにめざす名前を見つけだした。それは〈ジャクソン、ジョンストン、フラー&グリーン〉だった。

第3章　その2／クラッシー

クラッシーは〈レッドトップ〉のタクシーに乗り、ダウンタウンからループ地区に向かった。一ブロックずつ、彼女はストックヤードから遠ざかっていった……父親のアントンから、マリアから、さらにはシーザーやマイクからも。遠ざかっていくといっても、たんに物理的な距離のことをいっているのではない。クラッシーはすべての生活から、希望のない人生から、貧困から、そして絶望から遠ざかっていた。タクシーはクラッシー・アルマーニスキーを永遠にストックヤードから運び去った。しかし、クラッシー自身から逃れることはできなかった。

タクシーのシートでほっと緊張を解きながら、クラッシーはハンドバッグから貸し部屋広告の切り抜きをとりだした。切り抜きには、何カ所かに鉛筆で印がつけてあった。もう一回だけ切り抜きにざっと目を通してから、クラッシーは運転手に声をかけ、ループ地区をこのまま抜けて、ディヴィジョン通りとレイクショア・ドライブの角まで行ってくれるように頼んだ。クラッシーはクーポンを一枚はぎとって運転手に渡した。それから、突然はっとしたように、チップを二十五セント差しだした。運転手は判断に困ったようにクラッシーを見た。「ありがとよ」と言って、運転手はまた迷ったが、結局「お嬢さん」とつけくわえた。

クラッシーはスーツケースを持ってタクシーを降り、あたりを見まわした。オーク通りに建つドレイク・ホテルから南のほうへ目をやると、レイクショア・ドライブがノース通りへと大きな美しいカーブを描いているのが見える。東側にミシガン湖を望む壮麗な高層ビルディングの何千もの窓は、太陽の光を浴びた金色の目のようにきらめき、インナー・ドライブをうねるように通りすぎていく車の流れが、騒音かまびすしい巨大なアウター・ドライブにのみこまれていくさまを見つめている。これがシカゴの表向きの顔だった。ここはシカゴのゴールドコーストであり、高級なブロードクロスとシルクと毛皮の街なのだ。しかし、その裏側には、小さなビルと狭い通りがひしめきあうニア・ノース・サイドが横たわっている……そして、このニア・ノース・サイドこそが、無秩序に広がるシカゴの街にかつて名声をもたらした真の功労者だった。

いまやすっかり見棄てられつつあるこの地区には、数えきれぬほどの小さな部屋や、スタジオや、ちっぽけなアパートメントなどがあり、そこに住む画家や音楽家や作家は、この街への愛と憎悪をともにかかえている。俳優や写真家、ラジオ・タレント、ダンサー、歌手、ナイトクラブの芸人、大学を卒業したばかりの若者、それにシカゴへやってきたばかりの秘書や速記者などは、長い放浪の一時期をここで過ごす。さらに、それらの人々にまじり、やり手のビジネスマンの愛人や、カジノで働く若い娘や、売春婦も同然の女や、プロの売春婦なども住んでいる。

東側をレイクショア・ドライブとミシガン湖に阻まれているため、ニア・ノース・サイドは西側のクラーク通りまでの数ブロックほどしかない……このクラーク通りが、虚飾に満ちた仮面をつけた地区との境界線だ。クラーク通りからニア・ノース・サイドに入ると、街は不潔な悪徳の巣と化す。通りに並んだ薄汚い小さな店は休みなく客を求め、たがいを肘で押しのけ、もがきながら、小さな店先をすこしでもまえへせりだそうとしている。北はノース通りと接しているため、ニア・ノース・サイドは向きを変え、狭くなり、曲がりくねりながら、シカゴ通りへと進んでいく。そして、そこから数ブロックほど南で、オフィスビルや商店やナイトクラブやカフェの迷路にまぎれて消えてしまう。

しかし、ニア・ノース・サイドの境界線の内側にいるかぎり、誰かに質問をされることはぜったいにない。他人に興味を持っている者などひとりもいないからだ。

クラッシーにとって、それは自由と安全を意味した。スーツケースを持ちあげると、クラッシーはレイクショア・ドライブをゆっくりと北へ歩いていき、バンクス通りとの角を西に曲がってめざす住所を探した。やがて見えてきたのは大きな古いブラウンストーンの屋敷で、正面の屋根から大きな塔が突きだしていた。クラッシーは正面のステップを登り、すりガラスの大きなドアの脇にあるベルを鳴らした。ドアはすぐに開いた。出てきた女性は背が高くてやせており、髪は明るい茶色で、ほっそりした顔をしていた。

「貸し部屋の広告をお出しになったのはあなたですか？」とクラッシーは訊いた。

「ええ」と女性は答えた。「ご覧になる？」彼女の目はクラッシーを値踏みしていた。

クラッシーはなかに足を踏み入れ、玄関広間にスーツケースをおろした。女主人は身ぶりでついてくるようにうながし、玄関広間を横切ると、ぴったりまんなかに細いカーペットが敷かれた、曲線を描いて延びる大きな階段を登っていった。二階につくと、階段はぐっと狭くなって三階へつづいていた。三階から四階へは、細くて急な階段があるだけで、カーペットも敷かれていなかった。女主人は四階の廊下を歩いていき、暗いフロアのいちばん奥にあるドアをあけた。ドアの外には、さっきとはべつの小さな階段があった。

「これはどこへ通じているんです？」クラッシーはその階段を指さして訊いた。

「塔の部屋ですよ」と女主人は答えた。

「そこにも誰か住んでいるんですか？」

「ええ。借り手がついて、もう五年になるわ」

クラッシーは女主人のあとについて狭い部屋に入った。なかには大きなダブルベッドと鏡つきのドレッサーがおかれているほかは、色褪せたタペストリーのクッションがついた背のまっすぐな椅子が一脚あるだけだった。部屋の片隅は時代遅れのクレトン更紗《さらさ》のカーテンで仕切られており、その裏には金属製のロッドが斜交《はすか》いに渡してあって、洋服をかけられるようになっていた。たったひとつしかない窓は細長く、バンクス通りに面している。窓の上から床までまっすぐにたれさがっている栗色の厚いフラシ天のカーテンは——これもまた、屋敷の過去の栄光を物語る遺物のひとつらしい――すっかり汚れてごわごわになっていた。

しかし、それでもここは、クラッシーがこれまでに見たなかでいちばんすてきな寝室だった。

「広告では、週六ドルってことでしたけど」とクラッシーは言った。

「そうよ」と女主人は答えた。「言っておきますけど、部屋での料理は禁止ですからね。それと、トイレは廊下のつきあたりよ」

「契約させていただきます」クラッシーはハンドバッグをあけ、十ドル札一枚と一ドル札を二枚とりだした。「これで二週間ぶんね」

「領収書はどなた宛に？」

「キャサリン……アンドリュースに」とクラッシーは答えた。

「シカゴのご出身？」

「いいえ。あたし、ミネアポリスからきたんです」

「このあたりで働いているの？」

「すぐに仕事を見つけて働くつもりです」

「わたしはミス・デュークスよ」と女主人は言った。「鍵をふたつ渡しておくわ……ひとつは玄関の鍵。十一時以降、玄関は錠をおろすからそのつもりでね。それと、もうひとつはこの部屋の鍵よ。お酒は飲まない？」ミス・デュークスは唐突に訊いた。

「ええ」とクラッシーは答えた。「飲みません」

「ならいいわ。わたしはここの風紀を乱されたくないの。部屋での飲酒は遠慮してもらっているわ」

ミス・デュークスは背を向けて出ていき、数分後に、クラッシーの荷物を持って戻ってきた。クラッシーはスーツケースをあけて二着のドレスをとりだし、それをクレトン更紗のカーテンの裏につるした。

ナイトガウン代わりに使っている男物の大きなシルクのシャツと、たった一枚しかない下着の替えは、ドレッサーの大きな引き出しの隅にしまった。つぎに、バッグからブラシと櫛と化粧品の瓶をとりだし、ドレッサーの上にきちんと並べた。すべてが終わると、クラッシーは大きなベッドの上に身体を投げだし、手足を伸ばした。一瞬、身体の奥が燃えるようにうずき、シーザー・マノーラのことがかすかに頭をよぎった。しかし、クラッシーはすぐさま意識を暗く閉ざし、眠りに落ちた。

数週間のあいだ、クラッシーは注意深くほかの下宿人を避け、部屋にこもって計画を練った。毎朝、コーヒー一杯とドーナッツふたつの朝食をとり、夜はハンバーガー一個と牛乳一杯で夕食にした。出費に気をつけ、ループ地区へ仕事を探しに行くときも、下宿屋からの行き帰りは歩いた。事務員やウェイトレスをするつもりはさらさらなかった。クラッシーは〝望ましい男〟に出会う可能性のある場所で働きたかった。この〝望ましい〟がなにを指しているかは、その男がいい仕事についていて、金持ちで、洗練された紳士であるという以外は、かなり漠然としていた。ただし、自分がそういう男をつかまえたいのなら、職場で知り合う以外にないことを、クラッシーは知っていた。オフィスで働き、相手に好印象をあたえるのだ。ストックヤードでの生活は、クラッシーに狡猾さと悪知恵を植えつけていた。

男社会における女性の地位に、クラッシーはなんの幻想もいだいていなかった。男とは、酒に溺れ、肉欲にふけり、給料を使い果たし、子供を虐待し、妻を殴るものだという考えが身体に染みついていた。自分がなにかを手にいれたいとすれば、それは男を通じてしかないことを、クラッシーは知っていた。

「あたしはいつか、百万ドル手にいれてやるわ」クラッシーは強く自分に言い聞かせた。「手にいれて決して手放さない。でも、それにはまず、それだけのお金を持っている男に出会わなくちゃ」クラッシーは自分の着こなしが洗練されていないことも、言葉づかいに品がないことも知っていた。〝エチケット〟がどういうものであるかさえよくわからなかった。しかし一方で、自分には男を惹きつける不思議な力があることも知っていた……男に視線を投げるだけで、相手をとろかすことができる。この力こそがクラッシーの武器であり……財産だった。

しかし、まずは仕事を見つけなければならない。クラッシーは秘書養成学校を調べあげ、百ドルでタイピングと速記のコースを受講できる〈グッドボディ・ビジネス専門学校〉を見つけた。

「受講料には、タイプライターと紙とレコード・プレーヤーの使用料もふくまれているの」とミス・グッドボディは説明してくれた。「それに、速記の練習の指導料もね」それ以上安いコースは見つからなかったので、クラッシーは受講を申しこんだ。

「前金でお支払いしなきゃいけないんですか？」とクラッシーは訊いた。

「そんなことのできる生徒にはまだお目にかかったことがないわ」とミス・グッドボディは言った。「でも、毎月二十五ドル払うことはできるでしょ——もっとはっきり言えば、月々二十五ドルはきちんと払ってくれないと困るの……でないと、受講資格は取り消しよ」

クラッシーはカレン・アリスンという名前を使い、ミス・グッドボディに入学届けを出した。ミス・デュークスにキャサリン・アンドリュースと名乗ったのが悔やまれた。しかし、女主人に訊かれたときには、よく考えている時間がなかったのだ。クラッシー・アルマーニスキーという名前が好ましくないのはよくわかっていた。もっと響きがよくて……洗練された名前でないとだめだ。その夜、クラッシーは自分の部屋で名前を考えた。いろいろ考えたあげく、最終的にカレン・アリスンに決めた。イニシャルは本名とおなじにした。新しい名前に慣れるまでは、そのほうが思いだしやすいと思ったのだ。

タイピングと速記を習うために、クラッシーは毎日四時間ミス・グッドボディの学校に通った。決然とした態度で何時間も机に向かい、レコードの音楽に合わせてタイプをたたき、ミス・グッドボディが大声で読みあげる古い手紙や、薄い金言集からの引用や、格言や、韻を踏んだ詩を速記した。夜には、自分の部屋で速記の教本を読み、速記記号を記憶に焼きつけようと努めた。

やがてクラッシーは、ラリー・バッカムに出会った。

クラッシーが自分の部屋へ入ろうとしていると、背の高いほっそりとした若者が、塔の部屋から狭い階段を降りてきた。若者は足をとめ、長々と彼女を見つめた。手にはフラッシュのついた小さなカメラを持っていた。クラッシーはドアに手をかけて立ったまま、階段に立つ若者のほうに顔を上げた。突然、若者がカメラを上げ、クラッシーの目のまえでフラッシュバルブが閃光を放った。

「なんてこった。きみはここに住んでいるのかい?」若者はカメラをおろし、焼き切れたバルブをはずしはじめた。

「ええ」とクラッシーは答えた。「あなたも?」

「この上の……塔の部屋にね。ちょっと上がっておいでよ……きみの写真をもっと撮らせてほしい」

「またべつの機会にね」と言い、クラッシーはドアの鍵をあけた。「どこかへ出かけるところだったんでしょ」

若者はクラッシーのあとについて部屋に入りこんでくると、背のまっすぐな椅子にすわり、膝の上にカメラをおいた。「べつに重要な用事じゃないんだ。毎週木曜の夜に、〈カメラ・クラブ〉の会合に出てるんだよ。ここにいてきみの写真を撮ったほうがずっといい」

「カメラは趣味なの？」とクラッシーは訊いた。

「いいや、仕事さ。ぼくは《デイリー・レジスター》に勤めてるんだ。でも、新聞の仕事は辞めて、商業写真をやりたいと思ってる。そのほうがずっと金になるし……面白いからね。雑誌のカバーとか、広告とか、ポートレートとか、そういったやつだよ」

クラッシーはコートと帽子を脱ぎ、クレトン更紗のカーテンの後ろにつるした。「そっちのほうの仕事はいつからはじめるの？」

「必要な金が貯まったらすぐにでもはじめたいんだけどね。スタジオを開くにはとてつもなく金がかかるんだ。カメラや機材は恐ろしく高価だし……もうだいぶ貯金ができたんだけど、まだじゅうぶんじゃない。それにしても、ほんとびっくりだな」若者は感嘆の声を上げた。「きみはプロのモデルをやったことはあるのかい？」

「いいえ」とクラッシーは答えた。

「きみを使ってくれそうな写真家を何人か知ってるから、よければ喜んで紹介するよ。うまくいけば、ごっそり稼げるはずだ」

「うまくなんかいきっこないわ。モデルのことなんか、あたしなにも知らないもの」

「簡単だよ。もちろん、モデルの養成学校へ行ってもいいしね。でも、そいつはあまりおすすめできないな。すごく金がかかるし、まるで必要もないことまでいろいろ勉強させられるからね。わかるだろ……」若者は馬鹿にしたように手をひらひらさせた。

「どういう意味?」とクラッシーは訊いた。

「ああ、こういったことさ」若者はポケットにつっこんであった新聞を開き、ページをめくって広告を見つけた。「こいつは〈モニカ・モートン・モデル養成学校〉の広告だ。いわく〝チャーミングに……美しく……そして愛らしく……カバーガールになりましょう!〟ほんとまあ、やくたいもないことをべらべらと。これを見なよ——魅力的女性プログラムときた! スタイル・コントロール、ポーズの取りかたと歩きかた、各種発声法、スタイル・コーディネート、個性的なメイクアップ、個性的なヘアスタイリング、人間的魅力の開発、社交上のたしなみとエチケット……まだまだある! まったくでたらめもいいところさ! 写真家がほしがってるのは、たんなる美しい被写体なんだ」

クラッシーは部屋のまんなかで足をとめると、首をかすかに傾げ、グレーの瞳をまっすぐに若者に向けた。しかし、若者を見ているのではなかった。クラッシーの目にいま映っているのは、その若者も写真家も存在していない世界だった。「たぶんあなたの言うとおりなんでしょうね」クラッシーはそっとつぶやいた。

「ああ、そうだとも。なんで金を無駄にする必要がある? 実際の話、モデルやポーズに関する必要最低限の知識くらいなら、ぼくにだって教えられるよ」

「いいわ」唐突にクラッシーは言った。「あなたが写真を撮りたいんだったら、ポーズをとってあげる。でも、ほかの人のためにポーズをとる気はないわ。あたし、モデルにはなりたくないの」

若者は相手の語気の鋭さに驚いたものの、自分が手にした幸運に文句をつけたりはしなかった。「やったね。だったら、ぼくといっしょに塔へおいでよ。今夜のうちに何枚か撮りたいんだ」

クラッシーは若者とともに階段を登り、塔の部屋へ行った。そこは五メートル四方もない正方形の部屋で、四面の壁すべてに窓がついていた。どの窓も、舞台幕のように紐を引いて開け閉めするクリーム色のカーテンで覆われている。昼のあいだはソファーとして使える大きなベッドと、何脚かの安楽椅子と、漆塗りの整理だんす――部屋にあるのはそれだけだった。部屋の四隅には、現像した写真や試し焼き、ポジ、台紙などが山になっていた。

「ここに住むようになってから、もうかれこれ五年になるんだ。この部屋はぼくが改装したも同然でね。最初にここへ越してきたときにデュークスの写真を撮ってあげたもんだから、おぼえがめでたいんだ。たまにお世辞をふりまいてるんで、以来この部屋をずっと使わせてくれてる」若者は窓のカーテンをすべてあけた。

「なんだか、気球に乗って空を漂ってるみたいだわ」とクラッシーは言った。

「だから気にいってるんだ」と若者は言った。「ちなみに、ぼくはラリー・バッカム……べらべらしゃべってて、まだきみの名前を聞いてなかったな」

「あたしはキャサリン・アンドリュース」とクラッシーは言った。

バッカムは反射傘と機材をセットしはじめた。その夜、彼はクラッシーのポートレート写真を十四枚撮った。

その週の終わりには、クラッシーは朝食と夕食を、毎日ラリー・バッカムととるようになっていた。朝になるとバッカムがクラッシーの部屋のドアをノックし、二人は歩いてステイト通りとディヴィジョン通りの角へ行く。そこの小さなレストランで、二人はバッカムの出社時間ぎりぎりまで食事をし、話をした。夜には、ニア・ノース・サイドにたくさんあるカフェのひとつで落ち合い、夕食をとった。クラッシーは食事はしっかりとるように心がけていたが、お金はかけなかった。バッカムがいっしょだと勘定をもってくれるので、彼女は食事代を完全に浮かすことができた。

バッカムは二十代後半で、背が高く、繊細で、非常に感情的だった。いつもは驚くほどの情熱にあふれているが、その反動でひどく落ちこんでいるときもある。カメラに関しては確かな腕を持っており、写真以外のものにはまったく目を向けない生活にどっぷりひたっていた。自分の仕事に対する愛と献身を、やがてバッカムはクラッシーに向けるようになった。最初に会ってから一カ月後、バッカムは彼女にプロポーズした。

「結婚しよう、キャシー」とバッカムは言った。「ぼくにはいい仕事がある……週に九十ドルになるんだ。生活していくにはじゅうぶんだよ。きみは例の秘書学校をやめてかまわない。どこかに二人で住めるアパートを探そう」

「自分のスタジオを持ちたいっていうあなたの夢はどうなるの？　もしあたしと結婚したら、いまの仕事をあと何年もやめられなくなってしまうわよ」

「スタジオなんてどうだっていいさ！　第一、貯金なら三百ドル以上あるんだ。それに、カメラや機材なら、もう二千ドルぶん以上のものがそろってるしね。もしぼくたちが結婚したって、スタジオは持てるさ。すこしよぶんに時間がかかるだろうけど、それだけのことだよ」

「いいわ」とクラッシーは答えた。「いつか結婚しましょ。いますぐにではないけど、いまから計画をたてておけばいいわ」バッカムはクラッシーの両腕をつかみ、飢えたようにキスをした。

その夜、下宿屋が寝静まってから、バッカムはクラッシーの部屋へやってきて、はじめてそこで一夜を過ごした。こっそりとすべるように階段を降りてきたバッカムは、ドアを指先でそっとたたき、クラッシーがあけると、爪先立ちで音もなくなかへ入った。

真っ暗な部屋の、誰も見ていないベッドのなかで、バッカムはクラッシーの胸に顔を埋めた。

「愛してるよ、キャシー。ぼくにとって、きみはこの世界のすべてなんだ……優しくて、魅力的で……ぼくの人生のすべてだといってもいい。嘘なんかじゃないよ、キャシー。もしもなにかがあって……二人の仲が引き裂かれでもしたら……ぼくはどうしていいかわからない……」

クラッシーはバッカムを抱き寄せ、小さな舌の先で耳の縁を優しくなぞってやり、相手の情熱を狂おしいまでにかきたてた。それからクラッシーは、バッカムに身体を許した。

「こんなの好きじゃない……好きじゃないわ」クラッシーは心のなかで思った。「でも、たぶん、いつの日か好きになるんだわ……」

夜ごと、バッカムは塔の狭い階段をそっとすべりおり、クラッシーの部屋へやってきた。昼間のバッカムは、夜にクラッシーと会うためだけに生きていた。毎晩、彼はクラッシーの部屋の窓から灰色の夜明けをなすすべもなく見つめ、階上の自分の部屋へ帰るべきときがくるのを待つのだった。

「いますぐぼくと結婚しておくれよ、キャシー」バッカムはことあるごとにそう懇願した。するとクラッシーは、断固とした口調で答えるのだった。「まだよ、ラリー。秘書養成コースのお金を払ってあるんですもの。きちんと最後までやりとげたいわ……」

「でも、なぜだい、キャシー？　なぜなんだ？」

「秘書の仕事につくことなんかないのはわかっているわ。でも、もしいま結婚したら……コースを卒業することさえできないでしょ。あたしは何事も途中で放りだすのが嫌いなの」

ある夜、バッカムはクラッシーの腕に頭をのせ、腰まである長いブロンドの髪になかば埋もれた彼女の喉に、顔を押しあてていた。

「ラリー、もうあなたとは寝ないわ……あたしたちが結婚するまで」とクラッシーは言った。

「なんだって？」と叫び、バッカムはベッドの上に起きなおった。

「これっていいことじゃないもの。なんだか悪いことをしているみたいな気になってくるの。

結婚したら……もちろん問題ないけれど」

「ぼくを愛していないのかい？」

「もちろん愛しているわよ、ラリー。でもこんなのはいやだわ……あたしはそんな種類の娘じゃないの……こんなことしたのだってはじめてだし……」

「なんてこった！」とバッカムは叫んだ。「だったらあすきみと結婚するよ。ぜひともね！それだったらどうだい？」

「そんなことすべきじゃないと思うわ」クラッシーは辛抱強く言った。「すべて準備が調うまで、結婚はしないほうがいいと思うの。かわいい小さなアパートメントを借りて、家具もすっかり買い揃えて、なにもかもきちんとするの」

「それだけの準備をするのに、いったいどのくらいかかることになるんだい？」バッカムはゆっくりと訊いた。

「だいたい六カ月ね。もしあたしたちが節約して、一生懸命がんばれば」

「なら、それまでのあいだきみを愛せないのかい……六カ月も？」

「あら……ぜんぜんってわけじゃないわよ、ラリー。でも、毎晩はだめ」

翌日、ラリーは家具を買うようにと、クラッシーに三百ドル渡した。クラッシーは〈リビングルーム用の家具一式がたったの二百九十八ドル〉と謳《うた》っている小さな家具屋を見つけると、ウインドーに飾られた家具をじっくり眺め、細かいところまでしっかりと記憶に焼きつけた。

ふかふかの大型ソファー、クッションのついた椅子、模造クルミ材仕上げのエンドテーブルが二卓、コーヒーテーブル、二・五×三・五メートルの花柄の絨毯、それにフロアランプ。家具はどれも安っぽい粗悪品だった。クラッシーはそれをよく知っていた。

ただし、クラッシーはそれを買わなかった。

代わりに彼女は、〈モニカ・モートン・モデル養成学校〉に入学した。モニカ・モートンに現金で二百五十ドル支払い、いちばん受講料の高いコースをとった。残りの五十ドルは、なにかのときのためにとっておいた。クラッシーがもともと持っていた百ドルは、たったの十五ドルにまで減っていた。

その夜、クラッシーはふたたびバッカムを部屋に入れた。そして、自分が買ったリビングルーム用家具セットの話を熱心な口調でいきいきと語って聞かせ、家具の配置をどうするか説明するために、速記用のメモパッドの裏に小さな見取り図を描いてみせた。

「家具はお店で保管してくれてるの」とクラッシーは言った。「お金はもう払ってあるから、いつでも好きなときに配送してもらえるわ。領収書は、そのときまであたしが保管しておくわね」

バッカムはクラッシーにキスをした。幸せすぎて、彼女がなにをしたかなど気にかけてはいなかった。しかし、冷たい灰色の夜明けがきて、クラッシーをベッドに残して部屋を出るとき、バッカムは一瞬足をとめ、速記用のメモパッドをそっとポケットにすべりこませた。

九月になるころには、バッカムは執拗に結婚を迫るようになっていた。夏のあいだじゅう、クラッシーは彼から毎週十ドルから十五ドルの現金をうけとっていた。

「こまごましたものがたくさん必要なんですもの……ほとんどはキッチン用品だけど」とクラッシーは説明した。「お皿でしょ……銀器でしょ……それにポットやフライパンも。ぜんぶ合わせると結構な値段になるけど……ね、ダーリン、どれもぜったいに必要なものだもの」

こうして金をうけとると、クラッシーはそれを自分の買い物に当てた。モニカ・モートンのアドバイスにしたがい、地味で品のいい高価なドレスを、在庫一掃セールで二着買った。

昼のあいだは〈グッドボディ・ビジネス専門学校〉でますます熱心に勉強し、タイプと速記の正確な能力に磨きをかけた。ミス・グッドボディには五十ドルぶんの授業料を借りていたが、それを払う綿密なプランはたててあった。

夜になって二人きりになると、バッカムは決まって商業写真の話をはじめ、広告代理店に関する信じられないような逸話の数々を語って聞かせた。クラッシーはすぐに、それこそが自分のめざすべき世界だと確信した。広告業界では、アート・ディレクターが年に二万五千ドル稼ぎ、チーフ・コピーライターは四万ドルも稼ぐという。顧客に大手の会社をかかえている取引先担当責任者や副社長にいたっては、十万ドル以上の年収があるらしい。そうした話には、真実もあれば嘘や噂もあったし、希望的観測がいつしか業界の伝説になったものもあった。〈モニカ・モートン・モデル養成学校〉で、クラッシーはほぼそれとそっくりおなじ話を聞かされた。全国キャンペーンのモデルに抜擢された若い娘が一財産を築き、アメリカじゅうの家庭にその顔を知られるようになったという伝説的な物語の数々を。クラッシーはモデルにはなりたくなかったが、自分もこのアラジンの魔法のランプの世界に足を踏みいれ、ランプをこする男と知り合いたいと願った。クラッシーはミシガン通りにある大きな広告代理店を調べはじめ……吟味し、話を値踏みし、心を決めた。

もっとも大きく、もっとも華やかで、もっとも実力があるのは、〈ジャクソン、ジョンストン、フラー&グリーン〉だった。この会社こそあたしが働くべき場所だ、とクラッシーは決心した。

秋になるころには、クラッシーは架空のリビングルーム用家具やキッチン用品を、思いつくかぎりすべて買ってしまっていた。バッカムは突然自分の意見を主張しはじめ、寝室用の家具は当分塔の部屋のを使えばいいと言いだした。彼はクラッシーに、結婚の具体的な日取りを決めるように迫った。

「一カ月以内よ、ラリー」とクラッシーは約束した。「そしたら結婚して、ずっといっしょに暮らすの。でも、新しいドレスがどうしても必要なのよ。自分でつくろうと思って、ずっと生地を探してるの。結婚するときは新しいドレスを着たいから……」

「ドレスなら新しいのを買ってあげるよ」とバッカムは言った。「ほしいものならなんでも買ってあげるさ」

クラッシーは慎み深く首を振った。「それは正しいことじゃないわ、ダーリン。まだあたしたち結婚していないのよ……それに、花婿になる男の人がウェディング・ドレスを買うなんて、縁起がよくないわ……」

「ぼくがお金を出したからって、なんのちがいがあるんだい？」バッカムは強い口調で訊いた。

クラッシーは肩をすくめた。「ないんでしょうね、たぶん。きっとあたしが迷信深いだけなんだわ」それからクラッシーは、急に顔を輝かせ、「いいことがあるわ」と言い、すぐにまた悲しげに唇をすぼめた。「でもやっぱりだめだわ……それも正しいことじゃないもの」

「いったいなんの話だい？」とバッカムは訊いた。

「あのね」とクラッシーは言った。「どこかの大きなデパートでクレジット口座を開いたらどうかと思ったの。あたしはあなたの妻だと言えばいいわ。来月ドレスの代金を請求されるときには、あたしたちはもう結婚してるから、あなたがお金を払っても縁起が悪くないし」

「いい考えじゃないか」バッカムはうなずいた。「あしたの正午に二人で待ち合わせて、口座を開きに行こう」

数日後、バッカムは郵便で二枚のクレジットカードをうけとった。一枚はミスター・L・A・バッカム名義で、もう一枚はミセス・L・A・バッカム名義だった。バッカムは誇らしげにクレジットカードをクラッシーに渡した。「さあ、ハニー。これでウェディング・ドレスはきみのものだよ」

クラッシーは大急ぎで計画をこなしていった。まずは質素だがしゃれた仕立ての白いドレスと、それに合った派手な帽子を買った。どちらも高価な品ではなく、クラッシーはそれをバッカムに見せた。バッカムはすっかり舞いあがった。

つぎにクラッシーは、カレン・アリスン名義でイースト・デラウェア通りにワンルームの小さなアパートメントを借りた。建物は堂々とした構えで、家賃は月に八十ドルだった。クラッシーは一週間ぶんの家賃を前払いして、管理人に言った。「残りは今週の末に払うわ。引っ越してきたときに」

毎日毎日、クラッシーはデパートで買い物をした。白い革鞄のセット、小さな金の腕時計、金のシガレット・ライター、ポータブル・ラジオ、旅行用のアイロン、小さな真珠と縞瑪瑙《しまめのう》の夜会用指輪、狐皮のコートを二着。あまり高価すぎるものは買わないように気をつけたが、総計金額は千二百ドル近くになった。それらをすべて質に入れ、クラッシーは三百ドルの現金をうけとった。

「でも、自分のものも必要だわ」とクラッシーは思った。彼女はクレジット払いで、新しいスーツを二着、それに合った靴を二足、カクテルドレスとしゃれたデザインの黒いコートをそれぞれ一着買った。こうして買い揃えた衣服を、クラッシーはイースト・デラウェアに新しく借りたアパートに大切に保管した。

ミス・デュークスの下宿屋では、郵便は一日に二回配達される。郵便配達人が正面玄関のステップにおかれた重い鉄の箱に郵便物を入れると、ミス・デュークスが運んできて、玄関広間の不安定な丸いテーブルにおく。下宿人は夜に帰宅すると、テーブルに寄り、郵便物に目を通す。月のはじめ、クラッシーは万難を排して、朝も昼も、最初に郵便物に目を通した。十月の三日、デパートからの請求書が届いた。宛名はミスター・L・A・バッカムとなっていた。クラッシーは郵便物の山からそれをひったくってコートの下に隠し、安全な自分の部屋に帰ると封をやぶった。明細書の額は千二百ドルを越えていた。クラッシーはそれを入念に細かくやぶり、トイレの便器に流した。濡れた紙切れの最後の一枚が消えてしまうまで、彼女は何度も水を流しつづけた。

その日、クラッシーはミシガン湖のすぐ東を走っているグランド通りの小さな印刷屋を訪ね、社交書簡用紙サイズの厚くて高価なボンド紙の便箋と封筒を十二セット買い、レターヘッドの印刷を頼んだ。レターヘッドの文面は——

ジェラルディン・K・ヴァン・ドーレン
イリノイ州シカゴ
レイクショア・ドライブ一四四四

クラッシーはもう一度考えてから、ホワイトホールの局番ではじまる電話番号をつけくわえた。これは電話帳で見つけたミス・グッドボディの自宅の電話番号だった。

印刷屋はレターヘッドを活版印刷にしたがったが、クラッシーは銅版印刷にしてくれと要求した。浮き出し印刷は、活版印刷よりずっと高くつくことがわかった。しかし、クラッシーは喜んで金を払うつもりだった。

印刷屋はクラッシーの浪費をとがめるように首を振った。「もう二ドル余分にいただければ、レターヘッドのついた便箋を百枚も刷れるんですよ」

「でも、十二枚しかいらないの」とクラッシーは答えた。

「もう銅版代を払ってるんだ」印刷屋は言い張った。「それに較べりゃ、便箋代なんてなんでもないのに」

「十二枚でも多いくらいなのよ」とクラッシーは言った。

憤慨しつつも、最後には印刷屋もあきらめた。クラッシーは内心微笑んだだけだった。

十月十五日の朝、クラッシーはバッカムとの朝食の時間に遅れてしまい、下宿屋を出るのがいつもよりかなり遅くなってしまった。かすかに靄《もや》がかかったとても天気のいい日だった。二ブロック先では、ゆっくりと緩やかにうねる湖の波が、考えこむようにコンクリートの防波堤を洗っていた。クラッシーは玄関まえのステップでいったん足をとめた。そのとき、茶色の帽子をまっすぐにかぶった太りすぎの老人が目に入った。帽子の下からほつれた白い髪をのぞかせている老人は、歩道を曲がると下宿屋の住所番号に目をやった。

その態度のなにかが、クラッシーに小さな声で警告をささやいた。さもなければ、それはクラッシー自身の本能が発する声だったかもしれない。目に映る戸外の景色はもはや美しくなくなり、空にかかった靄はストックヤードの裏から立ち昇る煙の色に変わった。クラッシーは寒くもないのに身震いした。歩道ですれちがいざま、クラッシーはいきなり男の腕に触れて相手をとめた。

「もしこの家の誰かをお探しなら、もう誰もいませんよ。けさ家を出たのは、あたしが最後だから……」

老人は冷たい目をクラッシーに向けた。目は血走り、縁が赤くなっていた。しかも、息にはウィスキーのつんとする臭いがまじっている……どうやらけさ飲んだばかりらしい。老人は礼儀正しく帽子を上げ、かすかに頭を下げてから、しっかりとかぶりなおした。

「じつはミスター・バッカムを探してましてね。奥様のほうでもかまわないんですが」と老人は言った。

こんなに早く！　クラッシーは一瞬たじろいだが、すぐに冷静さを取り戻した。「ミセス・バッカムならあたしですけど、なにかご用ですの？」

「わしは信用調査官でしてね」と老人は答えた。「クレジットの返済期限がすぎているんで、小切手をうけとりにうかがったんですよ」

「主人はいま家にいないんです」とクラッシーは言った。「それに、あたしでは小切手にサインできませんし。主人に言って、今夜にでも送らせますわ」

老人は首を振った。「残念ですが、そういうわけにはいかんのですよ。きちんとご主人にお会いする必要があるんです。直接お会いして小切手をうけとる必要がね」

クラッシーはとっさに考えをめぐらせると、すぐさま目に涙を浮かべ、嗚咽《おえつ》を嚙み殺した。

「あなたのことは信頼してもいいと思います……どこか話のできるところへお願いできませんか」ハンカチを手探りしながら、クラッシーは顔をそむけ、「ああ、頭がおかしくなりそう」と小声でうめいた。「話を聞けば……あなたもわかってくださると思います」

老人はクラッシーに目をやり、しばらく考えてから答えた。「いいでしょう。どこへ行きます？」

「この家はだめ。誰かに聞かれたら、恥ずかしくて死んでしまいますもの。この通りの先にある店でコーヒーでも飲みません？　すごく動顚しているものですから、ここのところ食事も喉を通らなくて……」

黙ったまま、二人は並んでステイト・パークウェイを歩き、ディヴィジョン通りへ向かった。チェーン店のドラッグストアに入ると、二人はボックス席にすわった。クラッシーはコーヒーを頼んだが、老人はなにも注文しなかった。

「で？」と老人は訊いた。

「いったいどこからお話ししていいやら……」クラッシーは困ったように言った。

「こいつが少々厄介なのはおわかりでしょうな」と老人は言った。「支払いの当てがないのがわかっていて、故意に買い物をしたんだとするとね。あいにくミスター・バッカムは、先月のなかばに新しい口座を開いてる。ご主人の申告なさった収入額を店のほうがきちんと把握していれば、クレジットでこんな額まで買い物をすることは許さなかったでしょう」

「あの人は獣なんです！」とクラッシーは叫んだ。「ああ、お願いだからあいつを警察に突きだして！」

老人は驚いた顔をした。「ご婦人がご主人のことをそんなふうに言うもんじゃない」

「あたしは妻なんかじゃないんです！」クラッシーは恥じるように目をふせた。「いまだってそうじゃないし、これからだってなるつもりはありません」彼女は両手で口を覆い、嗚咽をこらえた。

老人は居心地悪そうにすわりなおした。「いったいどういうことなのか、話していただいたほうがいいようですな……」老人はおずおずとうながした。

クラッシーはハンドバッグをあけ、新聞の切り抜きをとりだした。それは、彼女が美人コンテストで優勝したことを写真入りで伝える《ストックヤード・ウィークリー・ニュース》の記事だった。クラッシーは新聞を一部手にいれ、記事を切り抜いておいたのだ。いまやそれは、彼女の手のなかで、ひとつの凶器と化した。クラッシーは切り抜きを老人に渡した。老人はゆっくりと写真に目をやり、記事を読みはじめた。

「それはあたしなんです」とクラッシーは言った。「六カ月まえ、その写真が新聞に載ると、ラリーの目にもとまったらしいんです。あの人はあたしの家にきて、モデルになってくれないかって言いました。あの人も新聞社のカメラマンなんです。ご存じでした?」

「ああ」と老人は答えた。「《デイリー・レジスター》のでしょう?」

クラッシーはうなずいた。「ラリーはきみを有名にしてやるって約束してくれました……お金もどっさり儲かるって。あたしは彼を信じたんです」クラッシーは言葉を切って涙をぬぐった。「わざわざこの街に引っ越しまでしました。やがてラリーは、あたしを愛してるって言いはじめて……あたしはそれも信じたんです。あの人は結婚しようって言いました。そして……その……深い関係になって……いっしょに住むようになると……あの人は、新聞社の仕事を辞められるだけの金ができるまでは結婚しないと言いはじめて……」

クラッシーのほっそりとした手がテーブルの上で震えた。老人は手を伸ばして、それを優しく叩いた。クラッシーはしゃくりあげながら、大きく息を吸った。

「実家には帰れませんわ。父さんに殺されてしまいますもの……悪い女だといって。ラリーの家以外、あたしには行くところがどこにもないんです。あたしはあの人を愛しているんです、ミスター……ミスター?」クラッシーは相手の名前をまだ訊いていなかったことに気づいた。

「ムーンだ」と老人は答えた。「クラレンス・ムーンだ」

「ああ、ミスター・ムーン、あたしはあの人をほんとに愛していたんです!」クラッシーは押し殺した声で叫んだ。「あの人がお酒を飲みはじめて……獣になってしまうまでは。ある晩、ラリーは酔っぱらって帰ってきました。自分のスタジオをはじめるのに必要なお金をどうやって手にいれるか、いいアイディアが浮かんだと言って。そして、もし手を貸せば結婚してくれると約束してくれたんです」

いまや言葉がいとも簡単に転がりでてきた。つぎつぎと、太い罪の糸につながって。クラッシーはゆっくりと左右に身体を揺らした。「ラリーはクレジット口座を開いて、あたしにクレジットカードをつくってくれると言いました。あたしは店へ行ってつけで商品を買い、それを持ち帰って質に入れ、できるだけお金をつくることになったんです」クラッシーはふたたびハンドバッグのなかをまさぐり、質札の厚いロールをテーブルの上においた。ムーンは黙ってそれを手にとった。

「あたしはそんなことしたくなかったんです、ミスター・ムーン……こんなことはやめようってあの人を必死で説得し……懇願しました。でも、あの人は笑っただけだった……そして、それから……あたしを殴ったんです！」クラッシーは手を上げ、唇にそっと指を当てた。「あの人は買い物のリストをつくって、毎朝、これを買ってこいってどやしつけます。あたしがあの店にいかない日は、お酒を飲んであたしに卑猥な仕打ちをするんです！」

「なんだって女物の服を買ったんだね？」とムーンは訊いた。

クラッシーははっと息をのんだ。「ラリーには、あたしのほかにもうひとり女がいるんです……たぶん、その女に贈っていたんだと思います……ええそう、そうにちがいないわ！」クラッシーは吐きだすように言った。「なのに、それをこのあたしに買わせて……」

ムーンは重々しくうなずいた。「バッカムはどれくらい金を持っているのかね？」

「わかりませんわ」クラッシーは疲れきったように答えた。「でも、カメラや撮影機材をすべて合わせれば、二、三千ドルくらいにはなるはずです」

「それならなんとかなるかもしれん」ムーンは涙で濡れたクラッシーの美しい顔をじっと見つめた。そこに苦悶と絶望の色を見て、老人はクラッシーの言葉を信じた。彼はゆっくりとテーブルから立ちあがった。「こんなことはすべきじゃないんだがね」とムーンは言った。「たぶん、わしは情にもろい老いぼれの馬鹿なんだろう。わしは結婚をしなかったから、娘はおらん。けれど、もしいたとしたら、あんたに似てたらと願うね……ただし、分別はもうすこしあってほしいもんだが。わしはバッカムを窃盗罪で逮捕させる」ムーンはそこでいったん言葉を切り、最後につけくわえた。「もしわしにきみが見つけられなければ、きみを逮捕させることもできんことになる。そうじゃないかね？」

「ええ」とクラッシーは言った。「たしかにそうですけど……」

「さて、きょうここで話をしたことはおたがい忘れようじゃないか。そしてあんたは、わしに見つからない場所に消えるんだ。たとえば、お父さんのところへ帰るとかな」

突然希望をあたえられ、クラッシーは微笑んだ。「ええ、そうします……そうしますわ！」

そして自分も立ちあがり、爪先立ちになって老人の額にキスした。「ありがとう、ミスター・ムーン」クラッシーはそうささやくと、きびすを返し、ドアからすばやく出ていった。

しばらくのあいだ、クラレンス・ムーンはテーブルの脇に立っていた。やがて老人はコートのポケットに手をつっこみ、〝咳止めシロップ〟と書かれた小さな薬瓶をとりだすと、中身をぐっと飲んだ。強いアルコールの匂いがした。瓶に入っていたのが、ストレートのウィスキーであったとしてもおかしくなかった。

クラッシーは急いでミス・デュークスの下宿屋へ戻り、スーツケースに荷物をつめた。出ていくときには、誰にも見られなかった。そしてタクシーをつかまえ、まっすぐにイースト・デラウェア通りの新しいアパートメントへ向かった。

その日の午後、警察はラリー・バッカムを逮捕した。警察はバッカムの供述を信じようとしなかった。もしミス・デュークスがいなかったら、バッカムは刑務所にぶちこまれていただろう。《デイリー・レジスター》とミス・デュークスのあいだで話し合いがなされ、バッカムが撮影用機材を売って店に全額弁償すると、警察は逮捕をとりやめた。ムーン老人はバッカムを厳しく罰したがったが、店は喜んで起訴をとりさげた。

バッカムは新聞社を馘になった。

しかも、街を離れるときには、ブラウニー・ナンバー2・コダックさえも失っていた。

第4章　その1／ダニー

おれは時間を無駄にせずに、すぐにでも〈ジャクソン、ジョンストン、フラー&グリーン〉へ行く気になっていた。ミス・グッドボディから話を聞いたその日のうちはさすがに無理だったが、翌日にはかならず足を運ぶつもりだった。ただし、〈ジャクソン、ジョンストン、フラー&グリーン〉の社員からクラッシーの話を訊きだすのは、これまでほど簡単にいくとは思えなかった。広告代理店の受付デスクを通り抜けるには、もっとまともな服装をする必要があるし、これまで使ってきた作り話よりもっとましな口実を考える必要があった。

ビジネス専門学校を辞去すると、おれは家に帰り、ブルーのスーツを脱いで部屋の隅へ持っていき、プレスをかけた。それから、保険会社で働いている若い友人に会いに行った。おれがその若者にはじめて会ったのは二年まえ、夜学のコースをいくつかとっていたときのことだ。家出をして学校にじゅうぶん通わなかったおれは、その埋め合わせをしようとしていたのだ。一方、ケイジという名のその若者も、夜学の講座をふたつほどとっていた。おれは彼が好きになり、二人でときどき軽くビールを飲みに行くようになった。

ケイジとしばらく世間話をしてから、おれは切りだした。「なあ、ケイジ、じつはちょいと身分証明書を用意してもらいたいんだ……おまえんとこの会社で働いてると見せかけるためのな」

「無理いわないでくれよ、ダニー」とケイジは言った。「うちの会社は、そういったことにはすごくうるさいんだ」

「なんとかしてくれよ。すごく重要なことなんだ。ぜったいに迷惑はかけないから」おれは独立して仕事をはじめたばかりであることを説明し、適当な嘘をでっちあげた。「でっかい借金取り立ての話があって、借金を踏み倒したやつを追ってるんだ。行方を見失っちまったんだが、どこへ行けば手がかりが見つかるかはわかってる。ところが、なにか身分を証明するもんがないと、誰も話をしてくれないんだよ」

「話に裏があったりはしないんだろうな？」とケイジは訊いた。

「あるもんか」とおれは言った。「必要なのは身分証明書だけだ。そうすりゃ話を聞きだすことができる」

さらにしばらく話し合い、ああだこうだと押し問答したあげく、ようやくケイジは折れた。ケイジは気のいい男で、ノーザン・トランスコンチネンタル保険会社で文書整理係をしている。やつは事務用品室から社員証明カードを盗みだしてきて、白紙のまま渡してくれた。できあがった社員カードはこんな具合だった。

ノーザン・トランスコンチネンタル保険会社
イリノイ州シカゴ

氏名　ダニエル・エイプリル
役職　損害査定人
勤務年数　九年
身長　一メートル八十センチ
体重　七十九キロ
髪の色　黒
目の色　青
際立った身体的特徴――なし

署名／ジョージ・M・ケイジ
上席副社長

当然のことながら、ジョージ・M・ケイジというのはおれの友人の名前だ。おれが勝手にやつの名前をサインしたのを見て、ケイジは腹をたてた。

「おいおい、やめてくれよ、ダニー。誰かにこいつを見られようもんなら、ぼくはここをクビになっちまう！」

「誰も見たりしないさ」とおれは言った。「そもそも、誰かがそのカードを見て確認の電話を入れるとしたら、そこにサインした人物を呼びだすはずだ。そうだろ？」

ケイジは確信がなさそうだった。

「とすれば、そいつと話をするのはおまえだ。おまえはおれの身元を保証してくれればいい」

ケイジはそれでも気にくわないようだったが、なりゆきにまかせることに同意し、必要なときは口裏を合わせると言ってくれた。最後に握手をかわし、おれは近いうちに酒と食事をおごると約束した。

その夜、おれは自分の部屋で作り話に磨きをかけ、クラッシーのことを考えた。広告代理店でクラッシーに会ったらどうすべきだろうか？　しかし、よくよく考えた末に、彼女がまだそこで働いていることはないだろうと結論づけた。十年間もおなじ仕事をしているとはちょっと考えにくい。いまごろは結婚し、六人の子供を産み、すっかり太っているのではないか。そう思うと気分が沈んだ。

おれは古い新聞の切り抜きと、モニカ・モートンからもらった光沢仕上げの写真をとりだし、じっくりと眺めた。クラッシーは美しかった。頭のなかであまりに長いこといっしょに過ごしてきたせいで、おれはこの十年間、ずっとクラッシーのことを知っていたような気になっていた。こんな娘が恋人だったらどんなだろう、とおれは思った。もしかしたら、おれのような貧乏人は相手にしないのではないか？　いや、それはクラッシーに対してフェアじゃない！　ストックヤードで彼女がどんな家に住んでいたかを思いだしてみろ。しかも彼女は、相手が警察沙汰を起こさなければ、新聞社の若者と結婚していたはずなのだ。婚約を破棄したことで、おれはクラッシーを責めたりしなかった。一度法を犯した人間は、かならずまたおなじことをくりかえす。いつまた犯罪を犯すかもしれない男に、クラッシーのようなすばらしい娘はふさわしくない。とにかく、もし愛さえあれば、クラッシーは相手の財産など問わないはずだ。クラッシーがそういうタイプの娘であることを、おれはよく知っていた。

おれは眠れない夜を過ごし、朝になってもオフィスへは行かなかった。コーヒーを三杯飲んでから、はやる気持ちを抑えて十時になるのを待ち、〈ジャクソン、ジョンストン、フラー＆グリーン〉に向かった。同社のオフィスは、ミシガン通りに建つ豪華な高層ビルの二十九階、三十階、三十一階を占めていた。おれはレセプション・ルームのある二十九階でエレベーターを降りると、大理石張りの廊下を歩いていき、オールド・イングリッシュのドアからなかに入った。レセプション・ルームのシンプルで小さなデスクの向こうには、つややかな赤毛の若い受付係がすわっていた。プレスをしたばかりのブルーのスーツは、一瞬たりとも彼女を騙せなかった。赤毛の受付係は左右の目でおれにワンツー・パンチをくりだし、すぐにまた退屈そうな表情に戻った。

デスクの上には七、八台の電話が載っていた。ほかにはなにもない。電話はひっきりなしに鳴りづめで、赤毛の受付係は、「はい、ミスター・ブラント……十一時半にお戻りですね。ありがとうございます」とか、「はい、ミスター・ハリス……いいえ、ご不在中に電話はございませんでした。確認して折り返しご連絡いたします」などと、ひたすら応対に追われていた。赤毛は電話をうけるたびに、名前がタイプでずらりと打たれた二枚のリストに数字を書きこんだ。

「どうすれば間違えずにすむんだい?」とおれは訊いた。

「間違いくらいあるわ」赤毛はそっけなく答えた。

「きっちり仕事をこなしてるみたいだけど」と言い、おれはにっこり微笑んでみせた。

赤毛はすこしだけ気を許したらしく、「あまりたくさんはミスしないわ」と認めた。

「ここの社員はみんなきみに報告しなけりゃならないのかい?」

「まあね。オフィスを離れたり社外へ出たりするときには、報告する義務があるの。そうしておけば、なにか重要なことがあったとき、誰がどこにいて、いつ帰るかわかるでしょ」

おれはまじめくさった顔をしてうなずいた。「ところで、ぼくはダニー・エイプリルだ。オフィス・マネージャーに話を聞こうと思ってきたんだが、もしかするときみのほうがもっと適任かもしれないな」

「なんの用なの?」と赤毛は訊いた。

「じつは、ミス・カレン・アリスンという女性の居場所を探しているんだ」

「そのひと、ここの社員なの？」

ふっと腹から力が抜けた。「以前働いていたはずなんだ」とおれは言った。

赤毛は強い口調で答えた。「わたしはここに三年いるけど、そんな名前の娘《こ》は知らないわ」

「やっぱり、オフィス・マネージャーに会ったほうがいいみたいだな」

「ここの社員を仕切ってるのはミスター・バードよ」と赤毛の受付係は言った。「その娘は事務職だったの？……それとも、クリエイティブ・スタッフ？」

「クリエイティブ・スタッフっていうのはなんなんだい？」

「コピーライターとか、ラジオ・コマーシャルのライターとか、イラストレーターとかよ。その娘、プロダクションで働いてたの？……印刷とか、製版とか」

「さあ、わからないな」とおれは言った。「だが、たぶん事務職だったはずだ」

赤毛の顔に不審の色が浮かんだ。「あなた、その娘の個人的なお友だちかなにか？」

「いいや。しかし、いい話を持ってきたんだ。そのミス・カレン・アリスンに金が入ることになっているんだが、あいにく居場所がわからなくてね」おれはノーザン・トランスコンチネンタル保険会社の社員カードを手渡した。赤毛はそれにさっと目をやった。「彼女の叔母さんで、ミネアポリスに住んでいるミセス・ジョーン・ハーモン・アリスンが亡くなったんだよ。叔母さんは彼女に遺産を……ちょっとした保険金を……残したんだ。しかし、いまのところうちの社では、ミス・カレン・アリスンの行方をつきとめられずにいる。ようやくここの住所まではたどりついたんだけどね」

赤毛の受付係は緊張を解いた。「うちの会社は、情報を外へ漏らすことに関してはすごく慎重なの。ミスター・バードがお会いするか訊いてみるわ」赤毛は受話器をとり、ダイヤルを二度まわし、電話交換台を呼びだした。すぐにミスター・バードにつながり、赤毛はおれの用件を説明しはじめた。それから、おれのほうをふりむいた。「お会いするそうよ。ミスター・バードの秘書がすぐにくるわ」

長い革張りのソファーにすわり、《タイム》の古い号を半分ほど読んだところで、横手の小さなドアが開き、バードの秘書がおれに向かって合図した。

「こちらへお願いします、ミスター・エイプリル」おれは秘書のあとにしたがい、ウサギ小屋のようにいくつもドアが並んだ廊下を歩いていった。ときどき、疲れきった顔の男たちが、両手に書類の束をかかえてドアから飛びだしてきては、ズボンに火がついたように廊下を走っていった。

「なんだか緊急の用事らしいね」確固とした帰巣本能に導かれて歩いていく秘書に向かって、おれは声をかけた。

「とくにそういうわけじゃありませんわ」と秘書は答えた。「いつでもこんな調子なんです」

ようやくおれたちは、金色の文字で〈H・R・バード〉と名前の入ったドアにたどりついた。

秘書はドアをあけ、どうぞとうながした。おれはなかに入った。オフィスはかなり狭いにもかかわらず、ダブルサイズのデスクと小型のソファー、安楽椅子が二脚、さらには真鍮のランプが載った小さなドラムテーブルまでおいてあった。それにくわえ、ランプの台座のまわりには、セイヨウキヅタと小さなサボテンが植えられている。周囲の壁には額に入った絵がそこらじゅうにかかっている。そんなこんなで、このオフィスにいるとすごくゆったりした気分になれた……部屋のまんなかに立ち、横を向いてさえいれば。

デスクの向こうでは、椅子にふんぞりかえった老齢のバードが、なにやら書類を読んでいた。部屋の半分くらい離れているのに、バードの胃がゴロゴロ鳴っているのが聞こえた……まるで、誰かがストローでグラスの底に息を吹きこんでいるかのようだった。四十数えたころになって、バードはゆっくりと目を上げて言った。「で？」

おれは社員カードを見せ、さっきの説明をもう一度くりかえした。

「きみのオフィスの電話番号は？」とバードは訊いた。

おれは暗記しておいたノーザン・トランスコンチネンタル保険会社の番号を告げた。「もし電話なさるんでしたら、上席副社長のミスター・ケイジを呼びだしてください」

バードはしばらくおれを眺めてから、電話に手を伸ばした。しかし、それでもおれが動じないのを見てとると、ふたたび手をおろした。「まあ、わざわざそこまですることはないだろう。しかし、この〈ジャクソン、ジョンストン、フラー&グリーン〉では、情報を外へ漏らすことに関しては非常に慎重なんだ。わかってもらえると思うが、うちはこのアメリカでも最大級の会社から仕事を請け負っているんでね。われわれはそうした会社の事業計画や秘密を知っている——うちのあつかっている情報は、絶対秘密厳守のものばかりなんだ。それに、うちは基本的に……」

「賭けてもいいですが、ノーザン・トランスコンチネンタル保険会社の金庫には、〈ジャクソン、ジョンストン、フラー&グリーン〉があつかっているよりもたくさんの現金が眠ってますよ」おれはいきなり割って入った。

一瞬、バードはあっけにとられておれを見た。その口は、つぎの言葉をつづけようとして、ぽかんとあいたままだった。

「それに」とおれはつづけた。「わたしが知りたいのは、カレン・アリスンという名の若い娘がここで働いているかだけなんです。来年発売される芝刈り機の色なんかにはまったく興味がありません」

バードはいきなり笑いはじめた。「いいだろう、ミスター・エイプリル」と言い、彼はさらに笑った。どうやらすこしはおれを見なおしたらしい。「カレン・アリスンなら、もううちでは働いておらんよ」

「なら、以前はここに?」とおれは訊いた。

「ああ」

「どれくらいの期間？」

バードはしばし考えこんだ。「たしか三年ほどじゃなかったかな。入社したのは一九四〇年で、辞めたのは……一九四三年の秋の終わりか……たしかそのくらいだったはずだ」

「ここを辞めてどこへ行ったんです？」

「知らんね」

「彼女はなにをしてたんです？　その……職種のことですが」

「最初は受付係として入ったんだ」とバードは答えた。「それから、ミスター・コリンズの秘書に昇進した」

「ミスター・コリンズというのは？」

「ミスター・コリンズは〈ジャクソン、ジョンストン、フラー&グリーン〉の副社長だ」そう説明するバードの顔は真剣で、声には畏敬の念がこもっていた。「取引先担当責任者としてジョイ・ドラッグ社を担当している……あの会社は、世界でも有数の広告主のひとつだ」

「ジョイ練り歯磨きとか感冒薬とかいったもんを製造してる……あの会社ですか？」

ミスター・バードはちょっと顔をしかめた。「そうだ。〝とかいったもん〟や……そのほか多くのものをね」

「ミス・アリスンの最後の住所をお教えいただけませんか？」とおれは訊いた。

バードはブザーを押した。このオフィスへおれを案内してくれた秘書が、すぐにドアから入ってきた。バードは彼女に自分の望みを伝えた。秘書はさっと姿を消した。バードとおれはすわったまま見つめあい、なにも言わなかった。ようやく電話が鳴り、バードが受話器をとった。彼は鉛筆に手を伸ばし、メモパッドに住所を書きつけてから受話器をおくと、メモ用紙をはぎとり、おれに差しだした。

「それがうちの会社に残っているミス・アリスンの最後の住所だ。あまり役にはたたないんじゃないかと思うがね。もう七年もまえのものだから」

おれは礼を言って立ちあがった。ドアのまえまで行ったところで、おれはふりかえって訊いた。「ミスター・コリンズに会えないでしょうか？　もしかしたら、ミス・アリスンはミスター・コリンズに、これからどこへ行くつもりかもらしていたかもしれない」

「残念だがね、ミスター・エイプリル。ミスター・コリンズに会おうとするのは時間の無駄だよ。非常に忙しい人だからな……きみに会っている時間などないだろう……自分に会う時間だってないくらいの人なんだ」

「いいですか、ミスター・バード」とおれは言った。「たしかにミスター・コリンズは忙しいんでしょう。しかし、ミス・アリスンがこの金を必要としている可能性だってあるんじゃないですか？　もしかしたら病気かもしれないし……さもなければ、失業してるってことも考えられる。いかに重要人物といえど、ミスター・コリンズだって、若い娘が幸運をつかむのを助けるためなら、一分くらい時間を割くことに文句は言わないはずだ」

「たぶんそうだろうな」と言って、バードは肩をすくめた。「ミスター・コリンズが誰か他人に好意を示すために時間を割いたことがあるとは思えないが、とにかく電話をして、アポイントメントをとれるか訊いてみよう」バードは交換台を呼びだし、コリンズのオフィスを呼びだすように頼んだ。バードは秘書をすり抜けることに成功し、直接コリンズと話した。おれに話しかけていたときとはちがい、バードはもはや堂々としてもいなければ、口が達者でもなかった。コリンズに話しかけるバードは、コリンズのことをおれに話していたときよりも、さらに深い畏敬の表情を浮かべていた。「ご都合のよろしいときにお会いしたいと言うんですよ、ミスター・コリンズ、あなたがお忙しくないときに。たぶんお会いする暇はないだろうとは言ったんですが」コリンズがなにか言い、バードは驚いた顔をして電話を切った。「コリンズはきみに、オフィスへこいと言っている」と彼は言った。「場所はわかるかね？」

「いいえ」

「三十一階だ。ミス・ピアスンに案内させよう」バードがブザーを押すと、秘書がまたもやさっと現われた。彼女は迷路のような廊下を通り抜け、おれをエレベーター乗り場へと案内した。おれたちはそのうちのひとつに乗り、三十一階へ行った。そこにはさっきよりも小さなレセプション・ルームがあり、デスクにはブロンドの娘がすわっていた。こちらのデスクも小さかったが、電話機は三つしか載っていなかった。ミス・ピアスンはブロンドの受付係におれを託し、簡単な指示をあたえると、去り際におれに向かって手を振った。「いいこと、出口までの道順がわからなくなったときには、廊下誘導員の〝ピカイチ〟ピアソンを呼んでね」彼女はエレベーターをつかまえ、姿を消した。

ブロンドの受付係がデスクの奥から出てきて、長くて広い廊下を指し示した。「ミスター・コリンズのオフィスは、この廊下の突き当たりの右側です」

「ありがとう」おれは礼を言い、受付係の指さしたほうへ歩きはじめた。廊下の突き当たりにはクルミ材のがっしりしたドアがあり、〈ステイシー・H・コリンズ〉という筆記体の文字が入っていた……おそらくコリンズのサインをそのままかたどったものだろう。おれはドアをノックし、狭いオフィスに入った。絨毯は膝まで沈みこみそうなほどふかふかで、デスクにはいかにも有能そうな秘書がすわっていた。中年のその秘書は眼鏡をかけており、ものすごい勢いでタイプライターを打っていた。彼女が仕事の手を休めて顔を上げたので、おれは自分が誰であるかを説明し、コリンズが待っているはずだと告げた。秘書はコリンズに確認し、「ミスター・コリンズがいまお目にかかるそうです」と言ってデスクから立ちあがると、もうひとつあるほうのドアをおれのためにあけてくれた。

コリンズのオフィスはとてつもなく広い角部屋で、壁の二面が窓になっており、ブラインドの手前にはカーテンがかかっていた。壁のひとつには大きな暖炉があり、そのまえには長いソファーがおかれ、さらにその横にはエンドテーブルとランプが並んでいる。また、部屋のそこここにはカクテルテーブルと数脚の椅子のセットがいくつか配され、部屋の一隅には大きなクルミ材のデスクがあった。

　このクルミ材のデスクからは、アウター・ドライブがエッジウォーター・ビーチ・ホテルのあたりまで見通せ、ミシガン湖の湖岸線をはるかかなたまで見渡すことができた。デスクの脇には半開きのドアがあり、専用のシャワー室と化粧室に通じていた。デスクの真後ろの小さなキャビネット・バーには、冷蔵庫と製氷器までついている。これだけ豪華な部屋など、めったにお目にかかれるものではなかった。

　コリンズはなかなかハンサムな男だった。年のころは四十代なかばだろうか。背は低く、がっしりしており、四角い顔は穏やかで、表情というものがまったくなかった。こめかみに白いもののまじった豊かな黒髪が、よく日に焼けた肌に似合っている。おれを見ても、コリンズはまるで表情を変えなかった……その顔からはなんの感情も読みとれない。ただし、目だけは例外だった。黒く輝く瞳は強い意志を秘め、疲労をにじませ……油断なく警戒していた。その両目だけが、空っぽの顔にまったく釣り合っていなかった。

　おれが自己紹介すると、コリンズはわかったというようにうなずいたが、立ちあがりもしなければ、握手しようともしなかった。おれはカレン・アリスンに支払うべき保険金の話をくりかえした。滔々《とうとう》とまくしたてるおれを、コリンズは途中でさえぎった。「その話ならバードから聞いたよ。で、わたしになにが訊きたいというのかね？」

「ミス・アリスンは、しばらくあなたの秘書を務めていたということですが」

「約二年間ほどな」とコリンズは答えた。

「ミスター・バードはミス・アリスンがどこへ行ったかご存じなかったんですが……あなたならなにか、退職後の計画を聞いていたのではないかと思いまして」

「そんな記憶はない」

「どんな場所に住みたいか話していたことはありませんか？……さもなければ、休暇で行きたい場所だとか。どんなことでもいいんです」

コリンズは椅子の背にもたれかかり、煙草の箱をあけて一本抜きだすと、高価な銀製の卓上ライターで火をつけた。「彼女が会社を辞めたのはもうずいぶんまえだからな。あまりよくは憶えていない」コリンズはそう言って、煙草の煙を深々と吸いこんだ。

「会社を辞めてから、手紙をうけとったことは？」

「ない」とコリンズは言った。「そんなことをすべき理由もないしな」

「退社の理由はなにか言っていましたか？」

コリンズは燃えるような視線でおれを射抜いたが、その表情はまるで変わらなかった。電話が鳴り、コリンズは受話器をとった。いくつかの質問に短く答え、電話を切ると、彼はしばし間をおいてから、ようやく口を開いた。「街を離れると言っていたが、それ以外はなにも聞いていない」

手がかりの糸が切れた。これでもう行き止まりなのだろうか？　おれはなんとか平静な顔と声を装って訊いた。「どこへ行くかは言っていなかったんですね？」

「ああ」コリンズはこちらの話に耳をかたむけているかのように、しばらく黙っていた。「そういえば」彼はゆっくりとつづけた。「たしかニューヨークだった気がする」

「ミス・アリスンは有能な秘書でしたか？」

「非のうちどころがなかった」

「照会先にあなたをつかったことは？」

「一度もない」

おれはドアのほうを向いた。「お時間を割いていただき、ありがとうございました、ミスター・コリンズ」

コリンズの口調はそれまでとまったく変わらず、顔にはいっさい表情がなかった。「あまり役にはたたなかったようだが」コリンズはそっけなく言った。うつろな沈黙が数秒ほど流れた。コリンズはデスクのペンを手にとり、なにかの手紙にサインをしはじめた。しかし、やがてゆっくりとペンをおき、おれのほうをふりかえった。「じつはな、エイプリル」とコリンズは言った。「わたしはよく、ミス・アリスンがいまどうしているか考えるんだ。きみが彼女を見つけだすことを祈っているよ。もし見つかったら、わたしにも知らせてくれるとありがたい」

「あなたがなぜそんなことを？」とおれは訊いた。

「ぜひにというわけではない」コリンズは肩をすくめた。「しかし、もし知らせてくれれば、それ相応のお礼は喜んでするつもりだ……わたしの好奇心を満足させるためにね」

ビルを出てミシガン通りを歩きはじめたおれは、かつてないほど落ちこんでいた。手がかりはあとひとつだけしか残されていない。おれはバードが住所を書いてくれたメモをひっぱりだした。場所はオーク・パークだった。おれは下りのバスをつかまえ、高架鉄道に乗り換えた。オーク・パークにつくまで、おれはクラッシーのことを考えた。クラレンス・ムーンが〈全額一括返済〉とスタンプを押したデータ・カードのこと。ミス・デュークスの下宿屋から〈モニカ・モートン・モデル養成学校〉に通っていたキャサリン・アンドリュースのこと。〈グッドボディ・ビジネス専門学校〉で学び、〈ジャクソン、ジョンストン、フラー&グリーン〉で働き、オーク・パークに住んでいたカレン・アリスンのこと。オーク・パークはシカゴ郊外の品のいい町で……ストックヤードからはとてつもなく遠かった。距離だけでなく、あらゆる意味で。

オーク・パークで高架鉄道を降り、タクシーを拾った。このあたりには不案内だったので、めざす住所がどんなところなのか、おれにはさっぱりわからなかった。タクシーは立派な構えのアパートメントのまえで停まった。大きくはないが、かなり見映えのする建物だ。四階建てで、それぞれの階にフラットが三つ——正面にふたつ、裏にひとつ——入っている。郵便受けの脇には入居者の名前が並んでいたが、そこにカレン・アリスンという名前はなかった。おれは地下室の郵便受けの横の〈管理人/フィリップ・フロム〉と表示されたブザーに目をとめた。

おれはブザーを押して待った。

しばらくすると、ロビーから建物のなかに通じている厚いプレートガラスのドアがカチッと音をたてた。おれはドアをあけ、短い階段を降りていった。階段の下のドアがあき、年をとった女が頭を突きだして目を細めた。どうやら近眼らしい。

「ミスター・フロムはご在宅ですか？」とおれは訊いた。

「いいや。ダウンタウンに行ってるから、しばらくは戻らないよ。もしアパートを探しているんなら言っとくけど、空室はないからね」

「アパートを探してるわけではないんですよ」とおれは言った。「以前ここに住んでいたアリスンという名前の女性を探しているんです」

「そんな名前の女の人ならいないよ」

「それはわかってます。でも、もしかしたら転居先の住所を残していったんじゃないかと思いまして」

「その人がここにいたのは、どれくらいまえのことなんだい？」

「約七年まえです」

「あたしたちはここにきてまだ四年なんだ」と女は言った。

「ご主人のまえは、誰が管理人をしていたんです？」

「知らないね」

「ご主人ならご存じでしょうか？」

「いいや」

望みはないようだった。おれはひどく疲れていたが、最後の気力をふりしぼった。「このアパートメントの賃貸をあつかっている不動産会社はどこです？」

「〈ブロムベルク＆スピッツ〉だよ」と女は言った。「ループ地区のダウンタウン。あの会社のオフィスなら、ループ地区のダウンタウンだよ」女はそうくりかえし、ドアを閉めた。

その夜、おれはケイジと会い、カフェテリアで夕食をとった。

「なんだってそんなに落ちこんでるんだよ、ダニー」とケイジは訊いた。「探してる男がまだ見つからないのかい？」

「ああ」と、おれは言った。

「それで思いだしたけど、例の社員カードを返してくれよ」

「まだ必要なんだ。あと二、三日待ってくれ。今回の相手はどうしても行方がつきとめられないんだが、あすもう一カ所だけ当たってみようと思ってるんだ。〈ブロムベルク＆スピッツ〉っていう不動産会社に電話してみるつもりでね」

ケイジはコーヒーを喉につまらせそうになった。「おいおい、あそこであの社員カードをちらつかせたりしないでくれよ！　うちはあの会社と頻繁に取引してるんだ」

「ほんとか？」とおれは訊いた。

「ほんともほんとさ。ぼくの部署のファイルには、あの会社から毎週くる文書がごっそり入ってる。うちはあの会社が所有してるビルの保険をいくつも請け負ってるんだ。すべて合わせたらたいへんな額さ！」

「その〈ブロムベルク＆スピッツ〉からの文書だが、誰が書いているんだ？」

「キーリーって名前の重役だけど」

「その男を知ってるのか？」

「まさか。あそこの社員なんてひとりも知らないよ。ぼくはあの会社がうちに送ってくる文書をファイルしてるだけだからね」ケイジはカップをテーブルにたたきつけるようにおいた。「いいかい、ダニー」明らかに動揺している声だった。「ぼくを面倒ごとに巻きこまないでくれよな」

「そんなことはしないさ」とおれは約束した。夕食代はこっちが持った。それから二人でボウリングをやった。おれは三ゲームともケイジに勝ったが、ここでもゲーム代はこっちが払った。最後に軽くビールをひっかけ、その夜は切りあげた。おれは部屋に帰ってベッドにもぐりこんだ。

つぎの朝、おれは〈ブロムベルク＆スピッツ〉に電話を入れ、ミスター・キーリーを呼びだした。野太い声のキーリーが電話口に出た。

「もしもし、ノーザン・コンチネンタルのパークスですが」とおれは言った。

「ああ、きみか」とキーリーはがなりたてた。「で、元気にしてるかね、ミスター・パークス？」向こうがおれを知っているはずはない。しかし、キーリーは大学時代の親友にでも話しかけるような口調だった。

「失礼ですが、一九四三年当時そちらのオーク・パーク・ビルディングの管理人だった人物の名前を教えていただけないでしょうか」

「どのビルだね？」とキーリーは訊いた。

おれは住所を告げた。「もしその管理人がいまでもそちらに雇われているのなら、現在の住所もお願いしたいんですが」

「なにか問題でも？」

「そういうことではまったくありません」おれは誠意をこめて言った。「失効した保険金支払いの件でお定まりの手続きをしたいだけなんです。ご面倒をおかけするのは恐縮なんですが、数分もあれば調べがつくんじゃないかと……ご協力いただけると、うちとしてはすごく時間が助かるんですが」

「わかったよ。面倒なんかじゃぜんぜんないさ。気にせんでくれ」とキーリーは言った。「折り返し秘書に電話をかけさせよう」

「そうしていただけると幸いです。ほんとに、なんとお礼を言っていいか！」そう言って、おれは一瞬だけ間をおいた。しかし、ぐずぐずはしていなかった。向こうに電話を切られたくなかったからだ。「すいません、ちょっと考えたんですが」と、おれはつづけた。「やはり、三十分ほどしたらこちらから秘書の方に電話をさしあげますよ。いまちょうどオフィスを出るところで……きょうは一日戻らないものですから。とにかく、ありがとうございました」おれはすばやく電話を切った。秘書には伝言を残すように言っておくよ、と言われたくなかったのだ。

おれはまんじりともせずに、オフィスで四十分ほど時間をつぶした。お定まりの手紙を数通書き、別件の電話をいくつかこなし、それからもう一度〈ブロムベルク&スピッツ〉に連絡を入れた。おれはミスター・キーリーの秘書を呼びだした。

「ああ、はい、ミスター・パークスでございますね」とキーリーの秘書は言った。「ご用件はミスター・キーリーから申しつかっております。お問い合わせの件ですが、あなたがおっしゃっている管理人はフランク・ロイスター。一九四六年にべつのビルに移っています」

「で、いまでもそのビルに?」

「ええ」と若い娘は答えた。「シェリダン・ロード六一〇三のレイク・プラザ・アパートメントを担当しています」

「ありがとう」と言って、おれは受話器をおいた。

それから正午まではひたすら仕事に没頭した。正午になると、おれはサンドイッチを無理やりコーヒーで流しこみ、シェリダン・ロード六一〇〇方面行きのバスに飛び乗った。レイク・プラザ・アパートメントもまた四階建ての小さなビルで、角地に建つ大きなビルと、北側に建つ巨大なマンションにはさまれていた。おれはロイスターの名前を見つけ、ブザーを押した。ロックのかかったロビーのガラスドアの向こうに、背の高いやせた男が現われた。男は鼻がやたらと突きでており、顎は尖って長く、その目はとてつもなく非友好的だった。おれは身ぶりでドアをあけてくれと頼んだ。男はしぶしぶそれにしたがった。

「あなたがロイスター？」とおれは訊いた。

「ああ」と男は言った。

「〈ブロムベルク＆スピッツ〉のミスター・キーリーからあなたのことをうかがって、内々に話を聞きにきたんですが」とおれは言った。キーリーの名前がロイスターにとって大きな意味を持っていることはすぐにわかった。ロイスターは醜い顔になんとか笑みを浮かべ、ドアを大きく開いた。

「だったら、部屋のほうへきてもらったほうがいいな」ロイスターはおれの先に立って地下へ行き、アパートメントのドアをあけた。部屋は狭いがきちんと片づいており、清潔だったが、どこかしら独身者のアパートメントならではの〝雰囲気〟が漂っていた。どこがどうとは説明できないが、そういうものは感じでわかるものだ。

「結婚はしていないいんですか？」とおれは訊いた。

「ああ、そんな時間はなかったんでね」ロイスターはこぎれいなふかふかのソファーに腰をおろし、それと揃いの椅子をおれに勧めた。おれが煙草の箱を差しだすと、ロイスターは一本とった。おれはマッチをすり、両方の煙草に火をつけた。

「重要な件でミス・カレン・アリスンに連絡をとりたいんです」とおれは切りだした。「じつは、ミス・アリスンは保険金の受取人に指名されていましてね。うちの社は――ノーザン・トランスコンチネンタル保険会社というんですが――いま彼女の行方を探しているんです。ミス・カレン・アリスンは、あなたが管理人をしていたころオーク・パーク・ビルディングに住んでいたはずなんですが」おれは注意深く相手を観察した。

「ああ」とロイスターは言った。彼はどこか落ちつかないように見えた。

「ミス・アリスンを憶えていますか？」

「はっきりりね。すごい美人だったよ」ロイスターは喉をごくりとさせた。大きな喉仏が上下に飛び跳ねるのが見えた。

「出ていったのは一九四三年ですね？」

ロイスターは煙草の先をじっと見つめた。どうやら当時のことを思いだそうとしているらしい。「そうだ」彼はゆっくりと口を開いた。「あれは一九四三年の……秋だった。たしか、十月だったはずだ」

「ミス・アリスンはどこへ行くか言っていませんでしたか？　さもなければ、郵便物の送付先を残していったりは？」

「いいや、なにひとつ言ってかなかったね」

「家具つきのアパートメントを借りていたんですか？」

「あそこのアパートメントには、どれも家具なんかついてなかったよ」とロイスターは言った。

「だからって、問題はまるでなかったのさ……家具なら、彼女はありあまるほど持ってたからな」

「家具は引っ越すときに売ったんですか？」

「そうは思わないね」

「なら、運ぶ必要があったはずだ」とおれは言った。「家具を運送した会社を憶えていませんか？」

かなり長いこと、ロイスターは黙っていた。それから、いったんなにかを言いかけたものの、すぐに気を変えたらしかった。「いいや」ようやくのことでロイスターは答えた。しかし、そのときに、おれのほうは見なかった。「会社の名前は憶えてないな」

おれにはロイスターが嘘をついているという強い確信があった。おれはさっと立ちあがり、帽子を乱暴にひっかぶった。「ふざけるのもたいがいにしろよ、ロイスター」とおれは叫んだ。「おまえは嘘をついてる！　神様が小さな青いリンゴを造ったのとおなじくらい確実にな。理由までは知らないが、嘘をついてることだけは間違いない……おれはこの件をキーリーに報告するつもりだ。なんたってきさまは、法的手続きの妨害をしてるんだからな。おまえみたいなやつは、キーリーにケツでも蹴飛ばされてクビになっちまえばいいさ！」

「おい……ちょっと待て、ちょっと待ってくれ！」とロイスターは言った。その顔は怒りに歪んでいたが、自制心は失っていなかった。「思いだせないってもんはしょうがないじゃ……」

「思いだせないだと？　おれをアホだとでも思ってるのか？　間違いない、おまえはぜったいになにか憶えてるね！」

「すわってくれよ。すこし考えさせてくれ」ロイスターが考えをめぐらせるふりを——体面を保つために——しているあいだ、おれは腰をおろして待った。ようやくロイスターは言った。

「トラックをよこした会社の名前は憶えてないが……」

「なら、憶えてることがなにかあるんだな？　すくなくともいま、トラックがきたことを思いだしたじゃないか！」

「ああ、そうだな……」とロイスターは言った。「たしかにトラックのきたことは思いだしたよ。だけど、そいつはおれのよく知ってる会社のトラックじゃなかった」

「どういう意味だ？」

「ふつう引っ越ししようと思ったら、誰だって自分の家の近くにある運送会社を使うだろ。さもなければ、すくなくともおなじ地区の会社をな。そのほうが安くつくし……」

「で、おまえはその会社を知らなかったというわけか？　オーク・パークの会社じゃなかったんだな？」

「そうだ」とロイスターは言った。「オーク・パークの会社じゃなかった」

「それを思いだせるくらいなら、見た目がどんなだったかも憶えてるんじゃないのか?」

「いや、憶えてない」

「なにが憶えてないだ!」おれは毒づいた。「トラックの外見を言ってみろ。何色だった?」

ロイスターには答えられなかった。

「いいか、ロイスター。おれはそのトラックを探しだす。きさまがいまここで話そうと話すまいと、ぜったいにな!」

「緑だった」とロイスターは言った。

「もし見つけたトラックが緑じゃなかったら覚えとけよ……おれはおまえをクビにさせるだけじゃない……この手で血ヘドを吐くまで叩きのめしてやる!」

「おい、待ってくれ。もしかしたら青だったかもしれん!」

「ほう、こんどは青だと? 青だったのは確かなのか?」

「ああ」

「そこにはなんて社名が入ってた?」

「それは憶えてない。憶えてたら話すよ」

「ほかになにか思いだせることは?」

「そういや、白くて太いストライプが入ってた。一フィートくらいの幅のやつが、てっぺんをぐるっと……ルーフのすぐ下だ」

「ほかには？」

「ない」

「ぜったいか？」

「ああ……」

「よし」とおれは言った。「だったら、いちおうは礼を言わせてもらおうじゃないか。しかし、もしおまえが嘘をついていたとわかったときには……覚悟しとくんだな。きさまはもう一度おれに会うことになる」

おれは部屋を出た。去り際に後ろを見たときも、ロイスターはまだすわったままだった。

翌日、おれはいつもの電話による調査にとりかかった。まず最初に、一九四三年の職業別電話帳に載っている運送会社をすべてリストアップした。その数はぜんぶで五百から六百あった。どこから手をつけていいかわからず、とにかくリストの上から下へ、片っぱしから電話をかけていくことにした。まずは番号をダイヤルし、マネージャーを呼びだす。相手が電話口に出ると、おれは言う。「もしもし、シカゴ交通安全諮問委員会の者ですが、じつはいまトラックの色と夜間運転に関する調査を行なっているんです。そちらのトラックは何色ですか？」相手はすぐに答えてくれる。そこでおれはつぎにこう質問する。「昔からずっとその色ですか？」

どの会社も、ふつうトラックの色は変えないことがわかってきた……いわばトレードマークのようなものなのだ。たいていの会社は赤やオレンジや黄色を使っていた。おれは礼を言って電話を切った。もし相手が青だと答えた場合は、白いストライプは入っているかと訊く。入っているると答える会社もあったものの、ルーフのすぐ下にストライプを入れているところはなかった。

会社のいくつかはすでに廃業していたが、ほとんどの会社はいまだに営業中だった。三週間後、おれは三百六十七枚目の五セント硬貨を使って〈リマ運送〉に電話し、そこのトラックが青で、ルーフの下にストライプが入っていることを知った。この会社は、創業以来ずっとおなじ配色のトラックを使っているとのことだった。

つぎの日、おれはさっそく〈リマ運送〉に足を運んだ。そこはウエスト・サイドにある平均的な規模の会社で、オフィスのある大きな保管倉庫には、壁面いっぱいに社名がペイントされていた。オフィスに入っていくと、ワイシャツの上にヴェストを着た貧血症じみた顔のやせた男が、おれの用件を訊こうとカウンターのところへやってきた。おれはノーザン・トランスコンチネンタル保険会社の社員カードを見せ、例の保険金の話をした。

「もちろん」とおれは言った。「昔の記録を調べるにはかなり手間がかかるでしょう。こちらとしては、それなりの謝礼はするつもりです」

「なるほど」男はうなずいた。「それで、なにがお知りになりたいんです?」

「一九四三年の十月一日前後に、オーク・パークに住むカレン・アリスンという女性の家具を運送していないか調べていただきたいんです」

「ちょいと時間がかかりますね」

「どのくらい？」

「たぶん、一時間くらいでしょう。オーク・パークの住所は？」

おれは答えた。「そのへんをぶらついて、なにか食べてきますよ。一時間後には戻ります」

ピンボールを十五回ほどやってから戻ってみると、受付の男はそっけなく言った。「ありませんね。調べがついたかぎりでは、カレン・アリスンという方の引っ越しは請け負っていません」

「たしかですか？」

「ええ」

「その住所の女性から運送を依頼されたことはないんですね？」

「いや、それはありました。キャンディス・オースティンという女性です」

おれは火をつけようとしていた煙草をぎこちなくいじった。「一九四三年の、十月に？」

男は咳払いをし、「ええ」と答えた。

それだ！　偶然であるわけがない。クラッシーはまたもや名前を変えたのだ。今回はイニシャルのKを捨て、代わりに発音がおなじCを使ったのだろう。〝アンドリュース〟や〝アリスン〟と同様Aではじまる〝オースティン〟を使ったのはいつものとおりだ。おそらく、オーク・パークのオースティン通りからとったものにちがいない。

「そのオースティンという女性の家財は、どこに運んだんです?」とおれは訊いた。

「いくつかはエヴァンストンに運送しています。しかし、ほとんどのものはここの倉庫へ運んで売ったようですね」

「エヴァンストンの住所はわかりますか?」

「ええ」男は奥へ戻り、キャンバス地の表紙の大きな元帳を手にとると、ピンク色の薄い紙をぱらぱらとめくりはじめた。二分ほどして、男は顔を上げた。「エヴァンストンのレイク・タワーズ・ホテルですね」

「ありがとう」おれは礼を言い、男に五ドルやった。

第4章　その2／クラッシー

　クラッシーはイースト・デラウェア通りのアパートメントに引っ越した。部屋は狭く、リビングルームのソファーはベッド兼用で、小さなスライディングドアの奥の簡易キッチンはひどくちっぽけだった。しかし、シャワーつきのバスルームはかなり広い。クロゼットも大きく、クラッシーのかぎられた服をしまうにはじゅうぶんすぎるほどだ。しかし、服の数は徐々にふえていた。今年の春にストックヤードを出たときに着ていたドレスと帽子にくわえ、夏に買った二着の新しいドレスと、ラリー・バッカムのクレジットカードで買った白いドレスと二着のスーツがある。クラッシーには新しい服が、新しいアパートメントが、そして新しい自由が嬉しかった。そうしたものにかこまれていると、ラリー・バッカムのことも、ミス・デュークスのことも、クラレンス・ムーンのことも忘れることができた。

　クラッシーはさっそくミス・グッドボディに会いに行き、レターヘッドを浮き出し印刷した便箋を見せた。ミス・グッドボディは喜んで推薦状を書くと言ってくれた。

「なんと書いてほしいの？」とミス・グッドボディは訊いた。

「人事担当者様宛でお願いします」とクラッシーは言った。「あとは、あたしがあなたの社交事務担当秘書を五年間務めてきた人物で、誠実で信用できるとだけ書いてください……それに、もしもっと詳しいことを知りたい場合には、あなたに電話をしろって」

ミス・グッドボディはデスクに向かい、丸くて短いペン先を黒いインクにひたすと、小さくて少々読みにくい字で書きはじめた。

人事担当者様

ミス・カレン・アリスンは、過去五年間わたくしの社交事務担当秘書を務めてきた人物です。その期間、ミス・アリスンはあらゆる面で優れた能力を発揮し……有能かつ誠実で、信頼できる人材であることを証明してまいりました。諸般の事情でミス・アリスンを手放さざるをえないことは、わたくしといたしましても残念至極です。もしミス・アリスンを雇いたいとお考えの方で、さらに詳しいことをお知りになりたい場合には、ぜひともわたくしあてにご連絡ください。その折には、わたくしはミス・アリスンを心より推薦させていただきたく存じます。

敬具

「ヴァン・ドーレンとサインしてほしいの?」とミス・グッドボディは訊いた。

「ええ」クラッシーはうなずいた。そこでミス・グッドボディは、〝ジェラルディン・K・ヴアン・ドーレン〟とサインした。

「その名前を忘れたりしませんか？　自宅にいるときにヴァン・ドーレン宛に電話がかかってくるかもしれませんけど」クラッシーは不安げに訊いた。

「もちろん忘れたりはしないわ。そもそも、うちに電話がかかってくることなんてめったにないもの。それに、わたしはミセスと呼ばれるのには慣れてないし」ミス・グッドボディはそう言って笑った。

「で、あたしのことを褒《ほ》めてくれます？」

「心配しなくていいわ。わたしが褒め言葉を並べ終わったときには、向こうはあなたがキャサリン・ギブズ（秘書養成学校の創設者）その人じゃないかと思ってるはずよ」

クラッシーは落ちつき払った顔で〈ジャクソン、ジョンストン、フラー&グリーン〉を訪れ、二十九階の大理石張りの廊下を確信に満ちた足どりで歩いていった。洗練された黒いスーツに身をつつみ、ブロンドの髪を輝かせた彼女は、受付のまえまで行くと、デスクの娘とじっとにらみあった。

「オフィス・マネージャーにお会いしたいんだけど」とクラッシーは言った。

先に目を伏せたのは受付の娘だった。「お約束はしていらっしゃいます？」

「いいえ、してないわ。わたし、じつは仕事を探しているの。できればここで雇っていただけないかと思って」

「どんな職種をご希望ですか?」

「これまでは秘書をやってたわ」とクラッシーは答えた。

受付の娘は驚きを顔に浮かべ、「え?」と言ってから、あわててつづけた。「でしたら、ミスター・バードの担当です。オフィスの人事はミスター・バードが統括しているんです。クリエイティブ部門以外の社員に関しては」

「いまお会いできるかしら?」

「少々お待ちください」受付係はデスクにずらりと並んだ電話のひとつに手を伸ばし、交換台を呼びだしてバードのオフィスにつないでもらった。

「もしもし、ミスター・バードでいらっしゃいますか? 二十九階の受付ですが、秘書の仕事がほしいという女性の方がおみえになっているんです。お会いになられますか?」受付係の声にそこはかとない悪意を感じとり、クラッシーは憤った。しばらく黙ってから、受付係はつけくわえた。「はい、ミスター・バード……そうお伝えします」

どうやらバードは、面会を断わろうとしているらしい。クラッシーは突然手を伸ばし、受付係の手から受話器をもぎとった。

「失礼ですが、ミスター・バード」とクラッシーは言った。「わたしはカレン・アリスンといって……ミセス・ヴァン・ドーレンの秘書をしていました」

「ミセス・ヴァン・ドーレン?」電話の向こうの男が訊いた。それが誰か重要人物の名前だったかどうか思いだそうとしているのが、声の調子でわかった。

「ええ、ミセス・ジェラルディン……K……ヴァン・ドーレンです」クラッシーは〝当然ご存じですよね〟というように、もったいぶった口調で答えた。すると、電話の向こうからすぐに反応が返ってきた。

「ああ、なるほど……あのミセス・ヴァン・ドーレンの」いかにもわかったふりをして、男の声が答えた。

「わたしはこれまでの五年間、奥様の社交事務担当秘書をしてきました」とクラッシーは言った。「けれど、奥様がメキシコへ行くことになり、秘書の必要がなくなってしまったんです。奥様がおっしゃるには、ミスター・バードなら顔が広いから、たとえ仕事を世話してくださるのが無理でも……誰に会いに行けばいいか教えてくださるはずだと……」クラッシーはいかにも心細げに語尾をにごした。

「そりゃもちろん……もちろんだとも」と男の声が言った。その声は満足げで、尊大で……仕事をせびられているのではないとわかったために、いかにもリラックスしていた。「わたしはきょう非常に忙しいんだがね。しかし、数分だけ待ってくれるなら、喜んで話を聞こう」

「ありがとうございます。お待ちしますわ」クラッシーは受話器を戻し、受付係の怒りのこもった視線をうけとめた。「あなたにもお礼を言うわ」と、彼女は丁重に言った。

それからクラッシーはレセプション・ルームの奥へ行き、赤いコーヒーテーブルのまえの長いモダンなソファーに腰をおろすと、ぼんやりと雑誌をぱらぱらめくった。ほどなくして、ひとりの秘書が現われた。秘書はクラッシーをあとにしたがえて数えきれないほどの廊下を通り抜け、バードのオフィスに案内した。

「はじめまして、ミスター・バード」クラッシーはつぶやくような小声で言った。「カレン・アリスンです」

「さあどうぞ、ミス・アリスン……おかけになったらいかがです？」

クラッシーは静かに腰をおろし、左右のくるぶしを上品に触れあわせると、椅子から身を乗りだし、ジェラルディン・K・ヴァン・ドーレンの手紙をデスクの上においた。バードがそれを読んでいるあいだ、クラッシーは相手に対してどう出るか心を決めた。バードの胸のうちなど、彼が手にしている手紙と同じくらい簡単に読むことができた。

「ウーム」バードは咳払いをした。「すばらしい、とてもすばらしい。それにしても、最後にミセス・ヴァン・ドーレンにお会いしたのはいつだったかな。さっきから思いだそうとしてるんだが……」

「わたしにはわかりませんわ、ミスター・バード」とクラッシーは答えた。「ミセス・ヴァン・ドーレンはとてもお顔の広い方ですから……仕事関係かもしれませんし、パーティかなにかの席かもしれません」

バードはなるほどというようにうなずいたが、顔にはいささか当惑した表情が浮かんでいた。

「わたしはこれまで、ミセス・ヴァン・ドーレンのところでしか本格的に働いたことがないんです……だから、ほかの仕事をどうやって探せばいいかもわからなくて」クラッシーは顔を伏せ、上目づかいにバードを見た。

「タイプは打てるのかね?」とバードは訊いた。

「ええ、もちろん! 口述筆記もできます。ミセス・ヴァン・ドーレンの手紙はすべてわたしが書いていましたから……社交上のものも、仕事上のものも。おわかりだと思いますが、これはとても大変で……」

「一分間に百語打つことは?」

「わけありませんわ」とクラッシーは答えた。実際、これは本当だった。

「もちろんわたしとしても、お役に立てればとは思うんだがね、ミス・アリスン……」バードはやんわりと断わりの言葉を口にしようとした。しかし、クラッシーはそれを遮った。

「なんて嬉しいんでしょう、ミスター・バード」クラッシーは熱をこめて言い、輝くような笑みを浮かべてみせた。「あなたなら力になってくれると思ってたんです。なんだかもうこの立派なオフィスが、自分の家みたいに思えてきましたわ……」バードは会話の主導権を取り戻そうとしたが、クラッシーは息もつがずにつづけた。「社員の方はみんないい人ばかりみたいですし……ここで働くのはとってもすてきでしょうね……それに、あなたがすばらしい方だってことはわかっていたんです——ほんと、世界でいちばんのボスですわ!」

「この〈ジャクソン、ジョンストン、フラー&グリーン〉にボスはいないんだよ」バードは気どった口調で言った。「われわれはともに力を合わせて働いている。自分が誰のボスでもないことを、わたしはつねづね誇りに思って……」バードは突然言葉を切り、口をつぐんだ。自分が罠にかかったことに気づいたのだ。

「あなたはいつまでもわたしのボスですわ」クラッシーは深い賞賛の念をこめて言った。「あなたのような方の下で働けるなんて、とっても光栄です」

こいつは厄介なことになったと思いつつも、バードは自尊心をくすぐられ、七面鳥のように胸を張って部屋のなかを歩きまわりたい衝動に駆られていた。「うちの社はいまや、非常に多くの社員をかかえていてね」バードはゆっくりと言った。「いったいどこにきみを配属すればいいか……」

「どこでもかまいませんわ、ミスター・バード」クラッシーは力強く言った。「あなたがおっしゃってくだされば、どんな仕事でも喜んでさせていただきます」

「うむ」バードはしぶしぶ言った。「なら、あすの九時にきてくれたまえ」

「ありがとうございます」とクラッシーは言った。一瞬、彼女はドアのまえで立ちどまり、バードに愛情のこもった優しい視線を送った。クラッシーは微笑んだ。バードは微笑み返した。

「では、あすまた」とクラッシーは言った。

「ああ」バードはうなずいた。ひとりきりになると、バードは椅子にすわり、いまの娘をどこに配属しようかと考えた。「なんてこった」ことのなりゆきに驚き、バードはひとりつぶやいた。「雇うつもりなんてなかったのに！」そこでバードは、ミセス・ヴァン・ドーレンに電話をしてみることに決めた……もしかしたら、まだ逃げ道があるかもしれない。しかし、電話を切ったあとも、クラッシーとの口約束を撤回する理由は見つからないままだった。

クラッシーは二十九階の受付デスクに配属された。前日まで受付係をしていたミス・ブランディワインは、二週間分の給与を支給され……〈ジャクソン、ジョンストン、フラー&グリーン〉から深く惜しまれて……解雇を言い渡された。クラッシーはミス・ブランディワインのデスクと仕事を引き継いだ。クラッシーの仕事は、重役をふくむ全社員の在・不在をチェックし、三十階や三十一階と連絡をとりあい、アポイントメントをとりたがるセールスマンを相手に難攻不落の防衛線を維持することだった。

クラッシーはほかの女性社員から、疑いと不審の目で見られた。ミス・ブランディワインは同性の社員に人気があったため、クラッシーが〝彼女の仕事を奪った〟という噂は、あっというまに社内に広まった。クラッシーは周囲から向けられる敵意を無視し、仕事に集中した。クラッシーはいつでも愛想がよかった……とくにミスター・バードに対しては。バードは毎朝クラッシーのデスクの脇をそそくさと通りすぎるたびに、すこしだけ恥ずかしそうな顔をするのだった。最初の面接を最後に、バードはけっしてクラッシーと二人きりで会わなかった。

広告代理店の業務にだんだんと精通してくるにつれ、クラッシーはステイシー・H・コリンズの魔法の名前を毎日のように耳にするようになった。コリンズは〈ジャクソン、ジョンストン、フラー&グリーン〉の副社長で、製薬会社の最大手である大企業〈ジョイ・ドラッグ〉のビジネスと広告をたったひとりで仕切っていた。コリンズの妻は〈ジョイ・ドラッグ〉の社長兼取締役会長であるヒュー・スタントンの娘だった。ヴァージニア・スタントンと結婚した日、コリンズは〈ジョイ・ドラッグ〉の広告業務をすべて委託され、一週間後には〈ジャクソン、ジョンストン、フラー&グリーン〉の副社長に抜擢《ばってき》された。しかし、コリンズは親からの送金に頼っているような男ではなかったし、だてに十五年間も広告業界で経験を重ねてきたわけではなかった。コリンズはエネルギッシュで、押しが強く、有能だった。

コリンズはまた、野心家でもあった。

一方、クラッシーにも野心があった。彼女はステイシー・コリンズこそ近づきになる価値のある男だと判断した。目的を達成するため、彼女は計画をたてた。しかし、機が熟すまでには辛抱強く待つ必要があった。コリンズのオフィスは三十一階にあるため、二十九階にはめったに顔を見せなかったからだ。最初にクラッシーが見かけたとき、コリンズは大理石張りの廊下を足早に歩いてきて、彼女には目もくれずに通りすぎた。その後ろにはコピーライターとアート・ディレクターが駆け足でつきしたがい、コリンズと口々に意見を戦わせていた。

「あたしがここにいることに、あの人は気づいてさえいないんだわ」とクラッシーは思った。

「でも、いつかきっと気づかせてみせる!」

コリンズはがっしりした頑健な身体に、とてつもない馬力を秘めていた。背は高くないが、かといって低いわけでもない。身長は百七十五センチ前後、確固とした足どりで突き進むように歩く。クラッシーはその黒く荒々しい瞳と、硬い黒髪と、張りつめた顔を値踏みし、「よく考えなくちゃ」と自分に言い聞かせた。そして、そのとおりにした。

四カ月後、クラッシーは受付のデスクを通りすぎようとしたバードを呼びとめた。「ちょっとよろしいでしょうか、ミスター・バード」

「もちろん、もちろんだとも……」オフィス・マネージャーはそう答えたものの、クラッシーを自分のオフィスへ通すべきかどうかためらい、一瞬その場に立ちつくした。ようやくのことで、バードは訊いた。「なにか用かね、ミス・アリスン？」

「なんでも、三十一階の受付係のミス・ムーアが辞めると聞いたんですけど」

「ああ。こんど結婚することになってね」

「もしもまだ後任が決まっていないんでしたら、わたしを配属してほしいんです」とクラッシーは言った。

「なぜだね？」とバードは訊いた。「ここで働くのと、給与は変わらないんだよ」

クラッシーは週に四十二ドル五十セント稼いでいた。

「それはかまわないんです」とクラッシーは答えた。「お金の問題じゃないんです。この広告代理店と……ここでの業務に……なんていうか、わたしすっかり魅せられてしまって、もっといろんなことを知りたくなったんです。そうすれば、たぶん、もっとこの会社のために役にたてるんじゃないかと思って」

わが意を得たりとでもいうように、バードは顔を輝かせた。「若い社員がそう言ってくれるとは嬉しいかぎりだな！　それぞまさしく、きみが正しい考え方をしているという証拠だからね。よき精神を持っていることの証しだよ。ミス・アリスン、きみにはすばらしい未来がひらけていること疑いなしだ」

「ありがとうございます」クラッシーは慎み深く言った。「ほんとに……ほんとにそうだといいんですけど」

ミス・ムーアが退社するとき、オフィスの女性社員は全員でお金を出しあい、クルミ材の大きなカラー・トレイに載ったトースターを贈った。トレイには、パンの耳をきれいに切り落とすための小さくて気のきいたカッターがついていた。

二十九階の一般受付にいたときのクラッシーに注がれていた冷い視線は、三十一階へはついてこなかった。ここには六人ほどのタイピストのほかに、取引先担当責任者や役員の個人秘書がつめていた。

二十九階と三十一階にはさまれた三十階には、忙しさとあわただしさとせわしなさに支配された、活気と喧騒と不平と狂気に満ちあふれた〝クリエイティブ部門〟が入っていた。小さく仕切られた小ぎれいなデスクでは、何人ものコピーライターがまるで血統馬のように横一列に並び、タイプライターをたたき、新聞や雑誌に使う新しいアイディアを永遠に探しつづけるべく、脳みそがからからに干上がるまで頭を絞っている。そことおなじくらい小ぎれいなべつの一角では、険悪な顔をしたラジオ・ライターたちが、やたらとリフレインの多いコマーシャルのシナリオを書き、〝このクソいまいましい商売〟にぶつぶつと不平をたれている。ガラスのパーティションで周囲からしっかりと守られた部屋では、ずらっと並んだイラストレーターやレイアウト係が、機械のような驚くべき正確さで、日々アートワークを仕上げていく……ときどき爆発を起こし、騒々しい興奮状態におちいる以外は。

あるとき、管理部門からやってきた知恵者が、アート部門のうんざりするような単調さを解消するため、有線放送で音楽を流すというすばらしいアイディアを思いついた。この知恵者は新聞記事かなにかで、鉄パイプ製造工場で音楽を流したところ、作業効率が十八パーセント上がったという記事を読んだのだった。

〈ジャクソン、ジョンストン、フラー&グリーン〉にもこの方法が導入されることになり、午前十時から十一時と、午後二時から四時の二回、アート部門のスタッフは音楽を聞かされることになった。

〝コンサート〟は連日つづいた。アート部門のスタッフは卑猥な単語をふんだんに使った新しい歌詞をつくり、有線で流される音楽をバックに声をかぎりに歌うようになった。

最初のうち、コピー部門のチーフとラジオ・ディレクターとアート・ディレクターは、全員が苦情を言った……おたがいの部署に対してばかりでなく、自分たちのスタッフに対しても。アート・ディレクターが卑猥な歌の件で部下のイラストレーターのひとりを叱ったとき、ほかの者たちは自分のスケッチボードを離れ、話を聞こうとまわりに集まった。

「いいですか」つい先日〈ああ、人生の素敵な秘密〉に革命的な売春宿に関する新しい歌詞をつけたばかりのイラストレーターが説明した。「ぼくはいま女性のイラストを描いてますよね。いったいこれ、誰のために描いてるんだかご存じですか？」

「〈リニューアル・フォーム・ブラジャー〉だろ」とアート・ディレクターは答えた。

「そうです」イラストレーターはうなずいた。「となれば、この女性はでっかいオッパイをしてる必要がある。そうでしょう？」

「まあ……そうだな」

「でね」とイラストレーターは言った。「あれみたいな歌がもう二、三曲あれば、ぼくもぐんぐん調子が上がって、この女のオッパイをあなたが見たこともないくらいでっかくできると思うんですよ……そしたらクライアントが熱くなることうけあいだ。たぶん一週間は家に帰らないでしょうよ！」

コピー部門とラジオ部門のスタッフは、やがてアート部門の過激なコーラスに参加するようになり、その歌声は聖人ぶった役員のいる三十一階まで響いてくるようになった。一カ月後、有線放送のサービスは廃止されることになった。

この野蛮な三十階に、クラッシーはめったに足を踏みいれなかった。イラストレーターたちの値踏みするような視線にさらされると気分が落ちつかなかったし、経験を積んだライターたちがやすやすと新語をつくり、フレーズをひねりだし、でたらめな言葉を並べたてているのをまのあたりにすると、自分の無学と教養のなさをいやがうえにも意識させられたからだ。クラッシーは学校を途中でやめた自分には教養が大きく欠けていると感じながらも、穏やかで平然とした表情をくずさないようにつとめた。たまにクリエイティブ部門へ行ったあとで、三十一階の静かで上品なデスクに戻ると、ここなら安全だという感覚がいっしょに戻ってくるのだった。

新しいデスクについた最初の日から、クラッシーは毎朝コリンズが出社してくると、かならず名前を呼んで挨拶した。感情をこめず、てきぱきと、「おはようございます、ミスター・コリンズ」と言い、相手の返事を待った。初日の朝、コリンズは足をとめてクラッシーを見たが、「おはよう」と短く応えただけで、そのまま足早に行ってしまった。クラッシーは判で押したような挨拶にいっさい変化をつけなかった。ついにはコリンズもようやく彼女の名前を訊き、それからは「おはよう、ミス・アリスン」と応えるようになった。

ある日の午後、コリンズの妻がオフィスに立ち寄り、クラッシーに取り次ぎを頼んだ。ヴァージニア・コリンズは背が高く、ほっそりとした女性で、気どりのない気品を身につけていた。ただし、美しくはなかった。魅力的ともいえないわ、とクラッシーは思った。やせこけた長い顔、厚ぼったい唇、ブラウンの瞳。眉毛は自然のままで濃く、鼻梁の線と交わる部分だけ抜いてあった。ライトブラウンの髪は短く、顔のまわりでさりげなくウェーブしている。その日のヴァージニア・コリンズはシーグリーンのニット・スーツを着て、クリーム色のミンクのコートを肩からぞんざいにはおり、空っぽの袖を両脇にたらしていた。

「なら、これがミセス・コリンズなの?」クラッシーはヴァージニア・コリンズが廊下を歩いていって夫のオフィスに入るのを見つめた。「彼女ってそれほど……」

はじめてヴァージニア・コリンズを見たときには、クラッシーが〈ジャクソン、ジョンストン、フラー&グリーン〉に勤めだしてから六カ月とすこしがたっていた。重役連中は全員が結婚していた。そのころのクラッシーは、社で働いている男とはぜったいにデートしなかった。〈ジャクソン、ジョンストン、フラー&グリーン〉で独身の男がいるのはクリエイティブ部門だけだった。〈ジャクソン、ジョンストン、フラー&グリーン〉に入社してまもないころに開かれたクリスマス・パーティで、クラッシーはたくさんのクリエイティブ部門スタッフに会った。その後の数カ月間、彼らはひとり、またひとりと、彼女を食事に誘った。しかし、クラッシーには関心がなかった。深く関わりあって結婚するような羽目になるのは願い下げだった。コリンズに関する計画をやりとげるためには、完璧な自由が必要だったからだ。

しかし、何カ月過ぎようとも、コリンズはクラッシーが最初に話しかけたときとおなじくらいよそよそしいままだった。クラッシーは不安になりはじめた……財政的な面で。バッカムからうけとった金はもう底をつきかけていた。いくらやりくりしても、わずかなサラリーは家賃と洋服代でどんどん出ていってしまう。アパートメントでの食事はたいていサンドイッチとコーヒーですませ、会社では完全に昼食を抜いた。しばらく考えたのち、クラッシーはひとりのコピーライターに目をつけ、その男が相手ならたまに夕食をとってもいいと判断した。

ティム・オバニオンは〈ジャクソン、ジョンストン、フラー&グリーン〉のシニア・コピーライターのひとりで、才気あふれるコピーを書くことで知られ、会社がもっとも力を入れている販売キャンペーンの多くに貢献していた。しかし、この気ままで尊大なアイルランド人は、自分が担当している広告の商品やサービスに対してシニカルだった。いつ見てもズボンとジャケットがちぐはぐで、普段は厚いゴム底のモカシン型の靴をはいており、煙草は一日に四箱吸うが、酒はほどほどにしか飲まない。三十歳にしてオバニオンは年収が一万八千ドルもあり、その金を右から左に注ぎこんでは、女をとっかえひっかえしていた。新しい女に会うと、オバニオンはその女の身体をくまなく探索し、頭のなかにつまっているアイディアや思想やトラウマをごっそり盗み去る。そして、完全に相手の女を知りつくしてしまったと感じると、すぐさま興味を失ってしまうのだった。

オバニオンはいつも女と友好的に別れた。ときどきオバニオンは、別れた女に一年ほどしてから電話をするのだが、たいてい相手は彼の声を聞いて喜ぶのだった。オバニオンはクラッシーにクリスマス・パーティで会い、以来、ずっと心惹かれていた。しかし、何度誘いをかけても、そのたびにやんわりと断わられた。そこでオバニオンは、毎日二十九階の受付デスクのそばをうろついては、クラッシーに話しかけるようになった。クラッシーが三十一階に異動になると、それに合わせて彼も訪問先を変えた。

「やあ、カレン」とオバニオンは声をかける。

……あなたの美しさはわたくしに
そのかみのニケアの艀《はしけ》さながらに、
薫る海原を越えて、音もなく……

オバニオンは言葉を切り、クラッシーを見つめ、それからいきなり訊く。「そんなに小さな艀が、いったいぜんたいなにをやっているんだ?」

クラッシーはその詩を聞いて居心地が悪くなり、質問を無視しようとする。しかし、オバニオンは逃げ場を奪い、クラッシーがもじもじするのを見て喜ぶ。「さあさあ……どうしたんだい、カレン……それとも、ミス・アリスンと呼んだほうがいいかな? こいつはでっかい賞金がかかった質問だぞ。海に浮かんだマヌケな艀はこれからどうするのか? そのまま海に出て沈没するのかい?」

クラッシーは、それがなんの引用だか知らないことを認めざるをえなくなる。

「どうしたんだよ、カレン」オバニオンは嬉しげに言う。「どうやらきみには、教養ってものがないみたいだな。失望したよ……ほんとに幻滅だ……なら、もうすこし手がかりをあげよう。これらの艀は——」

長旅に疲れ倦《う》んださすらい人を
ふるさとの岸辺へと運んだ艀

クラッシーは辛辣なオバニオンに痛いところを突かれて腹をたて、電話の仕事に没頭する。オバニオンはクラッシーの仕事が終わるまで辛抱強く待つ。

「今夜、ぼくと食事に行かないか、カレン?」クラッシーは丁重に断わるが、オバニオンは受付デスクの端に片方の脚を投げだし、あたりにもうもうと煙を吐きだしながら、手を振ってその返事をしりぞける。「考えてもみろよ、カレン」とオバニオンは言う。「きみは夕食をとりながら、アメリカの詩に関するぼくの講義をただで聞けるんだぜ」

さもなければ、オバニオンはいきなり受付デスクのまえに現われ、丸くふくらんだジャケットのポケットに手をつっこむ。オバニオンは慎重に中身をひっぱりだす。メモを走り書きした紙、コピーを書くのに使う先の丸まった短い鉛筆、ライター、煙草のパック、そして鍵束。オバニオンはクラッシーに、いささかしおれたスミレの花束を差しだす。

「たいしたもんじゃないことはわかってるよ、カレン」オバニオンは真面目くさった顔で言う。「だけど結局のところ、大切なのは気持ちだろ。ぼくがこれをけさ墓地でつんできたからって、それがどうだっていうんだい？」

オバニオンが本気で言っているのかどうかわからず、クラッシーは用心深く見返す。スミレの花束を残し、オバニオンは三十階へと去っていく……。

最初に二人で食事に出かけた夜、オバニオンはアパートメントまでクラッシーを迎えにきた。クラッシーは彼をロビーで待たせた。クラッシーが姿を現わすと、オバニオンは長々と待たされたことについてはなにも触れず、料理がおいしいことで有名なレストラン〈コンチネンタル・ハウス〉へ行こうと誘った。オバニオンはその店ではかなりの顔らしく、ボーイ長は誠意をもって出迎えた。クラッシーはディナーを食べながら、オバニオンがさまざまな話題に関して大いに語るのをうっとりと聞いている自分に気づいた。夕食後、オバニオンはクラッシーを車で送りとどけ、アパートメントの玄関のまえで降ろした。彼はおやすみのキスさえしようとしなかった。

しかし翌日、オバニオンはクラッシーに薔薇の花を一ダース贈った。クラッシーが会社から帰ってみると、その花束が待っていた。

オバニオンはその後も、週に数回、クラッシーを夕食に連れだした。彼女の魅力などまるで眼中にないかのように、オバニオンは身体を求めたりはせず、会話をするだけで満足していた。

文学や世界情勢、政治、演劇、美術、科学、バレエ、そして哲学と、オバニオンはさまざまに熱弁をふるい、クラッシーの好奇心をとらえた。やがてクラッシーは、オバニオンといるとリラックスするようになり、二人きりのディナーを心待ちにするようになった。オバニオンの話を聞いて目のまえに広がった新しい世界に興味を覚え、彼がタイトルをあげた本のいくつかを読んでみるようにもなった。日曜日に何回か、オバニオンは彼女を美術館へ連れていき、古今の傑作を指さしては、それぞれの画家の技法や生涯を簡単に説明した。クラッシーはそうした知識をすべて吸収していった。

ある晩、オバニオンは小さなポータブルのレコード・プレーヤーと何枚かのアルバムをたずさえ、クラッシーのアパートメントへやってきた。コートのポケットには、包装されたグラン・マルニエのボトルが入っていた。オバニオンはレコード・プレーヤーをクラッシーにあたえ、アルバムをプレゼントした。「きっと気にいると思うんだ」とオバニオンは言った。「たぶん持ってないと思うし」彼がクラッシーのアパートメントに足を踏みいれてなかを眺めたのは、その日がはじめてだった。

クラッシーがプレーヤーの上にレコードを積み重ねているあいだ、オバニオンは小さな簡易キッチンへ行き、金属製のカップボードからグラスを四つとりだすと、そのうちのふたつに酒を注ぎ、残りのふたつに氷水を入れた。それからカウチに腰をおろし、グラスを一組クラッシーに渡した。

「味見してごらん」とオバニオンは言った。

「なんなの、これ?」

「グラン・マルニエさ。たぶん気にいるはずだ」

クラッシーは用心深く酒をすすった。突然、甘美な温かさがぱっと身体に広がった。「おいしい。こんなのはじめて」

「きみが経験してないことがまだまだたくさんあるんだ。しかも、きみはそのほとんどを知らないままで終わるだろう。そりゃもちろん、自分がほしいと思うものを手にいれることはできるだろうが……」オバニオンは言葉を切って肩をすくめた。「基本的に、ぼくはただの官能主義者だ。自分で感じ、味わい、聞き、エンジョイできるものが好きなのさ。そのほかのものは重要じゃない」オバニオンはクラッシーに目をやり、アルバムをとりあげた。「もしかしたら、いまのきみよりも悪いくらいかもしれない」

クラッシーは酒をすすり、満足げに伸びをして訊いた。「どんなアルバムを持ってきてくれたの?」

「バッハ、ブラームス」とオバニオンは言った。「それに、ほかにもいくつか……シベリウス、モンテヴェルディ、クープラン」

「その人たちのことを話して」とクラッシーはせがんだ。

オバニオンは滔々《とうとう》と説明しはじめた。クラッシーは腰をおろして音楽に耳をかたむけ、酒のぬくもりを身体に感じながら、オバニオンの顔やジェスチャーを観察し、言葉の自在な動きとリズムを味わった。自分のなかにじっとしていられないような感覚がふくらんでくるのがわかった。こんな経験は生まれてはじめてだった。ときどきオバニオンの手がクラッシーの腕に軽く触れた。やがて彼女は、自分がオバニオンにもっと触れてもらうのを心待ちにしているのに気がついた。「そうよ、あたしはこの人を求めてるんだわ」自分でも驚きながら、クラッシーは心のなかでつぶやいた。「あたしはオバニオンがほしいのよ」

オバニオンはソファーから立ちあがり、レコードをかけかえ、酒のお代わりを注いだ。クラッシーはオバニオンが部屋を横切って簡易キッチンへ行くのを見つめた。「彼ったら、しゃべってばっかり」とクラッシーは思った。「ひたすらあたしに話しかけ、言葉で誘惑し、話術でレイプしてるだけ……あの人はあたしをじっとしていられない気持ちにさせて、ありもしない欲望をかきたててる。あたしの欲望は心のなかにしか存在してないはずなのに、いまじゃそれがめちゃくちゃに混乱してるわ。オバニオンはあたしをほしがってる。あたしにはそれがわかる……彼はただ手を伸ばせばいいだけ。なのに、そうしようとしない。そして、いまではあたしのほうが彼をほしがってる。オバニオンがあたしをほしがってる以上に、あたしは彼がほしい！」

オバニオンはソファーに戻ってきて腰をおろすと、なめるような視線をさっとクラッシーに走らせ、いまこそ花をつむべきときだと見てとった。遊び慣れた者ならではの手管を使い、オバニオンはクラッシーの欲望の炎をさらに激しく燃えあがらせた。そして、それからようやくのことで、彼女の渇きを癒してやった。

オバニオンの肩に頭をあずけ、クラッシーは大きくため息をついた。オバニオンは煙草に火をつけた。

「いつの日か」とオバニオンは言った。「きみは並はずれた女性になるだろう」

クラッシーは超然としたオバニオンの態度に腹がたった。しかし、いくらがんばったところで、あの抑えがたい衝動と欲望にあらがうことはできなかっただろう。すべての衝動と欲望が満たされたいま、クラッシーはめくるめくような陶酔感につつまれていた。彼女はけだるげに身体を横にし、オバニオンの首に腕を巻きつけた。

「あたしを愛してる？」とクラッシーは訊いた。

「そうじゃないことを願うね」とオバニオンは答えた。

「なぜ？」

女をものにするすべをすべて心得たオバニオンは、眠たげな青い目で、なにか考えこむようにクラッシーを見つめた。「たぶんきみが怖いんだと思うよ、カレン。きみの愛に溺れる男は、誰もが見も知らぬ《ストレンジ》世界へ放りだされることになる。きみがなにを探しているのか、ぼくは知らない……それにぼくは、きみがそれを見つける手助けをしたいのかどうか、自分でもよくわからないんだ」

クラッシーはゆっくりと指を曲げ、つま先をまるめたりのばしたりした。それから官能的に身体を緊張させると、スプリングが伸びるように力を抜いた。「あたしって、そんなに変わってる《ストレンジ》かしら」と彼女は訊いた。

突然オバニオンは身体を起こした。「ああ、とびきり変わってるね……きみはぼくがこれまでに会ったなかでいちばん美しい女性だ。あんまり美しいんで、現実の人間とは思えないくらいさ」オバニオンはクラッシーをじっと見つめ、それからつづけた。「ああ、たぶんそれが問題なんだろう。きみは現実の存在じゃないんだ」

クラッシーはオバニオンの腕にすがって彼を見上げた。「それって、いったいどういう意味？」彼女はすねたように訊いた。

オバニオンは肩をすくめ、ゆっくりと落とした。「うまく説明できないんだよ、カレン……自分でもよくわからないんだ。きみは見た目は女なのに、未開人のようにものを感じ、フロイトのいう防衛機構の組みこまれたマネキンみたいに歩く。きみは耳を傾け……めったにしゃべらない。いったいどういう種類の女なんだろう？　それに、ぼくはずっと不思議に思ってるんだ……なぜきみは話をしないのか？　無知を隠すため？　それがわかればいいんだけどね。ぼくにはわからないんだよ、カレン、ほんとうさ」オバニオンはてのひらを上にして、そっと両手をひろげた。「でも、ぼくにもたったひとつだけわかってることがある」

「なに？」

「自分が、あすの夜もきみに会いたいと思ってるってことさ」

クラッシーは心のなかで笑みを浮かべた。

しかし、微笑むのは早すぎた。

クラッシーはオバニオンを恋人にしたが、彼を思いどおりにすることはできなかった。オバニオンは週に何回かクラッシーと夜を過ごし、芝居やオペラやバレエに連れていき、本やレコードやプレゼント（そのほとんどは、どれも高価なものだった）を買ってくれた。しかし、現金をくれることは決してなかったし、オバニオンがほかの日の夜を誰と過ごしているのかは、クラッシーにはどうしてもつきとめることができなかった。

クラッシーはオバニオンと過ごす夜が待ち遠しかった。同時に、自分がオバニオンと心を通い合わせたいと願っていることもわかっていた。しかし、クラッシーのなかには、オバニオンには決して埋めることのできない欲求があった。肉体的な面にかぎっていえば、オバニオンは彼女の身体に火をつけ、息もつけないほどの歓びをあたえてくれる。けれど感情面では、オバニオンはクラッシーの支配をいっさいうけなかった。そして、この支配こそが、自分は権力を握っているという実感こそが——男が女の欲望に征服され、女の承諾なくして解放されることがなくなる愛の瞬間こそが——クラッシーの望むものだった。クラッシーはオバニオンが自分への欲望にのたうつのが見たかった。しかし、その願いはかなわなかった。

「あたしはオバニオンを愛してないわ」クラッシーは何度も自分に言い聞かせた。「あたしには彼が必要だけど、愛してはいない」しかし、それ以上に重要なのは、クラッシーがオバニオンを尊敬していることだった。オバニオンを通じて、クラッシーは音楽や文学や美術——こうした芸術の世界では、すべてのものが実質をそなえた本物であると同時に、なにもかも表面的だった——への目を開かれた。それは彼女にとってほとんど未知の世界だった。クラッシーはオバニオンの言いまわしを使うことを学び、彼の考え方や好みや偏見の一部、もしくはぜんぶを盗んだ。そうしたものを、クラッシーは自分自身のものだと思いこんだ。オバニオンの洗練された鑑識眼は、学歴や財産やチャンスというクラッシーとは無縁のものに基づいていたのだが、彼女はまったく気にしなかった。クラッシーはそうとは知らぬまま、地下室の穴の上に、途中の二十階を抜きにして、いきなりペントハウスを増築しようとしていたのだ。

オバニオンとクラッシーの関係は、一九四一年の秋まで途切れることなくつづいた……そしてそこで、クラッシーはステイシー・コリンズに接近するチャンスをはじめてつかんだ。〈ジャクソン、ジョンストン、フラー&グリーン〉のオフィスは、五時になると即座に業務を終える。ただし、重役とクリエイティブ部門のスタッフだけは、仕事がすべて終わるまで帰らない。ある晩秋の夜、クラッシーが五時三十分まで自分のデスクにぐずぐず居残っていると、交換台から電話がかかってきた。交換手はステイシー・コリンズの秘書のアン・ラッセルを必死に探していた。コリンズがクリーヴランドから電話をかけてきたのだ。しかし、ミス・ラッセルは仕事を終えて退社していた。しかたなくコリンズは、もし三十一階の受付係がまだ残っていたら呼びだしてくれと頼んだ。

「ミス・アリスン、ほんとうにミス・ラッセルは退社したのかね？」とコリンズは訊いた。

「はい、ミスター・コリンズ」とクラッシーは答えた。「三十分ほどまえにお帰りになりました。わたしでできることがなにかございますか？」

コリンズは一瞬考えてから言った。「こいつは非常に重要なことなんだ。ちょっと仕事を頼まれてくれたら感謝するよ。わたしはあすの朝いちばんに、〈ジョイ・ドラッグ〉の取締役会議に出席しなくてはならない。これはとてつもなく重要な会議で、わが社の来年の予算とスケジュールがすべてそこにかかっている。ところがわたしは、書類の一部をどこかに置き忘れてきてしまった……そいつがぜひとも必要なんだ。わたしのデスクのなかに、全資料のカーボン・コピーをはさんだダークブルーのバインダーがあるはずだ。表紙には〈ジョイ・ドラッグへの提案書／一九四二年〉と書いてある。頼むから、それがあすの朝までにわたしのもとへ届くよう手配してくれ！」

「はい、ミスター・コリンズ。すぐに郵便で……」

「郵便なんかくそくらえだ！」コリンズは嚙みつくように叫んだ。「あんなもの、時間どおりに配達されるわけがない。取締役会議は朝の十時にはじまるんだぞ。わたしは遅くとも九時にはホテルの部屋を出なくてはならない。資料はそれまでに届いている必要がある。ミス・ラッセルが自宅に帰ったところに連絡を入れて、ここへ持ってこさせてくれ。彼女には飛行機を使えと言うんだ！　わかったか？」

「はい、うけたまわりました」とクラッシーは答えた。「宿泊なさっているホテルの名前をお教えいただけますか？」

　コリンズはそれに答え、電話を切った。

　クラッシーは大きく息をついた。「これこそあたしの待ってたチャンスだわ！」彼女はコリンズのオフィスへ行き、デスクの引き出しからブルーのバインダーを探しだした。そして、それをそっとデスクの上におくと、革張りの椅子にすわって航空会社に電話を入れ、クリーヴランド行きの深夜便を予約した。

　ミス・アン・ラッセルには電話をしなかった。

　つぎにクラッシーは、急いで二十九階のバードのところへ行き、クリーヴランドへ資料を届けるようにコリンズから頼まれたと説明し、コリンズの権威をちらつかせて飛行機代と必要経費をその場で手にいれた。それから、バインダーと現金をたずさえて自分のアパートメントに帰ると、荷物を手早くスーツケースにつめ、オバニオンが現われるまえにアパートメントを出た。その夜はオバニオンとデートの約束があったのだ。クラッシーはタクシーをつかまえてパーマーハウス・ホテルへ行き、スーツケースを預けて夕食をとった。食事を終えると、空港の送迎用リムジンバスがくるまで、ショーを見て時間をつぶした。

　深夜の十二時過ぎ、クリーヴランドのホテルに着いたクラッシーは、コリンズの部屋のドアをノックした。クラブでクライアントと酒を飲んで夜をすごしたコリンズは、もう寝支度をととのえていた。なかば酔っぱらった彼はローブを身体に巻きつけてドアをあけ、ふらつきながら、一瞬ぽかんと目を見開いた。「ミス・アリスン」コリンズはようやくのことで言った。

さも恐縮した顔をして、クラッシーは部屋に足を踏みいれた。「もうしわけありません、ミスター・コリンズ。でも、ミス・ラッセルの居場所がどうしてもわからなかったものですから。そこで、代わりにわたしが資料をお持ちしました。これがどんなに重要なものかはわかっていたので……」クラッシーは最後まで言わずに言葉を濁した。

「なにを言っているんだ……礼を言うよ」あまりに急なことだったうえに、酒に酔っていたので、コリンズはドアのすぐ内側に立ったまま相手を見つめることしかできなかった。クラッシーはその脇をかすめるように通りすぎ、部屋のまんなかへ行くと、たずさえてきた包みをほどいた。

バインダーをコリンズに差しだしながら、クラッシーは言った。「この資料で間違いないといいんですけれど」

コリンズはそれに目をやってうなずいた。「ああ、それだ」

ほっと笑みを浮かべ、クラッシーは言った。「なにか食べるものはあるでしょうか？　下の食堂はもう閉まっているんです。飛行機に間に合うように急いだせいで、シカゴでは食事をしている暇がなかったものですから……」

「もちろん」コリンズはうなずいた。「きみはどこに泊まっているんだね？　このホテルにチェックインしたのか？」

「まだなんです。着いてすぐに資料をお届けにきたものですから」

「わかった。ルームサービスに電話して、なにか注文しよう」コリンズは電話のほうへ歩いていった。電話の横には、半分空になったハイボールのグラスがおいてあった。コリンズはそれを手にとり、すばやく飲みほした。「ほんとうによくきてくれた。きみの食事がすんだら、このホテルに部屋をとってあげよう」彼はもどかしげに電話のダイヤルをまわし、「もしもし、ルームサービスを頼む」と告げ、クラブ・サンドイッチとコーヒーを注文すると、クラッシーに訊いた。「ほかにはなにかいるかね？　夜のこんな時間なので、サンドイッチくらいしかできないらしいんだが」

「サンドイッチでけっこうですわ」とクラッシーは答えた。

「もしかまわなければ、きみが食事をしているあいだ、ぼくはもう一杯飲ませてもらおう」と言い、コリンズはソーダをもう一瓶注文した。ほどなくして、ウェイターがクラッシーの食事を運んできた。ウェイターが去ってしまうと、コリンズは自分のスーツケースをあけ、スコッチの瓶をとりだした。

「あら、わたしがつくってさしあげますわ」クラッシーはコリンズの手から瓶をとりあげ、グラスに大量のスコッチを注ぐと、角氷をひとつだけ落とし、上からソーダをそそいだ。グラスを差しだされたコリンズは、すぐさま一口飲んだ。クラッシーは椅子に腰をおろし、サンドイッチとコーヒーをすぐ脇のエンドテーブルにおいた。彼女はサンドイッチを食べはじめた。

コリンズはスコッチをなめながら、しばらくクラッシーを眺めていた。「きみはたいした女性だよ、ミス・アリスン。きみのことを話してくれるかね」

クラッシーは相手を見上げ、恥ずかしそうに微笑んだ。「あなたこそほんとうにすばらしい方ですわ、ミスター・コリンズ。お噂はかねがねお聞きしています」コーヒーのカップをエンドテーブルにおいた。「じつはわたし、これまでずっとあなたのことを……とっても尊敬していたんです。わたしのことなんかより、あなたの話を聞かせていただきたいですわ。そのほうがずっと面白いはずですもの」

コリンズはグラスの酒を飲みほすと、危なっかしい足どりでドレッサーへ歩いていき、自分でお代わりをつくった。「なにが知りたいんだね？」

「たとえば」とクラッシーは答えた。「わたしは毎日、社内であなたをお見かけします。あなたはいつもお忙しそうで……あわただしくなさっていますけど、疲れるってことはないんですか？」

「ああ、すごく疲れるとも。とてつもなく疲労困憊して、脳みそがゼリーになってしまったような気がすることもある。すごくうんざりするよ……いつもあくせくして……あれやこれや細かいことに気をつかい、窓から飛び降りてしまいたくなるほどさ。ま、そんなことはしないがね」

「そんな気分になったときは、どうなさるんです?」

「どこかに出かけていまみたいに酒を飲む。もうなにも考えられなくなるまで、浴びるようにひたすら酒を飲みまくり、大騒ぎをするんだ。一日か二日して二日酔いがなおるころには、すっかり気分がよくなっている」

「もう一杯お飲みになったらいかがですか」とクラッシーは言った。「とても疲れてうんざりなさってるみたいですもの。そうじゃありません?」

「ああ、すっかりうんざりしているよ。クライアントはこっちを呪術医かなんかだと思ってるんだからな。いつだって魔法の治療法を——やつらの病気をなおす魔法のアイディアを要求してくるんだ。しかも、たいていは向こうがお話にならないようなヘマをしでかしたせいときてる……先見の明も想像力もまるでありゃしない。つまらないことで大騒ぎをし、暗闇のなかをむやみに歩きまわり、バケツに片足をつっこんだまま動けなくなってしまうんだ。するとやつらはわれわれのところへやってきて、窮地から脱するためのすばらしいアイディアを要求してくる……」コリンズは酒を飲みほし、自分がなにをしているかも気づかずに、グラスをクラッシーに差しだした。クラッシーはグラスをうけとると、椅子から立ちあがり、スコッチのソーダ割りをもう一杯つくった。

「やつらはいつだって、簡単で即効性のある解決策はないかと訊いてくる」とコリンズはつづけた。「向こうが期待しているのは、自分たちのお粗末な販売計画や、不経済で無駄の多い製造工程や、胸くその悪くなるようなマーケティングやマーチャンダイジングの穴埋めをするような広告だ。ええい、クソッ！」コリンズはまた酒をあおった。

「なら、なんでいまの仕事をつづけているんです？」とクラッシーは訊いた。

コリンズは一瞬考えこんだ。「たぶん金がほしいからだろうな」彼は率直に答えた。「自分がほしいだけの金を稼ぐ手段が、わたしにはほかにない。必死に頭を絞る必要はたしかにあるが、それだけの見返りはある……やつらは惜しみなく払ってくれるからな！」コリンズはいまやすっかり酔っぱらっていたが、口調はあいかわらずはっきりしていた。ただ、目だけがかすみ、焦点がぼやけていた。

「もしかまわなければ、わたしも一杯いただきます」とクラッシーは言った。「そのグラスが空になったら、わたしのぶんといっしょにもう一杯おつくりしますわ。そしたら、わたしは失礼させていただきます」

コリンズは酒を飲みほし、グラスをクラッシーに手渡した。こんどもクラッシーは、スコッチをグラスの半分くらいまで注ぎ、もうしわけ程度の氷と水をくわえた。自分のグラスには、ようやく底が隠れるだけのスコッチしか注がず、あとは水で薄めた。

コリンズはなにも疑わずにグラスを干し、ベッドの端にどさりと腰をおろした。クラッシーはとりすまして、こんども椅子にすわった。

「きみは人生になにを求めているんだね、ミス・アリスン?」突然コリンズが訊いた。

「あら、そんなことわかりませんわ。あまりよく考えたことなんてありませんもの。住む家と、自分を愛してくれる人……女なら誰しもそうじゃないかと思いますけど」

コリンズはしかつめらしくうなずいた。「きみなら、自分の夢を、かなえられるだろう」その口調はだるそうで、ひどくのろのろしていた。「きみはとても、きれいだからな。美しい女性は、ほしいものを、なんだって手にいれることができる……」

「早くそのグラスをあけてください、ミスター・コリンズ」とクラッシーは急かした。「そしたらわたし、おいとましますから」

コリンズはグラスに残っていたウィスキーを飲みほすと、ほんのわずかな動作にも鉄の意志をこめ、ゆっくりと、慎重に、ベッドの脇の床にグラスをおいた。それからまっすぐに背筋をのばし、もうしばらくは自分自身を律していたが、ついに脚を脇に投げだし、あおむけになって頭をベッドカバーに沈めた。「おやすみ、ミス・アリスン……」と言ったきり、コリンズは意識を失った。

クラッシーは静かに椅子にすわったまま、十五分待った。それから用心深く立ちあがり、ベッドに横たわったコリンズの脇へ行った。まずは頰に手をあて、優しくゆすってみた。つぎに、力をこめてゆさぶった。コリンズは意識を失ったままだった。なにひとつてこずることなく、クラッシーはコリンズの靴とソックスをそっと脱がし、腰の紐をほどいて手早くローブを脱がせた。それからベッドカバーをはぎ、いびきをかいているコリンズをシーツのあいだに転がしこむと、部屋の明かりを消した。かすかに開いたドアの隙間からもれてくるバスルームの光を頼りに、クラッシーは服を脱ぎはじめた。脱いだ服はわざと部屋のあちこちに放り投げておいた。最後に指先で口紅をぬぐいとり、コリンズの顔に真紅の線を塗りたくった。

裸になったクラッシーはコリンズの隣りにもぐりこみ、すぐさま眠りに落ちた。

朝の七時三十分、電話が鳴った。コリンズはベッドから転がりでて、寝ぼけてふらふらしながら受話器をとった。礼儀正しい声が七時半ですと告げ、ご依頼どおり電話をさしあげましたと言った。電話を切り、コリンズはぐったりと椅子に沈みこんだ。そして、はじめてクラッシーに気がついた。口に煙草をくわえ、火のついたマッチを宙にかかげたまま、コリンズはうめいた。「ああ、なんてこった！」

「おはよう、ダーリン」クラッシーは歌うように声をかけ、ふっくらした両腕を頭の上に伸ばした。

「ああ、なんてこった！」とくりかえし、コリンズは意識をはっきりさせようと頭を振った。

「昨夜、ここに泊まったのかね？」口をついて出たのは、あまりに愚かな質問だった。

「憶えていないの？」とクラッシーは訊いた。

「あまり記憶がはっきりしないんだ」コリンズはぎこちない手つきで髪をすいた。「きみが食事を終えてからあとは……なにもかもがぼんやりしていて……わたしは、その、眠ってしまったんだと思ってた。そうだ！　わたしは意識をなくしてしまったんじゃないか？」コリンズは不安げに訊いた。

「最後にはね。でも、すぐにではなかったわ」それとなくほのめかすように、クラッシーは答えた。コリンズは呆然と彼女を見つめた。「わかるでしょ、ステイシー」とクラッシーはつづけた。「それって、〝はじめての朝〟に聞かされて嬉しくなるような言葉じゃないわ……」

「悪かった……というのも、わたしは……ああ、なんてこった……きみのファーストネームはなんというんだね？」

「カレンよ」

「正直に言わせてもらおう、カレン。わたしはなにも憶えていないんだ……」コリンズは深々と煙草を吸った。クラッシーはシーツが自然にめくれるように、もう一度わざと伸びをした。朝の冷たい光がクラッシーの身体を銀色にきらめかせ、髪を金色に輝かせた。コリンズは居心地悪そうに身じろぎした。「わたしは……いやその、わたしたちは……きのうの夜、その……したのかね？」

クラッシーは笑った。「あなたは忘れちゃったってわけね。でもわたしは忘れてないわ！」クラッシーはベッドの脇に立ち、スリップを身体にぎゅっと押し当てた。「なにか朝食をオーダーしてちょうだい、ダーリン。そのあいだにわたしはシャワーを浴びてくるから」そう言って、彼女は姿を消した。

リネンのテーブルクロスに銀食器がきれいに並べられた小さなテーブルにつき、コリンズはクラッシーを待っていた。彼女が戻ってくると、椅子を引いてやり、自分の席に戻った。グラスからトマトジュースを飲みながら、コリンズは真剣な面持ちでクラッシーを見つめた。「わかってもらえると思うんだがね、カレン。わたしはとんでもないトラブルをかかえこむことになるんだ……もしきみがそれを望むなら」

「どういう意味かわからないわ」とクラッシーは答えた。

「うむ」コリンズはためらった。「わたしはこれまで……仕事と遊びを混同したことは一度もない。賢明なことではないからね。うちの女性社員や……クライアント企業の女性とは、ぜったいに関係を持たないようにしてきた。そんなことをしたら、ぜったいにトラブルに巻きこまれて……」

クラッシーはトーストにかじりつき、コーヒーをすすった。「なにを心配しているの、ステイシー。わたしは自由で、白人で、二十一歳で……きのうの夜はここに泊まりたかった。あなたがわたしにいてほしいと願ったのとおなじくらい強くね。わたしはなにもほしがったりなんかしてないでしょ？……第一、あなたからはなにも期待していないわ……あなただけじゃない、ほかの誰からもね！」その声はいまや、低くかすれていた。「わたしは自分がなにをしているかわかっていたわ……どうやらあなたはちがったみたいだけど。わたしは後悔なんかしていない。これまでずっとあなたのことを崇拝してきたんですもの……きのうの夜は、自分ほどラッキーな娘はいないと思ったくらい」クラッシーは確固たる決意をこめて言った。「でも、ゆうべのことはゆうべのこと……もう過ぎてしまったことだわ。もしそうしたいなら、きれいさっぱり忘れてちょうだい……そしたらわたしも忘れることにする」クラッシーは一瞬言葉を切り、コリンズを見上げた。それから、目を伏せてつづけた。「わたしは最初の列車をつかまえて、シカゴに帰るわ」

コリンズの頭と心は混乱していた。けさベッドの脇に立っている彼女を見たときに湧きあがった感情は……無視してしまうことに決めた。なら、きのうの夜のことは？　それさえ思いださせれば、とコリンズは思った。たぶん自分は、この娘を不当にあつかっているのだろう――そう思うと、ひどく気分が落ちつかなかった。「このカレンという娘はとても魅力的だ」とコリンズは思った。「それにたぶん、わたしを騙そうとしているわけではない。きっと、ほんとうにわたしのことが好きなんだろう……」

クラッシーはその日も、その翌日も、シカゴへ戻らなかった……そして、そのまた翌日も。コリンズはシカゴのバードに電話をかけ、今回の取締役会議の件で臨時の秘書業務を頼みたいので、しばらくミス・アリスンを借りると説明した。しかし、クラッシーはコリンズより二日早く〈ジャクソン、ジョンストン、フラー＆グリーン〉に帰った。

コリンズが社へ戻ってから一週間後、彼の秘書だったミス・アン・ラッセルは異動となり、二十九階でべつの仕事につくことになった。コリンズはバードに事情を説明した。「ミス・アリスンは非常によく気がつく女性なんだ。クリーヴランドでは危ないところを救ってくれたしな。わたしはああいう社員にそばにいてもらいたいんだ」

「そうでしょうとも、そうでしょうとも」ミスター・バードはうなずいた。「しかし、ミス・ラッセルはあの日、オフィスからまっすぐに帰宅したと聞いています。自宅に一晩じゅういたのに、伝言はうけとらなかったとかで」バードはコリンズにじっと見つめられ、居心地悪そうに足を踏み替えた。「まあ……たぶん言い訳をしてるだけなんでしょうが……」

「これは言い訳がどうのこうのという問題ではない」コリンズは切り返した。「ミス・ラッセルは資料を届けにこなかった。届けにきたのはミス・アリスンだった。それだけのことだ」

「ええ、そのとおりです」バードはうなずき、咳払いをした。ああ、まったくこの胃にも困ったもんだな、とバードは思った。不安になるとこんなふうにゴロゴロ鳴るのはやめてもらいたいもんだ。「ミス・アリスンは非常に優れた社員です」

新しいオフィスに落ちついたクラッシーを最初に訪ねてきたのはオバニオンだった。オバニオンはわざとらしく鼻をくんくんさせた。「重役室はやっぱり空気の香りまでちがうな。そうじゃないか、ベイビー?」

クラッシーはぎこちなく身じろぎした。「ここで働けるなんて、わたしには願ってもない幸運だわ」

オバニオンはジャケットのポケットに両手を深くつっこみ、あたりを見まわした。「幸運にありついたのは、なにもきみだけじゃなさそうだな」

「やめてよ！」クラッシーは怒ったように言った。「秘書の仕事はやりがいもあるわ。わたしはこの仕事を自分で手にいれたんだし……それを誇りに思ってるわ」

「このオバニオンを騙そうったって、そうはいかないね」オバニオンは穏やかにそう言うと、オフィスから出ていった。

クラッシーがコリンズと夜を過ごすのは週に一回だけだった。コリンズにはオフィスでの仕事にくわえて出張もあったし、自宅にも帰らなければならなかったため、愛人のために割《さ》ける時間はごくわずかしかなかったのだ。オバニオンは週に何回かクラッシーと会いつづけ、彼女の生活にさまよいこんできては、思慮深く、そっと去っていった。いまでもオバニオンは、コリンズが相手では味わうことのできない激情の高みへと、クラッシーを導くことができた。クラッシーはいまだにオバニオンを求めていたし、いまだに必要としていた。ときどきクラッシーは、有無をいわせぬ尊大な態度をとり、オバニオンの関心を自分だけに向けさせようとした。オバニオンはゆったりと構え、超然としていた。

二人のあいだでコリンズのことが話題にのぼったのはたった一度だけだった。話をふったのは、クラッシー自身のほうだった。オバニオンに二回つづけてデートをすっぽかされ、怒りと欲望を同時に燃えあがらせたのだ。「わたしがミスター・コリンズの仕事をうけたことに、あなたはまだ腹をたててるんだわ」とクラッシーは非難した。

「ぼくが？」オバニオンは驚いて訊いた。

「そうよ、そうに決まってるわ！」クラッシーは怒鳴りちらした。「コリンズがわたしによくしてるのが気に食わないのよ。あの人に嫉妬してるんだわ！　でも、コリンズとわたしのあいだにはなにもないのよ、ダーリン……嘘じゃないわ」クラッシーはオバニオンの首にするりと腕を巻きつけ、穏やかに相手の目をのぞきこんだ。

「嫉妬なんかしていないさ。それに、きみがやつと寝てようが寝てまいが、どうでもいいね」

「なんだってそんなことが言えるの、ティム！　あなただって、わたしが二人の男と同時に寝るような女じゃないのは知ってるはずよ……二股なんかぜったいにかけないわ！　あなた、わたしをなんだと思ってるの？」

「わからないよ」とオバニオンは答えた。

クラッシーは殴られたかのようにはっと身を引き、「わからない？」とささやいた。

「いいかい、カレン」とオバニオンは言った。「ぼくはきみを批判もしてなきゃ、裁いてもいない……それどころか、恋してさえいない。いま現在この世界には、ほぼ二十億の人間がいる。そのそれぞれが自分の人生になにかを求め、それを手にいれるためにそれぞれの思いをめぐらせているはずだ。たとえばの話、もしきみがコリンズみたいな……自動送水ポンプと寝たいっていうんなら、それはきみの勝手さ」

クラッシーは話をやめ、その話題は二度と持ちださなかった。しかし、オバニオンがコリンズをどう形容したかはいつまでも忘れず、心の底で呪いつづけた。コリンズは自動制御の機械みたいなんだわ、とクラッシーは思った。効率的で、感情がなく、駆動力と野心で脈打っている。だが、女を絶頂へと導くことはできない。ただし、このときにはもう、クラッシーは太古の昔から女が使っている手管を身につけていた。コリンズが相手のとき、クラッシーは自分が満足していないことを隠し、巧みな演技で彼を喜ばせ、満足させ、男のエゴをくすぐってやった。オバニオンが相手のときには自然に身体が示してしまう反応を、コリンズのまえで真似してみせたのだ。ときどき彼女は、オバニオンがこれを知っているのではないかと思うことがあった。

「まえに一度言ったことがあるだろ？　きみは並はずれた女性になるだろうって」オバニオンはシニカルな笑みを浮かべて言った。「いまやきみは、自分自身さえ騙せるようになってきてる。ほんと、目をみはらずにはいられないね」

それから数カ月すると、コリンズはイースト・デラウェア通りのクラッシーのアパートメントへくるのを警戒するようになった。「わたしは顔を知られすぎているからね」とコリンズは説明した。「このままだと、近いうちに厄介なことになるのは目に見えている……それに、きみだっておかしな噂をたてられるだろう。ここらできみに、どこかへ引っ越してもらったほうがいいと思うんだ。わたしが知人にばったり会ったりしないような場所へね」

「そうね」クラッシーはうなずいた。「どこへ越すのがいいと思う？」

コリンズは考えをめぐらせた。彼と妻はウィネトカに――シカゴ北部の湖のほとりに――住んでいた。「オーク・パークはどうだね?」とコリンズは提案した。「あそこだったらほとんど知り合いがいない」

「あんまり高級なところだと、家賃が払えないわ」とクラッシーは言った。「それに、家具だってほとんど持っていないんですもの」

「そいつは心配しなくていい」コリンズはうけあった。「快適で静かなところを探すんだ。もし家具が必要だったら、わたしが手配する」

クラッシーはオーク・パークに快適で静かなところを見つけた。並木のある住宅街の、小さくて気品のある建物だった。クラッシーは自分自身に満足し……オーク・パークに満足し、さらには、鈍感で、行儀がよく、保守的な、品のいい近所の住人にも満足した。

クラッシーが見つけたアパートメントは、暖炉と大きな見晴らし窓のついた広いリビングルームと、壁の二面にフレンチドアがついた居心地のいい小さなダイニングルーム、寝室とバスルームがそれぞれふたつ、それに広くてぴかぴかのキッチン、という間取りだった。クラッシーは寝室のひとつを書斎兼音楽室に改装しようと決めた。家賃は月二百ドル。家具はついていなかった。

クラッシーがそのアパートメントの話をすると、コリンズは家賃一年分の小切手を切ってくれた。「自分で払うんだ」とコリンズは言った。「きみの名前で契約するように。それと、部屋に合う家具も探してみるといい」

　クラッシーはミシガン通りで小さな店を開いている一流インテリア・コーディネーターのもとを訪れ、セシルという名のそのインテリア・コーディネーターに、自分の意向を伝えた。両手を上品に宙でひらひらさせながら、セシルはクラッシーの月並みな好みをあざ笑った。ムードやテクスチャー、構造、バランスなどといった話をするセシルに感銘をうけ、クラッシーは自分の提案をすぐさま撤回し、装飾と家具の選定の一切合財を彼の手にゆだねた。

　セシルがアパートメントの内装を終えると、クラッシーはその仕上がりに有頂天になった。こんなにも豪華な内装のアパートメントなど、高級な家庭雑誌のカラー・グラビアでしか見たことがなかったからだ。請求書を渡されてクラッシーは息をのんだが、コリンズはなにも文句を言わず、さらにもう一枚小切手を切った。「わかるだろう、カレン」コリンズは平然として言った。「あのアパートメントで生活していくのに毎月いくら必要か計算しておくほうがいい。きみの収入ではとてもやっていけないはずだからね」

　たしかにそのとおりであることを、クラッシーは認めざるをえなかった。

「それに、たまには洋服も必要になるだろう」とコリンズはつけくわえた。「ただし、わたしたちが二人で外出することはあまりないはずだがね」彼は思慮深げに話をしめくくった。

「それはわかっているわ」とクラッシーは言った。

「そう聞いて嬉しいよ。きみといっしょにいられるときはリラックスしたいんだ……緊張をほぐして、ゆっくりくつろぎたい。ナイトクラブへ行ったり、パーティや劇場へ行ったり……そういったことはしたくない」

「でも、わたしのことはほしいんでしょ?」とクラッシーは訊いた。

「そうとも、カレン、わたしはきみがほしい」そう言って、コリンズは彼女を抱きしめた。結局、アパートメントの維持費と洋服代として、クラッシーは月に五百ドル余計にうけとることになった。

「あの人はたんに必要経費で落とすだけだわ」とクラッシーは思った。実際、彼女もそのほうが気が楽だった。

ある晩、はじめてそのアパートメントにやってきたオバニオンは、思わず感嘆の声を上げ、「きみの趣味には敬服するよ」と真面目な顔で言った。「こいつにはかなり手間暇がかかってるはずだ」

「ええ、わたしもすごく鼻が高いわ」クラッシーにはオバニオンが皮肉で言っているのかどうかわからなかった。

「ぼく自身がやってもこうはいかなかっただろう。しかし、正直に言わせてもらえば、ぼくにはちょっと女性的すぎるな」オバニオンは両手をぶらぶらさせて微笑んだ。それを見て、クラッシーは彼が自分の言葉を信じていないのを知った。

「われらが〈ジャクソン、ジョンストン、フラー&グリーン〉を、きみはいつ辞めるつもりなんだい？」しばらく間をおいてから、オバニオンは訊いた。

「辞めたりなんかしないわ。なぜそんなことを言うの？」

「ああ、ただぼくはてっきり……」オバニオンは言葉を濁した。

「わたしは辞めないわ」クラッシーはきっぱりと言い放った。「だって、こんなにお金がかかってしまったんですもの……月々の家賃をおさめて、家具の代金を払い終えるには、一セントでもよぶんにお金を稼がなくちゃ」

コリンズは一度、広告代理店を辞めたらどうだとクラッシーに勧めたことがある。しかし、クラッシーはそれを拒否した。すくなくとも、表向きは人に恥じない仕事についているいまの状態を維持したかったのだ。それに、コリンズの生活の背景へと完全に押しやられてしまうのはごめんだった。オフィスにいれば、つねにコリンズの仕事に接していることができる。

オバニオンは上機嫌にその説明をうけいれた。「いやほんと、きみと仕事を交換したいくらいだよ、カレン」

しかし、オバニオンがオーク・パークを訪れる回数はだんだんと減っていった。夜をいっしょに過ごすときも、以前のように肉体的な関係を持とうとはしなかった。椅子にすわって身体をのばし、思いつくままにさまざまな話題についてしゃべりつづけ、真夜中になると、クラッシーの唇にさっとキスをするだけで去っていった。

こうしてひとりになってしまうと、クラッシーはほてった身体をもてあまし、オバニオンがほしくて眠れぬ夜をすごした。しかし、クラッシーも以前の関係は終わりを告げたことを知っていた。クラッシー自身のためにも、コリンズとの関係を守るためにも、オバニオンには彼女の人生から去ってもらう必要がある。もはやオバニオンは愛人ではなかったし、コリンズの陰で秘密を共有する仲でもなかった。クラッシーはオバニオンのことを、自分の安全をおびやかす潜在的な脅威と見なすようになっていた。

ある晩、クラッシーはコリンズに訊いた。「あなた、うちの会社のティム・オバニオンって知ってる？」

「コピーライターのかい？」

「ええ、そう」

「彼がどうかしたのかね？」

「それがね」とクラッシーは言った。「わたし、去年のクリスマス・パーティで彼に会ったの。あなたに出会うまえに、何回かオペラに連れていってもらったわ。わたしのほうは特別な気持ちはなかったんだけど、向こうが……その、あんまりしつこく誘うものだから、しかたなく一、二度いっしょにでかけたの」

「きみのほうにも気があったのかい？」

「あら、まさか！」とクラッシーは言った。「でも、彼のほうはわたしに……なんていうか、恋してたみたいだったわ。ここのところずっと顔を見てなかったんだけど、最近になって、あなたのオフィスへくるようになって……またわたしを悩ませはじめたの」

「わたしにどうしてほしいんだね？」とコリンズは訊いた。

「その……彼をどこかにやることはできる？」

「馘にしろということかい？　そうなのか、カレン？　だったら、わたしになにができるか考えてみよう」とコリンズは約束した。

コリンズはその約束を果たすことができなかった。コリンズとクラッシーが話をしたのは、一九四一年十二月六日の夜だった。十二月七日、ハワイが奇襲攻撃をうけた。十二月八日、ティモシー・オバニオンは海兵隊に志願した。

クラッシーは二度とオバニオンの噂を聞かなかった。

二年後の一九四三年十二月十四日までに、世界では多くのことが起こったが、クラッシーの生活にはほとんど変化がなかった。クラッシーはオーク・パークのアパートメントでコリンズが夕食にくるのを待った。コリンズとの生活は決まりきったものになっていた。より責任が重くなったせいで、コリンズは深夜残業がさらにふえ、自宅に帰ることもますます減り、いまや休暇のほとんどをクラッシーとオーク・パークで過ごすようになっていた。

しかし、人目を忍んでの生活は単調で、クラッシーは退屈しはじめていた。コリンズは彼女の唯一の愛人だった。オバニオンが去ってからは、ほかにまたべつの男をつくりたいとは思わなかった。コリンズからの手当と自分自身の給料でうまくやりくりしたおかげで、いまやささやかだがそれなりの貯金ができていた。それがクラッシーのやりとげた唯一のことだった。

それともうひとつ……妊娠したことが。

クラッシーはしめたと思った。子供をつくろうと思っていたわけではないが、これでコリンズに対する武器が手に入ったことになる。この武器は諸刃の剣であり、下手をすれば自分が傷つくことはわかっていた。しかし、妊娠したことで、コリンズと別れようというクラッシーの決意はさらに固くなった。

クラッシーはいま、コリンズに打ち明けるときを待っていた。ノックの音がして、クラッシーはドアをあけた。ロイスターという名のビルの管理人が立っていた。

「こんばんは」とロイスターは言った。「ようやく暖炉用の薪が届いたんで、ちょいとお知らせしにきたんです」

「ありがとう。あす届けてちょうだい」

「いますぐにでもお持ちしますが」

「いいえ。なにもわざわざ今夜運んでくれなくてけっこうよ」

「わざわざもなにも、ちっとも面倒なんかじゃないんで」ロイスターはねばった。

クラッシーは嫌悪感を覚えながら管理人に目をやった。ロイスターは背の高いやせた男で、こちらの不快感を誘う穿鑿好きそうな顔をしていた。この男は好奇心が強すぎるし、あまりにもなれなれしすぎる、と彼女は思った。クラッシーはビルの他の入居者とわざと距離をおいていた。へたに親しくなったら、つまらぬ質問をされるのが落ちだからだ。ロイスターとも距離をおこうとしているのだが、向こうが探りを入れてくるので、気分が落ちつかない。この男はステイシー・コリンズのことを知っているのだろう、とクラッシーは思った。無造作な敬意を表してはいるものの、ロイスターは決して彼女を名前で呼びかけなかった……ミス・アリスンと呼んだことは一度もない。それに、自分たちは同類だと感じているらしいことにも腹がたった。

「いいえ、けっこうよ」とクラッシーはくりかえした。「あす運んでちょうだい。きょうはこれから来客があるの」

ロイスターはゆっくりとクラッシーを値踏みするばかりで、会話を終わらせようとする気配は微塵も見せなかった。「あすの何時ごろです？」

「会社から帰ったら知らせるから……」クラッシーはドアを閉めようとした。

ロイスターがドアに手をかけ、いきなりそれをさえぎった。しかし、廊下から足音が響いてくるのを聞きつけると、すぐに手を離し、そちらをふりかえった。コリンズが近づいてきた。

「わかりましたよ。こっちはただ、地下室からあれを片づけたいだけなんで」そう言って、ロイスターは歩み去った。

クラッシーはコリンズに向かって言った。「あの男には我慢できないわ！」

「あの男？　管理人のことかね？」

「ええ、ロイスターよ。あの男には虫唾《むしず》が走るわ」

コリンズはアパートメントのなかに入り、コートと帽子を脱いだ。クラッシーはそれを、玄関広間の小さなクロゼットに丁寧にかけた。

「今夜はお疲れになった？」

「疲れたかだって？　わたしはいつだってくたくたさ」コリンズは首の後ろをさすり、そっと筋肉をもみほぐした。「とんでもなく頭が痛いんだ」

「おすわりになって、ダーリン」とクラッシーは言った。「食事のまえに飲みものを持ってくるわ」

コリンズは長くて低いモダンなソファーのうえに手足を投げだした。クラッシーはキッチンへ行き、冷蔵庫で冷やしてあったシェイカーから、ふたつのグラスにマティーニをついだ。片方のグラスにオリーブをくわえ、もうひとつのグラスにはオニオンを添えた。リビングルームに戻った彼女は、オニオンを添えたグラスのほうをコリンズに渡した。

「これですこしは気分がよくなるはずよ」

コリンズは笑みを浮かべ、クラッシーに向かってグラスを上げた。「まあ、ともかく乾杯といこう」

クラッシーはコリンズの真向かいに腰をおろし、注意深く相手を観察した。そして数分待ち、コリンズが二杯目を飲み終わり、三杯目に口をつけてから、会話を自分の望む方向へと持っていった。

「これって、いったいいつまでつづくのかしら、ステイシー」クラッシーは考えこむように言った。

コリンズはたいして気もなさそうに答えた。「戦争のことを言っているのかね？　戦争なんていうものは、どれだって終わりは似たりよったりさ……実際、なにも達成されず……なにも手に入らない……」

「いいえ、そんなことを言ってるんじゃないの」とクラッシーは言った。「わたしが言ってるのは、わたしたち二人のことよ」

「わからないな」とコリンズは言った。「なぜだね？　きみは幸せじゃないのか？」

「わたしはなんだか、真空のなかで生きているみたいに感じるの。あなたとこのアパートメントがわたしの生活のすべてだわ。わたしは……わたしは人目を忍んで生きていかなきゃならない。これっていいことじゃないわ、ステイシー」

コリンズはクラッシーの話に切迫したものを感じとり、不安になった。「そうだな」コリンズはしぶしぶうなずいた。「たしかにわたしたちはあまり外出しない……たぶん、もっと外へ出かけるべきなんだろう」

「いいえ、そういうことじゃないのよ。それよりもっと重要なことなの……説明するのがむずかしいんだけど」クラッシーはしばし言葉を切り、頭のなかを整理した。彼女には、自分が他人の目を気にしているわけではないことを、コリンズに説明することができなかった。なぜなら、実際のところ、間接的には気にしていたからだ。それどころか、非常に気にしていたといっていい。クラッシーは名声がほしかったし、二度とストックヤードへ戻らずにすむ保証がほしかった。コリンズの一言で〈ジャクソン、ジョンストン、フラー&グリーン〉を放りだされずにすむように自立したい……コリンズは、このアパートメントのドアを、クラッシーの目のまえで閉めることができるのだ。

道徳的な面に関していえば、それは見解上の問題だとクラッシーは信じていた……大切なのはクラッシー自身がどう考えているかだ。ほかの女たちが学歴や特殊技能やコネや……さもなければ勤勉さを武器に使っているのなら、自分がセックスを武器にしてなにが悪いだろう。こうしたこともまた、コリンズには話すことができなかった。

クラッシーは、自分とコリンズが最後の対決の場面を迎えていることを強く意識した。こんなつもりではなかったのだが、気がついたら突然状況がこうなっていたのだ。自分は真空の殻のなかに閉じこめられて一生をすごすわけにはいかない。殻にはすでに小さなひびや割れ目ができ、ふたたび息をするだけの酸素が入ってきつつある。コリンズもまた、クラッシーの問題に目を向け、決断を下さなければならない。しかし、コリンズの決断はすでに下されていることを、クラッシーは感じとっていた。彼の決断は何年もまえに下されているのだ。しかし、それをいまここで表に引きだし、話し合う必要があった。

「それで？」とコリンズが訊いた。

クラッシーははっとして目を上げた。「じつはその……わたし、考えていたの。もう何日も考えてきたわ……どうやってあなたに話そうか、どうやって駆け引きをしようかって……もし駆け引きをするのが重要ならね。そして実際、わたしは重要だと思うの……」

「いったいなにが言いたいんだね？」

「単刀直入にいうと……わたし、赤ちゃんができたのよ」

コリンズの表情は変わらなかった。彼はソファーからすこしだけ身を乗りだし、マティーニのグラスをコーヒーテーブルにおいた。

「確かなのか？」

「間違いないわ。医者に行って、検査に見事すべて合格したの」クラッシーはさっと笑みを浮かべた。

コリンズは黙ったままだった。沈黙が見えないガラスの壁となり、二人のあいだをさえぎった。クラッシーはその壁を通してコリンズを見ることができた。一瞬、さっきの声がコリンズに届いたのか確信が持てなくなり、自分が完璧な防音装置を施した部屋にすわっているような気がした。

「なにか言ってちょうだいよ」とクラッシーは言った。自分の声が、耳に大きく響いた。

「あまり言うことはない」

「あら、いくらだってあるはずよ」

コリンズはクラッシーの視線を避けた。「いくらでも?」

「たとえば、わたしは幸せだ……きみと結婚したい、とか」

「もう一杯ほしいな」コリンズはソファーから立ちあがって空のグラスを手にとり、キッチンへ行ってシェイカーからマティーニをついだ。彼がリビングルームに戻ってきたとき、クラッシーは身動きひとつしていなかった。「きみと結婚はできないよ、カレン。それはきみにもわかっているはずだ」

「わかってなんかいないわ」とクラッシーは言った。

「しかし、わたしはもう結婚して……」

「この世には離婚した男の人だってたくさんいるのよ」

「もしヴァージニアと別れたら、スタントン老人はわたしの喉を掻っ切るだろう」

「奥さんのことなんか愛してないくせに」

「もしかしたらそうかもしれない。しかし、彼女はわたしにつくしてくれる」

「つくしてくれるですって?」クラッシーはぴしゃりと言い返した。「彼女がつくしてるのは〈ジョイ・ドラッグ〉だけよ」

「わたしが言っているのもそのことだ」コリンズはにべもなかった。

クラッシーは彼に冷たい視線を向けた。コリンズはそこに軽蔑の色を見た気がしたが、それは間違っていた。クラッシーの本能は、強いコネを持つ妻からコリンズを引き離すことはできないと告げていた。彼女はいまここで、どこまで攻めるべきか決めなくてはならなかった。どこまでコリンズを追いつめれば……避けられない最後の対決に持っていくことができるのか？　クラッシーはコリンズをしっかりと見つめ、慎重なゲームの対戦者のように用心深く値踏みした。

「人生にはお金なんかより大切なものがあるはずよ」とクラッシーは言った。「あなたにはほかの仕事を見つけるだけの力がないと思うと、わたしはいやでたまらないの。結局のところ、ヴァージニアはただの金づるなの？」

「きみにもよくわかっているはずだ」コリンズの声には、辛抱強く道理を説くような響きがあった。「もちろん、ほかの仕事につくことはできる。だが、いまのような仕事にはつけないだろう……きみだってわたしとおなじくらい、金と贅沢な暮らしが気にいってるはずだ。〈ジョイ・ドラッグ〉のような大手をクライアントにかかえている広告代理店はそうそうない。ああいう会社をクライアントにするには、ありとあらゆる駆け引きが必要なんだ……何年にもわたって交渉をつづけ、裏から手をまわし……」

「結婚までするわけよね」クラッシーはつっけんどんに言った。

コリンズの声色が変わった。「なあ、カレン、いったいなんだってそんなに怒っているんだ？　この二年間、わたしたちは楽しくやってきたじゃないか……これまでどおり、この生活をつづけていこう。きみは医者に行きなさい。医者ならいくらだっている。そしてなんらかの処置を……」

「処置なんかするつもりはないわ」とクラッシーは最後まで言わずに肩をすくめた。

「おいおい！　いったいなぜだね？　女性はその……そういった処置を……毎日だってやっているじゃないか！」

「わたしは赤ちゃんがほしいの！」

コリンズは思いなおさせようとしたが、クラッシーは自分の殻のなかに閉じこもり、かたくなに意見を変えようとしなかった。とうとうコリンズは言った。「もし赤ん坊を産むつもりなら、きみはシカゴにはいられない」

「それはわかってるわ。わたし、ニューヨークへ行くつもりよ。あそこなら知ってる人は誰もいないから。結婚したけど離婚したと説明すればいいだけのことだわ」

「どうやって生活していくつもりだ？」

「必要なだけの額をあなたからいただくわ」クラッシーはきっぱりと答えた。

コリンズはいきなり顔をこわばらせて警戒の表情を浮かべ、黒い瞳でクラッシーの顔を凝視したが、口調は穏やかなままだった。「わたしを脅迫しようというのかね、カレン？」

「いいえ、こそこそと卑劣なことをするつもりはないわ。堂々と裁判で戦うつもりよ！」

「そいつはあまりいい考えじゃないな」

「それくらいわかってるわ。でも、ほかに方法がないならそうするつもりよ。あなたは〈ジョイ・ドラッグ〉を失いたくないし、わたしに赤ちゃんを産んでほしくない。だったらわかったわ！　奥さんと仕事をとればいいでしょ。わたしは自分の自由と赤ちゃんを選ぶから。ただし言っておきますけどね、ステイシー、お金はきっちり払ってもらうわよ！」

二人は夜遅くまで話し合った。コリンズはクラッシーといままでどおりの生活をつづけたがった。しかし、一度入ってしまった亀裂はもとに戻らなかったし、ことクラッシーに関するかぎり、決裂は決定的だった。クラッシーにとっては、自分の言い値で別れる絶好の機会だった。条件はほとんどすべて彼女が決めた。最終的にコリンズは、しぶしぶながらも、財務省長期債券で四万ドル、現金で五千ドル、さらにアパートメントの家具と服をすべてあたえることに同意した。

コリンズはその夜、アパートメントに泊まらなかった……その後も二度と。翌朝、〈ジャクソン、ジョンストン、フラー＆グリーン〉に出社したクラッシーは、二週間後に退社するという届けを上司に提出した。二十九階と三十一階の若い女性社員は、お別れのプレゼントに、闇で買ったナイロンのストッキングを六本贈った。

クラッシーはエヴァンストンにある〈レイク・タワーズ〉という長期契約者専門のホテルに小さな部屋を見つけ、キャンディス・オースティンという名前で借りうけた。オーク・パークのアパートメントは、不動産屋の許可を得て転貸した。〈レイク・タワーズ〉に持っていく家具は必要最低限にとどめ、残りは売り払った。

　引っ越しの日のまえの晩は、服を荷造りして過ごした。すっかり疲れはてたクラッシーは、よじ登るようにしてスチームバスに入り、お湯のなかでゆったりと手足を伸ばし、身体を休めた。バスタブはラヴェンダー色や薔薇色や白に輝く泡でいっぱいだった。顎まで湯舟につかり、お湯をすくって全身になでつけた。そのとき突然、クラッシーは誰かがドアの脇に黙って立っているのに気がついた。

　ロイスターが飢えた目つきで彼女を眺めていた。

「いったいどうやって入ってきたの?」クラッシーは鋭く問いただした。突然の恐怖に、その声はかすれていた。

「合い鍵を持ってるんでね」ロイスターは目をそらしもせずに答えた。

　クラッシーの恐怖は、すぐさま身体が震えるほどの怒りにとってかわられた。クラッシーがバスタブから出てロイスターの脇を通りすぎると、相手は一歩後ろにさがった。ロイスターはリビングルームまでついてきた。クラッシーはクルミ材の小さなライティング・デスクまで歩いていき、長くてまがまがしいハサミを手にとった。

　クラッシーはさっとふり返った。「出ていって! いますぐに!」彼女はハサミを胸の高さにかまえ、刃の先をロイスターに向けた……飛び出しナイフで喧嘩相手を威嚇するストックヤードの不良少年のように。

「おいおい……なにもそんな」と言い、ロイスターは一歩まえに進みでた。

「出ていって！」とクラッシーは叫んだ。嫌悪感のあまり、怒りに震える声が裏返っていた。「出ていくのよ……この薄汚い卑劣なクソ野郎！　さあ……いますぐ出てってて！　さもないと、はらわたをえぐりだしてやるわよ！」

ロイスターは恐怖のあまり目を見開き、一歩しりぞいた。クラッシーは相手につめよると、一歩一歩リビングルームを横切り、玄関広間を通りすぎ、廊下に通じているドアにたどりついた。柔らかな光にハサミが邪悪に光った。クラッシーはロイスターが外へ出ると同時に叩きつけるようにドアを閉め、チェーンをかけた。外の廊下にいるロイスターが喉の奥から深々と息を吐きだし、「この薄汚い雌犬めが」と毒づくのが聞こえた。

翌日、青地に白のストライプが入った運送屋のトラックがきて、クラッシーの家具を運び去った。ロイスターは自分の部屋から出ずに、カーテンの陰からその様子をうかがった。

「あの薄汚い雌犬めが」ロイスターはひとりつぶやいた。

第5章　その1／ダニー

いまこうしてことの次第を語りながらも、おれは心から願わずにはいられない。おれの目にはすべてがどう映っていたかを、きちんと理解してもらえることを。たった一枚の写真を見たのがきっかけで、言葉をかわしたことさえない娘を探しはじめるなんて、頭のおかしな男だと思われてもしかたがない。しかも、もし探しだせたところで親しくなれる保証などないばかりか……見つけだせるかどうかもわかっていないのだから。しかし、なにかがおれを突き動かしていた。おれにわかっているのは、もしクラッシー・アルマーニスキーがまだ生きているのなら、なんとしてでも探しださなければならないということだけだった。

手がかりを追い、何日も、何週間も、何カ月も過ごしているうちに、おれはいつしかクラッシーを自分の恋人のように感じはじめていた。もはや彼女には、毎晩デートを重ねている相手とおなじくらいの現実感があった。幾度となく写真を眺めてきたせいで、目を閉じていても顔の造作がすべて思い描けた。しかし、このころにはもう、おれにはなにが現実で、なにがただの想像なのか、区別がつかなくなっていた。いつのまにかおれは彼女に話しかけ、会話をかわしている。ふと気づくと道を歩いていて、自分を夢想から引き剥がさなければならないこともあった。そのうえおれは、折りにふれてクラッシーが言った言葉を思いだすようになった。もちろん、彼女が言ったとおれが想像した言葉を、ということだ。おれは自分自身に、あれは現実の出来事ではないんだと、何度もくりかえし言い聞かせなければならなかった。さらにおれは、クラッシーについてのさまざまなことを――生まれた場所や、ミセス・デュークスの下宿屋で生活していたことや、バッカムと婚約したことや、グッドボディの学校へ通ったことなどを――探り当てるにつれ、彼女を尊敬するようになっていった。彼女のような境遇の娘は、運にめぐまれているわけではない。だからこそクラッシーは、自分の手で幸運をつかもうとしたのだ。やがて彼女は〈ジャクソン、ジョンストン、フラー&グリーン〉に仕事口を見つけ、大物の秘書にまで出世し、オーク・パークにしゃれたアパートメントを持つにいたった。そうしたすべてが、彼女の有能さを物語っていた。

なにか新しい事実が判明するたびに、おれはクラッシーの姿を頭に思い浮かべた。しかし、そうした事実の数々は、やがておれの想像や、勝手に捏造《ねつぞう》した虚像や、たった一度でいいから彼女に会いたいという強い衝動とまじりあい、ついにはすべてが混乱し、線がぼやけ、変化し、オーバーラップしていった。まえにも言ったとおり、それは煙でクラッシーの肖像画を描くようなものだった。一瞬、クラッシーはリアルな存在となり、すぐそこにいるように感じられる。しかし、つぎの瞬間、その姿は薄れていく。彼女が完全に消えていってしまうのを、おれはとめることができない。

信じてほしい。これほど苦しいことはそうめったにあるもんじゃない。

とはいっても、生活していくための金は必要だったから、クラレンス・ムーン集金代理店の仕事もそれなりにはやっていた。しかし、そちらに割く時間はできるだけ最小限にとどめた。たいして働かず、オフィスを不在にしていることが多かったにもかかわらず、会社は成長をつづけ、すこしずつ儲かるようになっていた。そんなある日、例のインターナショナル集金代理店でいっしょに働いていたバド・グラスゴーが馘になり、おれに会いにきた。バドは縁なし眼鏡をかけた気のいい小男で、インターナショナル集金代理店のクレンショーに十年ほどこき使われてきた。たいして野心があるわけではないが、血も涙もない督促状を書くことができたし、まじめで信頼できた。そこでおれはバドに、歩合制でいっしょに働かないかと誘いをかけた。こっちは週給二十五ドル払うのが精いっぱいだったが、代わりにやつが集金した額の二十パーセントを支払うことにしたのだ。これはインターナショナルでの契約よりも割りがよかったので、バドは喜んで話に乗った。

おれは督促状の発送や電話番などといったオフィス業務はすべてバドにまかせ、自分は外回りに出て、取り立てに少々てこずりそうな仕事を担当した。それにくわえ、新規の依頼人の開拓もつづけた。残った時間は、すべてクラッシー探しにあてた。

〈リマ運送〉で〈レイク・タワーズ〉の住所を手にいれると、おれはすぐさま帰途についた。いまや、クラッシーがキャンディス・オースティンという名前で家具を運んだことがわかっている。ふたたび彼女の足どりをつかんだと、おれはほぼ確信していた。しかし、それは間違っていた。

〈レイク・タワーズ〉は大きな白亜のホテルで、砂糖をまぶした巨大なバースデイケーキのように層をなしていた。建物は上にいくにしたがってどんどんと細くなり、てっぺんは大きな塔になっている。広いロビーは白い漆喰塗りで、濃い栗色の絨毯が敷かれ、明るいグリーンの椅子と、小さな黒い鉄製の脚がついたガラス張りのテーブルがおいてあった。

おれはロビーに入ってフロント係のまえまで行くと、保険会社の損害査定人のカードをさっと見せ、一九四三年の十月一日にこのホテルへ越してきたミス・キャンディス・オースティンを探していると説明した。フロント係は顔さえ上げずに、そういう名前の人物はここには住んでいないと答えた。

「このホテルの住人の名前を、すべて知っているというんですか？」とおれは訊いた。

「一九四三年から住んでいるんだったら、知らないわけない」フロント係はにべもなく答えた。

どうやらこの男の感情を害してしまったらしい。しかし、クラッシーはまだここに住んでいるものと思いこんでいたおれは、ひどく落胆していた。

「ここに勤めてどれくらいになるんです？」とおれは訊いた。

「四五年に戦争が終わってからだ」

おれはクラッシーの写真をとりだし、フロント係に見せた。「この女性を見た記憶は？」

「ないね。嘘じゃない。もし見たことがあれば憶えているよ」

「一九四三年にここへ引っ越してきたはずなんです。記録をチェックして確認していただけませんか?」

「いいかね、きみ」とフロント係は言った。「わたしにそんな暇はないんだ。七年もまえのファイルだと? まったく! そんなもの、どこを探せばいいのかもわからんよ」

「お礼はしますよ」とおれは言った。

「だめだね。第一、どこから手をつけていいかもわからない」

「ここの従業員に話を聞いてまわってもかまいませんか?」

「ああ、勝手にすればいい」フロント係はうなずいた「しかし、支配人に見つからないように用心するんだぞ」

「反対に、支配人に話を聞いてみるというのは?」

「わたしならやめとくね。やつはとんでもないクソ野郎だからな。どっちにしろ、なにも話しちゃくれんだろう。ここでコソコソ訊きまわってるのを見つかったら、叩きだされるのがオチだ」

おれはよく考えた。おそらく、この男の言うとおりだろう。それに、まずはいろいろ訊きまわり、それでもなにもわからなければ、最後に支配人にあたってみてもいい。おれはエレベーター乗り場へ行ってみた。エレベーターはぜんぶで六基あった。おれはあたりをぶらぶらしてそれぞれのエレベーターが一階につくのを待ち、誰も乗っていないときを見はからってエレベーター・ボーイに写真を見せ、キャンディス・オースティンという名前に聞き覚えはないかと質問した。

彼女のことを見たり聞いたりしたことのある者はひとりもいなかった。エレベーター・ボーイは全員が若く、そもそもこのホテルで働くようになってまだ日が浅い者ばかりだった。ところが最後になって、そのうちのひとりが気のきいたアドバイスをさずけてくれた。「シドに訊いてみるといいんじゃないですかね。あの人はここに長いから」

「シドというのは？」とおれは訊いた。

「夜勤のフロント係ですよ」

おれはそのエレベーター・ボーイに一ドルやり、フロントに戻った。さっき話をした日勤のフロント係がまだ働いていた。おれは彼に、シドは何時にくるのか訊いた。夜の八時半だという答えだった。ディナータイムのちょっとまえだったので、おれはホテルを出てエヴァンストンのカフェテリアへ行き、夕食をとった。それからショーを見に行った。外へ出たときには、九時をすこしまわっていた。そこで、おれはふたたび〈レイク・タワーズ〉へ戻った。

デスクには、五十代のなかばとおぼしき、まるまると太った男がすわっていた。男は用心深そうな青い目をしており、二本の前歯には金がかぶせてあった。頭は額から首の後ろまですっかり禿げているが、後ろになでつけた側頭部の髪があまりに濃いものだから、まるで髪をまんなかから分けているかのようで……たんに分け目が十五センチもあるだけだという印象をあたえている。しゃれた青いスーツの襟には、革でできたライトブルーの小さな造花が差してあった。おれはその男に、シドはいるかと訊いた。

「シドならおれだが」と男は答えた。そこでおれは、例の保険金の話をもう一度くりかえし、社員カードをちらつかせ、受取人の所在がわからなくなった芝居をした。このときにはもう、両手を後ろで縛られたままでもおなじ芝居ができるようになっていた。シドが真剣な顔で耳をかたむける様子を見て、おれは思わずほっとした。というのも、最初に一目見て、こいつは肥大した好奇心をかかえた小うるさい男なのではないかと心配していたからだ。話をすべて終えると、おれは写真を見せた。シドはそれをじっくりと眺め、返してよこした。

「見たことがないね。名前も聞いたことがない」

おれは落胆のあまりへたりこみそうになった。「一九四三年には、もうここにいたんですよね」

「ああ、そうとも。おれは三九年からここで働いているんだ」

おれたち二人は立ったまま、たがいに見つめ合った。おれはもうなにも訊くことを思いつかなかった。そのとき、シドのほうが突然なにかを思いついた。

「その娘さんが越してきたのは、何月だといった?」

「十月です」とおれは答えた。

「ちょっと待ってくれ」とシドは言った。「一九四三年に、おれはしばらくここを離れていたんだ。その年の夏に肺炎にかかっちまってね。すこし回復したんで、その年の末までアリゾナへ療養に行ってたのさ。あのときは二十キロも痩せちまったよ。たぶんその娘さんがここに住んでたのは、おれがいないあいだだったんだろう」

「どれくらい休んでいたんです？」

シドはちょっと考え、すぐに思いだした。「シカゴを発ったのが八月で、戻ってきたのは一九四四年の一月だ。従業員の手が足らなくなったんで、戻ってきてくれと頼まれたんだ……さもなければ、もっとアリゾナに滞在してたはずさ」

「それでもまだ合点がいきません」とおれは言った。「彼女がここへ十月の一日に越してきたことはわかってるんです。家具を持参でね。いいですか、当時はアパートを探すのがいまよりもずっとむずかしかったんですよ」

「そりゃそうだ……」シドはうなずいた。

「もちろん、そもそも彼女はここへ越してこなかった可能性もある。お手数なんですが」とおれはつづけた。「一九四三年十月の記録をチェックして、彼女がまたここから出ていったか調べていただけませんか？　そうすれば、そこからまた彼女の足どりを追うことができる。謝礼はお支払いしますから」

「いいとも」とシドは言った。「ただ、あすまた出直してくれないか。そういう古い記録やなんかは地下室にしまってあってね。今夜遅い時間にならないと探しに行けないんだ。夜中の二時を過ぎると、ここは死んだみたいに静かになる。そうすりゃ時間はいくらでもあるから」

家に帰っても眠れないのはわかっていた。一晩じゅう目を覚ましたまま、シドはクラッシーに関する手がかりを見つけただろうかと考えつづけることになるだろう。しかもあすは、彼が出勤してくる夕方まで一日じゅう待たなければならないのだ。

「ありがとうございます」とおれは言った。「しかし、もしあなたさえよければ、ここにいて待ちたいんですが。そうすれば、あすの晩まで待たずに帰れますから」

「おれはかまわんよ」とシドは言った。

おれは礼を言い、あとで戻ると言ってホテルをあとにした。エヴァンストンの街では酒の販売は許可されていない。ところがこっちは、とてつもなく長いこと時間をつぶす必要がある。そこでおれは、ハワード通りへ行くことにした。ハワードはシカゴとエヴァンストンの境を走っている短い通りで、警察の取り締まりが緩いため、いくらでも酒を売っているだけでなく、ショーが見られる店や安いナイトクラブもたくさんある。おれは高架鉄道に乗ってハワードで降り、バーを見つけてなかに入ると、そこに腰を落ちつけた。まずはたてつづけにウィスキーを何杯か注文し、それからペースを落としてビールを飲みはじめた。ビールのほうが安いし、そもそも時間をつぶすのが目的なのだから、なにを飲んでもいっしょだった。午前二時ごろ、おれはスツールからすべり降り、エヴァンストンへ戻った。

シドはフロントのデスクで待っていた。「ちょうどこれからファイルを探しに行こうとしてたとこだ」と彼は言った。

「お願いします」おれはそう言って明るいグリーンの椅子のひとつに腰をおろすと、煙草に火をつけ、なんとかくつろごうとした。ロビーには人けがなかった。数回ほど通りからロビーへ誰かが入ってきた。そのうちの二回は少々酔っぱらったカップルで、どちらも声を上げて笑っていた。しかし、彼らは全員が自分の鍵を持っており、フロントには寄らなかった。三十分か四十五分ほどしたころ、シドがファイルカードのつまった小さな金属製の箱を持って現われた。箱の正面には、〈一九四三年六月〜十二月〉と書かれたラベルが貼ってあった。

シドは箱をデスクの上におき、引き出しをあけた。通常の白いファイルカードのところどころに、ピンクのカードが突きでていた。ピンクのカードにはそれぞれ、何月かがタイプで打たれている。シドは〈十月〉のピンクのカードを引き出し……隅をひねって旗のように立てた。それから、その後ろの白いファイルカードを検索しはじめた。

作業をはじめてまもなく、〈ミス・キャンディス・オースティン／一九〇一号室〉というカードが見つかった。

「たしかにチェックインしているな」とシドが言った。

「いつチェックアウトしていますか?」

シドはカードを見て怪訝そうな顔をし、「おかしいな」とつぶやいた。

「おかしい?」

「ミス・オースティンはチェックアウトしてないんだ。だが、十二月に部屋を明け渡しているのはたしからしい。一九四三年の十二月二十四日に、ミセス・デイナ・ウォーターベリーが引っ越してきている」

「ミス・オースティンがミセス・ウォーターベリーといっしょに住んでいたとは考えられませんか?」

シドは首を横に振り、ファイルカードをおれに見せた。カードにはまんなかに定規で縦の線がひっぱってあった。線の片側には〈一九四三年十月一日〉とチェックインの日付が書いてある。そのすぐ下には、〈ミセス・デイナ・ウォーターベリー/一九四三年十二月二十四日〉とあった。

「なぜ考えられないんです?」とおれは訊いた。

「この部屋は独身者用の部屋で、一人用の料金で貸しだされてるからさ。それに、おれはミセス・ウォーターベリーのことなら憶えてる……ずいぶん長いこと住んでたよ……たしか三、四年はいたはずだ。一九〇一号室には、彼女以外には誰も住んじゃいなかった。ご主人が海外へ行くまで二人で住んでたんだ」

「さっきはたしか、一人用の料金の部屋だとおっしゃったじゃないですか」

「そうさ」とシドは言った。「しかし、戦時中のことだからな。当時ホテルは、休暇中の軍人からは料金をとらなかったんだ。愛国心ってやつさ！」彼は笑った。

「太っ腹なところを見せたってわけだ」おれは納得してうなずいた。「ミセス・ウォーターベリーのことは憶えていらっしゃるんですよね？」

「ああ」

「お見せした写真には似ていませんでしたか？」

「いいや」とシドは言った。

「ミセス・ウォーターベリーはいつここを出ていったんです？」

シドはもう一回カードに目をやった。チェックアウトの日付は記入されていなかった。「ずいぶん長いことここにいたんで、出ていった日付はこの最初のカードには書いてない。しかし、たしか四六年か四七年だったはずだ」

「ミセス・ウォーターベリーは転居先の住所を残していきませんでしたか？」

シドは肩をすくめた。「もし残していったとしても、いまとなっちゃもうわからんね。かなりまえの話だから、もう郵便物もここへはこなくなってるしな」

「このホテルに、ミス・オースティンかミセス・ウォーターベリーを憶えてる人が誰かほかにいませんか？」

「さあね」とシドは言った。「あの階を担当してたメイドがまだここで働いてたら憶えてるかもしれん。さもなきゃ、清掃主任か」

「どうすればメイドを見つけられます？」

「清掃主任が教えてくれるよ」

「彼女の名前は？」

「清掃主任かい？　ミセス・ボースだ。当然、いまここにはいない。しかし、朝の八時には出勤してくるはずだ」

「あなたがひける時間は？」

「八時だ」

「ミセス・ボースに紹介していただけますか？　そうしていただけると助かるんですが」

「いいとも、紹介してやるよ。彼女から話を引きだすのは造作もないはずさ。正真正銘のゴシップ好きだからな」

おれはシドに十ドル渡した。彼はそれで満足したらしかった。おれは朝の八時に会おうと言って外へ出た。

その夜はシカゴへ帰るつもりはなかった。おれはエヴァンストンの小さなホテルに泊まり、法外な料金を請求された。翌朝、おれは八時に〈レイク・タワーズ〉へ戻った。シドはちょうど仕事がひけたところだった。シドに手招きされ、おれは彼といっしょにエレベーターに乗って三階へ行った。

シドのあとについて廊下を歩いていき、何回か角を曲がった。連れていかれた先は長くて狭い部屋で、四面の壁が床から天井まですべて棚になっていた……棚以外にあるものといったら、人がようやく通り抜けられるだけのドアと、その向かいの壁の小さな窓だけだ。部屋のまんなかには、古いデザインの背の高いロールトップ・デスクがおいてある。そこには白髪の目立つ中年の女性がすわっていた。グレーのシャツブラウスを着て、黒いスカートをはいている。シドはおれとその女性を引き合わせてくれた。

「ミセス・ボース」とシドは言った。「こちらはおれの友人のダニー・エイプリルだ。保険会社で働いてるんだが、なんでも以前一九〇一号室に住んでいた女性のことで訊きたいことがあるそうなんだ。もし誰か役にたてる人間がいるとしたら、あんたをおいてほかにないと思ってね」シドは取り入るような笑みを浮かべた。おれもできるだけそれにならった。

「はいはい、なんでも訊いてくださいな」とミセス・ボースは答えた。「なにがお知りになりたいの?」ここでシドは身を引いておれに別れを告げると、廊下を歩み去った。おれはミセス・ボースに、キャンディス・オースティンに関する保険金の話を手短に聞かせた。

「一九〇一号室を担当していたメイドが誰だかわかりますか?」とおれは訊いた。

「それはわからないわね」とミセス・ボースは答えた。「無理ってものよ。うちのメイドはローテーション制で、しょっちゅう担当の階を替わるから。誰かひとりのメイドがある特定の階を担当することはないの」

これでもう行き止まりだった。「ミス・オースティンのことは憶えていないとおっしゃいましたよね？」とおれは訊いた。ミセス・ボースはうなずいた。「この写真をよくご覧になって、そこに写ってる女性を見たことがないか教えていただけませんか？」そう言っておれは、クラッシーの光沢写真を手渡した。ミセス・ボースは写真をうけとり、しげしげと眺めた。それから、写真を片側にちょっとだけ傾げ、ちがう光の下でじっくり観察した。

ミセス・ボースはようやく口を開いた。「ええ、もちろん知ってますとも。でも、あたしが会ったときは髪が黒かったし、もっとずっと年をとってたわ」

「誰です？　ミス・オースティンですか？」

「いいえ、これはミセス・ウォーターベリーですよ」

「間違いありませんか？」

「ええ、ぜったいにね！」ミセス・ボースは手を組んで、疑われるなんて心外だという顔をした。

「その女性がここへ越してきたとき」おれは心のなかで考えをまとめながら、ゆっくりと言った。「彼女の名前はキャンディス・オースティンだった。下のデスクのファイルカードにそう記入されてる。ということは、彼女はここに住んでいるあいだに結婚したんだ。そうじゃありませんか？」

「たぶんね」ミセス・ボースはうなずいた。「でも、このホテルはとても大きいですからね。向こうがいくら長いこと住んでいても、あたしのほうは知らないことだってあるわ。フロント係やなんかみたいな下のスタッフとちがって、あたしはお客と毎日顔を合わせるわけじゃないから。あたしが顔を憶えたときには、彼女はもう結婚してましたよ。いつどこで結婚したのかなんて、知りようもなかったけど」

「ご主人のデイナ・ウォーターベリーのことはご存じでしたか？」

ミセス・ボースは首を振った。「いいえ、一度も会ったことがなかったわ。でも、たぶん戦死したんじゃなかったかしら。ミセス・ウォーターベリーは再婚してここを出ていったから」

「ああ、なんてこった！」おれは心のなかで毒づいた。「またこれだ！」おれは煙草を深く吸い、質問をつづけた。「再婚の相手は誰だったんです？」

「知りませんね」とミセス・ボースは言った。「新聞で記事を読んだだけだから」

「どの新聞です？　いつの？」

「あたしが憶えてるのは、当時の新聞の社交欄に、彼女が結婚したって小さな記事が載ったことだけですよ。彼女はとってもきれいな人だったわ」

「再婚の相手や転居先はご存じないんですね？」

「ええ、ミスター・エイプリル」とミセス・ボースは言った。「もうずいぶんまえのことですからね。かすかな記憶しかありません。これ以上はなにも」

おれは煙草を靴底に押しつけて消した。ミセス・ボースのデスクには灰皿がなかったので、吸い殻はポケットに入れた。「彼女はこの写真より老けていて……黒髪だったとおっしゃいましたね。あなたが人違いをしている可能性はありませんか?」

ミセス・ボースは冷たい目でおれをにらんだ。「この人に間違いないって言ったでしょ」彼女ははっきりと断言した。「ぜったいに間違いありません!」

おれはどっと疲れを感じつつも礼を言い、高架鉄道に乗ってループ地区に戻ると、路面電車に乗り換えて下宿屋へ帰った。それからオフィスのバド・グラスゴーに電話をいれ、体調がすぐれないので午前中は休むと知らせた。おれはすっかりへとへとだった。きのうの夜に飲んだビールのせいで二日酔い気味なうえに、ほとんど睡眠をとっていなかったし、さらには落胆のあまりすっかり意気消沈していた。

クラッシーは結婚しているのだ。たったいまも、彼女はどこかで夫と結婚生活を送っているにちがいない。まるで世界がぬめぬめした大きな膜に覆われてしまい、誰かにそこへ顔を叩きつけられた気がした。おれは靴とズボンを脱ぎ、ベッドに倒れこむと、浅い眠りのなかへと漂いこんでいった。正午過ぎ、おれは目を覚まし、顔を洗って髭を剃った。それから服を着こむと、外へ出てスクランブルエッグとコーヒーで軽く食事をすませた。そのころには、ようやく世界もすこしだけ明るさを取り戻していた。

とはいっても、それほど明るくなったわけではない。ほんのすこしだけだ。

おれはここまで、ひたすらクラッシーの行方を追ってきた。こうなったからには、あらゆる手を使い果たしてしまったほうがいい。そうでないと……クラッシーを忘れることはできないだろう。これから一生、折りにふれては彼女のことを思いだし、いまどうしているかと思いわずらうことになる。そのとき、突然べつの考えがひらめいた。もしかしたら、クラッシーはもう結婚していないかもしれない！　最初の夫は死んだのだ。二番目の夫も死んでいるかもしれないではないか。さもなければ離婚したか。そうだとも！　もしかしたらクラッシーは幸福ではなく、おれが説得すれば、いつの日か離婚を決意するかもしれない。そういった狂った考えがつぎつぎと頭のなかを駆けめぐり、堂々巡りをはじめ、こんがらがり、ぶつかりあい、それからまたふりだしに戻って、ふたたびおなじ堂々巡りをはじめた。馬鹿げた考えなのはわかっていた。しかし、すこしでも希望が持てるかぎり、おれは幸せだった。

手がかりはまだひとつだけ残っている。ミセス・ボースは新聞でクラッシーの結婚に関する記事を読んだという。ただし、どの新聞かは憶えていなかったし……何年かもわからなかった。おれはきちんと筋が通るように日付をつなぎあわせた。最初に話を聞いたフロント係は四六年からあそこで働いているが、クラッシーのことは憶えていなかった。ということは、クラッシーはあの男が働きはじめるまえに去ったということだ……さもなければ、その直後に。もちろん、クラッシーが髪を黒く染めていたせいで、ブロンドだったときの写真を見ても、あのフロント係には誰だかわからなかったということもありえる。クソッ！　シドもブロンドの写真を見て、黒髪のミセス・ウォーターベリーであることがわからなかったではないか。ミセス・ボースがそれを見抜いたのは、同性の容貌と化粧に関心を持っている女性だからこそだ！　シドはミセス・ウォーターベリーがチェックアウトした日付を調べてくれると約束してくれたが、答えを知るにはあすまで待たなければならない。おれは時間を無駄にしないことに決めた——とにかくいますぐ行動したかった。

そのとき、ふと疑問が浮かんだ。「なぜクラッシーは美しいブロンドを……黒く染めたりしたのか?」しかし、その疑問はとりあえず脇においた。それほど重要なことではない。

おれは《シカゴ・デイリー・レコード》のオフィスへ向かった。資料室——またの名を〝死体安置所〟——は二階にあった。新聞社の資料室はどこも似たりよったりだ。たいていは大きな正方形の部屋で、背の高い緑色の金属製ファイル・キャビネットが壁じゅうに並んでいる。部屋の中央には広いテーブルがふたつおかれ、そのうえにはハサミや糊の瓶やブラシなどが並んでいる。ファイルの管理をしている係員は、ほとんどといっていいくらい定年退職した元新聞記者だ。ここではおよそありとあらゆる人名が索引化されており、相互に関連記事を検索できるようになっている。たった一度でも新聞に名前が載った人物は、たいていここにファイルされていると考えて間違いない。係員は新聞から最近の記事を切り抜いて大きな四角い封筒にファイリングし、たえず資料ファイルを更新していた。

《デイリー・レコード》の資料室も例外ではなかった。

おれはヴェスト姿の感じのいい老人に、ミセス・デイナ・ウォーターベリーに関する資料はないかと訊いた。十分もすると、老人は封筒を手に戻ってきた。「ミセス・デイナ・ウォーターベリーに関してはなにもありませんが、ご主人のほうに関してならありますよ……デイナ・ウォーターベリー大尉ですが。ご覧になりますか？」

「ええ」と答え、おれは数枚の古い新聞の切り抜きにざっと目を通した。デイナ・ウォーターベリー大尉は本物の戦争の英雄だったらしい。戦闘機パイロットで、一九四四年の五月にドイツ上空で戦死していた。死亡記事にはミセス・デイナ・ウォーターベリーに関する記述はなく、ただひとこと〝故人には妻が残された〟とだけ書かれていた。

おれはファイルを係員に返し、とりあえずの気持ちで、カレン・アリスンとキャンディス・オースティンの名前をチェックしてくれと頼んだ。係員は探してくれたが、なにも見つからなかった。おれは礼を言ってそこを辞去した。

つぎに《イブニング・エクスプレス》へ行った。おなじような資料室に、おなじような係員がいた。デイナ・ウォーターベリー大尉に関しては記事が残っていたが、ミセス・デイナ・ウォーターベリーに関してはなにもなかった。カレン・アリスンは？　なにもない。キャンディス・オースティンは？　なにもない。このときにはもうかなり時間が遅くなっていたが、おれはちょっと無理をして《デイリー・レジスター》にもまわってみることにした。《レジスター》は夕刊紙としてはシカゴで最大の部数を誇るタブロイド新聞だった。

こんどは大当たりだった。

係員はミセス・デイナ・ウォーターベリーに関する小さな記事の切り抜きを一枚持ってきて

くれた。タブロイド新聞に特有の下世話な仰々しさで記事は報じていた。

地元百万長者の銀行家が花嫁に選んだのは
社交界でその名も高き大戦の英雄の未亡人

今朝、とある結婚式がひっそりと挙げられた。花婿はシカゴ屈指の銀行家ハワード・モンロー・パワーズ、花嫁はフィラデルフィア出身のデイナ・ウォーターベリー大尉の未亡人であるキャンディス・ウォーターベリー。二人の結婚式を執り行なったのはクック郡判事のウィンフィールド・L・ヴィソロッティで……

記事はもうすこしつづいていたが、さして長くはなかった。掲載されたのは一九四六年一月十七日。おれは係員にパワーズに関する記事を頼んだ。係員が持ってきたファイルはとんでもなく分厚かった。ファイルされた記事の多さを見ただけでも、パワーズが大物であることがわかった。記事のなかには、クラッシーの結婚記事とおなじものもまじっていた。いくつかの記事を読み終わったところで、おれはパワーズがレイク・ミシガン・ナショナル信託銀行の社長であることを知った。それだけではない。シカゴ・ミッドウェスタン&パシフィック鉄道の取締役会長でもあり、保険会社や大学や病院や……ありとあらゆる会社や法人の理事に名前を連ねていた。

おれは気分が悪くなった。胃が痛んだ。こんな男を敵にまわして、いったいどうやったら勝てるというのか？　おれはあきらめかけていた。勝負を挑んでいったいなんの意味がある？

そのとき、おれはあることに気がついた。

一九四六年の一月にクラッシーと結婚したとき、ハワード・モンロー・パワーズは六十五歳だったのだ！

おれはすばやく計算した。現在のパワーズは七十近い見当になる。ただし、まだ存命なのは確かだった。ファイルのなかに死亡記事は見当たらなかったからだ。

クラッシーは二十七か、二十八。

よし、いいぞ！

まだ希望はある。

第5章　その2／クラッシー

もう一度クラッシーは引っ越しをした。前回の引っ越しのときと同様、こんどもそのまえに美容院へ寄った。タクシーの座席にゆったりと腰をおろすと、クラッシーは運転手に指示を出し、オーク・パークからループ地区の美容院へ向かった。

「新しい名前」クラッシーは心のなかでつぶやいた。「新しい人生……そして、新しい女」

タクシーはミシガン通りの通行量の多い車線をすべるように離れ、しゃれた美容院のまえで停まった。クラッシーは料金を払った。運転手は帽子をちょっと上げ、クラッシーが人通りの多い歩道を横切るのを眺めた。運転手は彼女がドアの向こうに消えるまで待ってからタクシーを出した。

柔らかなグレーのドレープで飾られた狭い待合室に入ると、クラッシーは自分の名前を告げた。「キャンディス・オースティンだけど。レオンに予約をいれてあるの」

「はい、ミス・オースティン」若い娘が小さな声で言った。「こちらへどうぞ」

クラッシーはその娘に案内され、長くて狭い廊下を歩いていった。廊下には小さなブースが蜂の巣状に並んでおり、それぞれのブースには女性客がおさまっていた。ドライヤーの下にすわっている女性もいれば、カーラーを巻かれている者もいるし、シャンプー台に頭を差しだしている者も、髪をとかしてもらっている者も、髪を切ってもらっている者も、最後の仕上げをしてもらっている者もいる。空いている小さなブースのひとつのまえまでくると、受付の若い娘は足を止め、クラッシーのほうをふりむいた。

「どうぞおかけください」と受付係は言った。「レオンはただいままいりますので」

クラッシーはこぢんまりした心地のよいブースに入り、コートと帽子を脱ぎ、腰をおろした。数分もしないうちに、白衣のボタンを襟元まですべてとめた、ほっそりした小粋な男がやってきた。

「髪を変えてもらいたいの」とクラッシーは言った。

「というと？」

「黒く染めたいのよ」

「黒に？」レオンはつややかなブロンドの髪をもてあそび、そっと指にはさんでくるっと巻いた。「あなたのような髪になれるんなら、たいていの女性はどんな犠牲だってはらうでしょうに」レオンは当たりの柔らかい口調で言った。

「そんなことより、お願いできるんでしょ？」クラッシーは自分の意志を変えるつもりはなかった。

「そりゃもちろん……簡単ですとも」とレオンは答えた。「もしそれがお望みだというんならね」

「ええ、それがわたしの望みなの……黒く染めてちょうだい。真っ黒にね」

レオンは肩をすくめ、仕事にとりかかった。

四時間後、キャンディス・オースティンは〈レイク・タワーズ〉で入居手続きをすませた。客室係は黙って脇に立ったまま、背の高い黒髪の女性が一九〇一号室を割り当てられるのを待った。女性は繊細で優しい顔をしており、目には物憂げな色を浮かべていた。客室係は思わず目を奪われた。

クラッシーは〈レイク・タワーズ〉が気にいった。これみよがしの白い建物も気にいったし、ガラス張りのスウィングドアも、ロココ調の鏡も、天井のシャンデリアも気にいった。制服を着たドアマンやベルボーイやエレベーター係も……こびへつらうようなサービスも。ひょっとしたら、これだけリラックスできたのは生まれてはじめてかもしれなかった……コリンズとの安逸な生活につねにつきまとっていた将来への不安は、いまや過去のものだった。

ホテルの部屋は狭かった。あるのはリビングルームと寝室とバスルーム、それに略式ダイニングルーム兼キッチンだけだ。オーク・パークから運んできた家具を、クラッシーは何度も置き換えた。ようやく配置に満足すると、新しいわが家を眺め、これでいいと思った……静かでくつろげるし、そのうえさりげない威厳も感じられる。

もうひとつだけ、やらなければならないことが残っていた。

クラッシーは医者に行った。この医者は中絶作用のある薬の専門家で、世間に恥じない仕事をするかたわら、きちんとした紹介と多額の銀行預金を持つ選ばれた少数の患者のために、自分の専門知識を生かした処置を行なっていた。この仕事の成功がいかばかりだったかは、当人の生活ぶりを見ればわかるだろう。自宅は莫大な金をかけて建てた豪壮な屋敷で、車が三台入るガレージがついている（もちろんたんなる飾りではなく、車もちゃんと三台ある）。そのうえ妻はとてつもなく金遣いが荒く、彼自身、いくつもの高級なクラブに入会していた。

病院の待合室の隣りには、一般の診察室がふたつと、手術台と滅菌戸棚と器具を完備した小さくて清潔な手術室がひとつあった。当の医者は背の低い太った男で、頬が赤く、ふさふさの黒髪には白いものがまじり、大きな角縁の眼鏡をかけていた。医者はクラッシーに曖昧な質問をし、手に持った小さなカードになにやら書きこむふりをした。

「で、妊娠なさってどれくらいになるんですか、ミセス……」医者はカードに目をやり、咳払いをした。「ミセス・オーグマン」

「二カ月です」とクラッシーは答えた。

「で、ご主人は？」医者は首を傾げた。「というか……ご主人とはいっしょに住んでおられるのですかな？」

「ええ。でも、いまは戦地へ行っているんです」

「あなたは働いていらっしゃる？」

「あら、ええ……」とクラッシーは言った。「それで心配しているんです、先生。わたしは仕事をつづけなければなりません……もし妊娠したとなると、それもできなくなります」

「フーム」とうなって、医者はもう一度咳払いをした。「ご家族の援助はおうけになれないのですか？」

「あら……だめですわ。夫も頼りにはできません。誰も助けにはなってくれないんです。先生、わたしは仕事をつづける必要があるんです。わたし……わたしたちは……その、わたしたちはいま、子供をつくるほどの余裕がないんです」

医者はわかったというように重々しくうなずいてみせた。「まだ妊娠二カ月なのはたしかなんですね？」

「ええ、もちろん！」クラッシーはきっぱりとうなずいた。

「それでは、その……検査をさせていただきましょう」医者は手を振り、小さな手術室のほうをそれとなく示した。クラッシーは立ちあがり、手袋とハンドバッグをつかんで、確固とした足どりで手術室へ入っていった。

三十分後、クラッシーは待合室の小さなソファーにすわっていた。気分はどうかと看護婦が訊いた。クラッシーは大丈夫だと答えた。

「まっすぐご自宅へお帰りになったほうがいいですよ」と看護婦は言った。「それに、今夜とあすはゆっくり身体を休めることですね。すぐによくなりますわ」

クラッシーは慎重に立ちあがった。気分はまったくいつもと変わらなかった。彼女は病院をあとにした。小さな胎児と四百ドルをあとに残して。

エヴァンストンの十月は美しい。クラッシーは湖に面した通りを散策するのが好きだった。通りをアーチ状に覆っている背の高い木々は、緑色から琥珀色へ、そしてさらには朱色から真紅色へと変化していった。ときには、大学のキャンパスをぶらつくこともあった。そこはセーターとスカートを無頓着に着こんだ娘たちや、記章のついていない制服を着た若者でいっぱいだった……男子学生たちは絶望的な不安のなかで勉学に励み、兵役に召集されるのを待っていた。

しかし、なかでもいちばん好きなのは湖だった。クラッシーはビーチ沿いに積まれた大きな石が好きだった。なかば地面に埋もれているこれらの石は、湖が荒れ狂ったときには堤防の役目を果たすと同時に、鎖帷子《くさりかたびら》をはめた手のように、波の浸食から大地の柔肌を守っていた。澄みきった十月の空の下、湖は見はるかすかぎりどこまでも広がっていた。湖はきらきらと金属的な輝きを放ちつつ、その力をぐっと内に秘めて穏やかにさざなみだち、渦を巻き、小さいが絶えまのない波を送って、大きな石やもろい砂浜をたえず手探りしている。

しかし、ときには靄《もや》のかかった日もあった。やがて空が不気味に曇りはじめ、湖が咆哮《ほうこう》を上げ、その力強い拳を怒りとともに揺り動かす。湖面はにわかに白波だち、岸に襲いかかって砕けちり、水飛沫《みずしぶき》を上げ、百万もの小さな虹を生みだす。そんなとき、両膝を抱きしめてすわったクラッシーは、いてもたってもいられない気持ちが自分のなかに湧きあがり、せわしない波のリズムに合わせて脈打つのを感じるのだった。そして、最後にはそわそわと立ちあがり、歩いてホテルへの帰途につく……漠然とした不満を抱えながら。

十一月、クラッシーは軍人向けの食堂での仕事に志願した。週に三晩は接客係として働き、サンドイッチやコーヒーやドーナツを運び……ときにはダンスの相手もつとめた。アイオワやコロラドやアリゾナといった田舎からきた若者の話を聞き、メインやニューヨークやフロリダといった都会からきた者の話も聞き、ホームシックにかかった若者やインテリ連中の話も聞いた。実際のところ、陸軍や海軍の下士官たちの悲喜劇は、クラッシーになんの感銘もあたえなかった。月曜と水曜と金曜の八時から十二時まで、クラッシーは若い兵士たちがやってきては去っていくのを見た……しかし彼らは、たんなる名前でしかない州や街や農場からきた、顔のない身体にすぎなかった。クラッシーは彼らの話をただ漫然と聞き流すだけで、本気で耳をかたむけはしなかったし、気にもかけなかった。軍人向けの食堂での仕事は誘惑的で、麻薬のような魅力があった……いまがじっと活動を控えている待機期間であることを考えれば。なにかが起こるはずだった。クラッシーには確信があった！　しかし、それがなんであるかはわからなかった。時間ならたっぷりある……何日でも何週間でも何カ月でも。クラッシーは待ちつづけた。

とはいうものの、クラッシーはシカゴのダウンタウンにある店やレストラン、クラブなどへは行かなかった。コリンズとの生活はあっというまに過去へと遠ざかっていき、週を追うごとに記憶から消えていったが、コリンズが現われそうな場所は用心のために避けた。もしくは、自分の正体を見破られる怖れのある場所は。

一九四三年十二月十七日の夜、クラッシーはデイナ・ウォーターベリーと出会った。場所はいつも働いている食堂ではなく、将校クラブだった。彼女はそこへ、食堂で働くほかの何人かの接客係とともに、特別ゲストとして招待されたのだった。

いつものようになかば放心状態だったため、クラッシーはダンスのパートナーである若い将校の話を半分しか聞いていなかった。相手が質問をしているのにようやく気づいたのは、音楽が終わってからだった。

「ごめんなさい」とクラッシーは言った。「でも、音楽のせいで……声がよく聞こえなかったの」

「ただ質問しただけだよ」若い将校はきっぱりと言った。「きみの名前をね」

「キャンディス・オースティンだけど」とクラッシーは答えた。「なぜ？」

「ぼくはきみと結婚するつもりだからさ」

クラッシーは笑った。「言っときますけどね、大尉さん。そのセリフだったらまえにも聞いたことがあるわ……いつも働いてる食堂でね」

「そうだろうとも。だけど、今回は話がちがう。なんたって……ぼくは本気だからね」

「で、あなたのお名前は?」とクラッシーは訊いた。「わたしはいつも、結婚するまえには名前をお聞きすることにしてるの」

「なんだって? まだ結婚はしていないんだろう?」若い将校は心配そうに訊いた。

「ええ。でも、まだあなたのお名前をうかがっていないわ」

「ウォーターベリーだ。出身はフィラデルフィア」

音楽がふたたびはじまり、周囲のカップルがダンスをはじめた。ウォーターベリーはクラッシーの穏やかで落ちついた顔を見下ろした。「ぼくのテーブルにきてくれよ」ウォーターベリーは熱心に誘った。「さあ、あっちでいっしょになにか飲もう……もっと話がしたいんだ」彼はクラッシーを奥の小さなテーブルへと案内した。そこには将校がもう二人すわっていた。ウォーターベリーは彼らを紹介し、クラッシーのために椅子を引くと、「ちょっと悪いんだが」とほかの二人に言った。「キャンディスとぼくは話があるんだ」

二人の将校は笑って立ちあがった。「なら失礼するよ、ウォーターベリー」そのうちのひとりが答えた。「カウンターで酒を飲んでいるよ」

「お友だちに失礼だったんじゃない?」とクラッシーは言った。

「いまは礼儀なんかを考えてる暇はないんでね。だけど、あいつらだってわかってくれるはずさ……」ウォーターベリーはウェイターに合図してからつづけた。「きみはどこに住んでいるんだい?」

クラッシーは答え、それから訊いた。「シカゴにはどれくらいいる予定なの？」

「すくなくとも、しばらくのあいだは」とウォーターベリーは答えた。「ここへは戦時公債の募集キャンペーンにきたんだよ。あいつらと……」と、カウンターに行った二人を身ぶりで示した。「……ぼくは、ヨーロッパから呼び戻されたところなんだ。このビッグ・イベントのために特別にね」ウォーターベリーは軽く笑った。「たぶん高級将校連中は、ぼくらはつぎの出番にそなえて、しばらく休暇をとるべきだと考えたんだろう」彼は真顔に戻り、二人の友人のほうを顎でしゃくった。「あいつら二人は、通常のほぼ二倍の任務をこなしてきたんだ」

「あなたも？」

「ああ」ウォーターベリーはうなずいた。「ぼくもさ」

クラッシーはグラスの中身をまわした。「戦争のまえはなにをしていたの？」

「たいしたことはやってない。ぼくはフィラデルフィアに住んでいた。プリンストンに入学し、卒業した。あんまり勉強はやらなかったよ。夏になると、うちの家族はケープコッドへ行くんだ。ぼくはたいていセーリングをやってた。夏のケープコッドには行ったことがあるかい？」

「ええ、何度もね」

「好きかい？」ウォーターベリーは目を輝かせた。

「とっても」

「セーリングは？」

「ええ、好きよ！」

「ヨットはどこで習ったんだい？　ここの湖？」

「バークレーには行ったことがある？」クラッシーは用心深く訊いた。

「いいや、サンフランシスコなら何度も行ったことがあるけど、湾を渡ったことはないんだ。なぜそんなことを？」

「バークレーがわたしの故郷だからよ……まだほんの子供だったころ、あそこに住んでたの。父がよくセーリングに連れていってくれたものだわ」それから、クラッシーはゆっくりと訊いた。「お父さまはまだお元気なの？」

「ぴんぴんしてるよ。いまはワシントンにいる。海運業を営んでいるんだ」

「なら、戦争が終わったら家業を継ぐのね？」

「たぶんね。うちの一族は、ウィリアム・ペン（ペンシルヴェニアの創設者）が家族用の小舟を雇ったころからこの事業をやっているんだ」ウォーターベリーは微笑んだ。

　クラッシーは微笑み返した。「ご家族のほかの人たちは？……お母さまだとか。ご兄弟はいるの？」

「ああ、母さんは健在さ……それに妹がひとりいる……ぼくよりふたつ年下だ。おいおい！　なんだかぼくばかり質問されてるじゃないか！」

「不服でもおあり？」とクラッシーは訊いた。

「大ありさ！」とウォーターベリーは言った。「ぼくはきみに質問したいことが何千ってある。なぜそんなにきれいなのかとか……なぜこれまで結婚しなかったのかとか。シカゴの男たちはみんな目が見えないのかな」

「いいえ、ちゃんと見えてるわ」クラッシーは言葉を切ってウォーターベリーから煙草をうけとり、火をつけてくれるのを待った。「ほんとうのことを言うと」と彼女はつづけた。「わたしは数カ月まえにシカゴへ越してきたばかりなの」

「故郷はどこなんだい？」

「もともとはバークレーよ。でも、両親が事故で亡くなって……わたしがまだ幼かったとき。それからは……ほとんどは学校に通ってたわ……あとは、あちこち旅してまわったりしただけ」

「ほかに身よりは？」

「いないわ」とクラッシーは答えた。「遠縁の親戚がいるにはいるけど、それだけ」

「そいつは大変だな」ウォーターベリーは同情するように言った。

「それほどでもないわ」クラッシーは気丈に答えた。「幸いなことに、両親は充分なお金を遺してくれたの……生活の心配はせずにすむだけのものはね。でも、ときには……寂しいこともあったわ」彼女は腕時計に目をやった。「あら、もうこんな時間。そろそろ帰らないと」

「ぼくが車で送ってあげるよ」とウォーターベリーは言った。「今回のキャンペーン中は、車が一台自由に使えることになってるんだ」

「そうしていただけると嬉しいわ」とクラッシーは言った。

ウォーターベリーはクラッシーの部屋まで上がってきた。それから、クラッシーは飲み物をつくってやり、コリンズのお気にいりだった安楽椅子を勧めた。二人はそれをリビングルームのコーヒーテーブルでとった。ウォーターベリーは長い脚を伸ばし、煙草に火をつけ、両手をポケットにつっこんだ。

「ここが気にいったよ」

「ありがとう」

「このまま帰らずにすめばいいのに」ウォーターベリーの顔には表情がなく、目は天井に向けられたままだった。

「その気持ちはわたしもいっしょよ」とクラッシーは言った。「でも帰らないと。あなたもそれはわかってるでしょ」

「ぼくにはほとんど時間がないんだ……でも、そのあいだはずっときみといっしょにいたい」

クラッシーは首を横に振った。ウォーターベリーは椅子から立ちあがり、ソファーのほうへ近づいてくると、クラッシーの横にすわり、両手で彼女を抱きしめた。若い大尉はクラッシーにキスをした。クラッシーは偽りの情熱をこめてキスを返した。

「帰れなんて言わないでくれ。今夜だけは！」ウォーターベリーの声は切迫していた。

クラッシーはそっと彼の腕をほどき、両手で相手の顔をはさむと、まっすぐに目を見つめた。

「わたしと寝たいんでしょ？」

「ああ」ウォーターベリーは正直に答えた。

「だめよ」クラッシーはソファーの背後にまわり、両手を背中で組むと、小さな声でささやいた。「自分で確信が持てるまで待ちたいの」

「ぼくには確信がある。きみにはないのかい？」

「わからないわ……はっきりとは。でも、自分で確信が持てるまで待つつもりよ」

いくら説得されても、クラッシーの意志は変わらなかった。その夜、ウォーターベリーは将校クラブに帰っていった。

一週間後の十二月二十四日、クラッシーはデイナ・ウォーターベリーと結婚した。

ウォーターベリーは陸軍航空隊のコネを使い、優先的に飛行機の座席を確保すると、クリスマスを自分の家族と祝うため、クラッシーとフィラデルフィアへ飛んだ。

ウォーターベリーの実家は、赤煉瓦造りの四角い大きな屋敷だった。白い柱で支えられた丸屋根のポーチがついた屋敷は、市の繁華街から離れた閑静で上品な住宅街にあり、窓はどれも大きな緑色の鎧戸で守られ、どっしりしたスレート葺《ぶ》きの屋根はきれいに塗られていた。屋敷は通りからぐっと奥まった場所に建っているため、玄関までは石の敷かれた小道がくねくねと延びていた。小道の両側は生け垣になっていて、軍隊式の厳格さで刈りこまれている。いまは雪の重みで枝をしならせている何本かの巨木が、ひっそりと立ちはだかり、屋敷を表の通りから守っていた。

デイナ・ウォーターベリーはポーチに荷物を放りだし、ドアについた真鍮のノッカーを激しく叩き鳴らした。ドアをあけたのは年老いたメイドで、黒い制服をきちんと着こみ、白いエプロンをつけていた。

「メリークリスマス、ルビー!」とデイナは叫んだ。

「まあ……メリークリスマス、デイナ!」ルビーと呼ばれたメイドは嬉しげにそう叫ぶと、あわてて「ミスター・ウォーターベリー」と言い直した。それから、クラッシーに目をとめ、笑みを浮かべて脇に寄った。

「おいで、キャンディス」デイナはクラッシーに腕をまわし、ドアのなかへひっぱりこんだ。「さあここだよ。彼女はうちで働いてくれてるルビーだ。ルビー、こちらはぼくの妻……ミセス・ウォーターベリーだ」

ふいをつかれた驚きに、ルビーはぽかんと口をあけていたが、すぐに自分を取り戻した。「メリークリスマス、ミセス・ウォーターベリー。それから、おめでとうを言わせていただきますわ!」ルビーは混乱してデイナのほうをふりかえった。「というか、おぼっちゃまにおめでとうと言うつもりだったんです……ミスター・デイナ」

デイナは笑った。「母さんたちはどこだい? みんなに本物のクリスマス・プレゼントを見せなくちゃ！」

　そこへ、隣りの部屋から、背の高いすらっとした娘が駆けこんできた。デイナがふりむくと同時に、娘はいきなり彼の腕のなかへ飛びこんだ。

「デイナ！　デイナじゃない！」娘はデイナの首に腕を巻きつけ、熱烈にキスを浴びせた。

「ちょっと待ってくれよ、クリス」デイナは嬉しそうに抗議した。「頼むから放してくれ。おまえに真新しい妻を見せなくちゃ……」

　クラッシーは肩まで髪をのばした背の高い娘と向き合った。

「妻？　妻ですって！」クリスはびっくりしてデイナのほうをふりむき、それからクラッシーに微笑みかけた。「まあ、デイナ……兄さんって幸運ね！　こんなにきれいな人、いったいどこで見つけたの？」クリスは心をこめてクラッシーに手をさしのべ、愛情あふれる目でちらっと兄を見た。「デイナはときどき間が抜けているから……すっごいブスかなんかと結婚するんじゃないかって、いつも心配してたの。とにかく、わたしはクリスよ……いらっしゃい、おめでとう、それにメリークリスマス！」

「ありがとう。でも、幸運なのはわたしのほうだと思うわ」クラッシーはクリスに微笑み返し、デイナの腕を優しく胸にかきいだいた。

　デイナは二人の娘に手をまわし、ぎゅっと抱きしめると、にっこりと微笑んだ。「万事良好、めでたしめでたしって感じだな……きみたち二人がぼくのことをすばらしいと思ってくれるかぎりはね」

そのとき、デイナの両親のウォーターベリー夫妻が、ゆるやかな円を描いた幅の広い階段を降りてきた。

クリスが二人に気づいて叫んだ。「二人は結婚したんですって……すてきじゃないこと？」

「デイナ！」母親が一瞬足をとめた。

「おやおや、なんと……」ミスター・ウォーターベリーが穏やかな声で言った。

階段のいちばん下までくると、夫妻は二人のほうへ駆け寄った。

「おめでとう」ミスター・ウォーターベリーが心をこめて息子に言った。「で、花嫁にキスをしていいのかな？」

ウォーターベリー一家はクリスマスのディナーに客を招待していた。疲れた顔に深いしわを刻んだ背の高い白髪の男で、デイナの父の古くからの友人であり、共同経営者だった。妻に先立たれたため、クリスマスをフィラデルフィアで過ごすのだという。男の名はハワード・モンロー・パワーズといった。

広々とした古いダイニングルームの、白いテーブルクロスのかかった大きなテーブルにつき、クラッシーは栗を詰めた七面鳥にマッシュドポテトとサツマイモ、クランベリーソースなどを添えた料理をふるまわれた。つけあわせ料理やサラダの皿もところ狭しと並んでいる。

「マリアはいまごろどうしているのかしら？」とクラッシーは心のなかで思った。「なんてこと！　なんでそんなことを考えたりしたの？」突然、両手が震えて冷たくなった。クラッシーは両手を膝のうえにのせ、そっと組んだ。「だめよ、あんな女のことなんか考えちゃ……ほかの誰のことも。いまのわたしはなに不自由していない。ここがわたしのいるべき場所なのよ」ずっしりと重い純銀製のフォークを手にとり、料理を食べはじめた。フォークの先はゆるやかな曲線を描き、ぴかぴかに磨きこまれていた。「クラッシーから、いまのわたしにお祝いの言葉を贈らせてもらうわ……メリークリスマス」彼女は心のなかでそっとつぶやいた。

「いったいいつまでここにいられるんだい？」とデイナの母親が訊いた。

「いろいろ策を弄したんだけど、四十八時間の休暇が精いっぱいだったんだ」とデイナは答えた。

「シカゴへ戻るのか？」と父親が訊いた。

「ああ」

「それからどこへ？」と母親。

「わからない。この公債キャンペーンが終わったら、たぶんまたヨーロッパに戻ることになると思う」

「どこに住むつもりなの、キャンディス？」クリスがクラッシーに訊いた。

「このままシカゴにいようと思うの……すくなくとも、しばらくのあいだは」とクラッシーは答えた。「小さいけれど居心地のいい住まいもあるし、いまは知り合いも何人かいるから……」

「ここへ越してきて、わたしたちといっしょに住めばいいじゃないか」とデイナの父親が言った。

「ぜひそうしたいですわ……もうすこしたったら、たぶん」クラッシーは巧みにかわした。

「心配することはないさ、チャールズ」パワーズが尊大な口調でデイナの父親に言った。「彼女がシカゴにいるかぎり、わたしが面倒をみるよ」パワーズはクラッシーのほうを向いてつづけた。「実際のところ、デイナがいないあいだになにかほしいものができたときには……ただわたしに言ってくれればいい」

クラッシーは目を伏せた。「憶えておきます」

「ハワードおじさんの言葉は社交辞令なんかじゃなくってよ」とクリスが言った。「だって、おじさんはとてつもないお金持ちなんですもの。ほんと、世間に申し訳がたたないくらい」

パワーズは面白がって笑った。「まだ小さかったころは、そうは思ってなかったじゃないか。きみのお父さんが馬を買ってくれなかったときのことは、よく憶えてるぞ」

「ええ、そうよ!」クリスは顔を輝かせた。「代わりにおじさんが買ってくれたわ。おかげで父さんはカンカン」

チャールズ・ウォーターベリーは抗議した。「馬を持つにはおまえが小さすぎると思ったからさ……それだけのことだ」

「いまの話から引きだされる教訓はだ」と、デイナがクラッシーに言った。「ぼくの出征中にもしきみが馬をほしくなったら……ハワードおじさんに会いに行けばいいってことさ」

「キャンディスはそんなことなんかしませんよ」真面目な顔をして、デイナの母親が言った。「おまえの父さんだって、馬くらいいくらだって買えるんですからね」そして、クラッシーも笑いの輪にくわわった。

翌日、クラッシーとデイナは飛行機でシカゴに戻った。二人が結婚した日、デイナは自分の荷物を彼女の部屋に運びこんでいた。そこで二人は、〈レイク・タワーズ〉でなに不足ない新たな生活をはじめた。ときどき、デイナは二、三日ほど家をあけることがあった。公債の募集キャンペーンのため、デトロイトやクリーヴランド、インディアナポリス、セントルイス、カンザスシティ、ミネアポリス、ミルウォーキーなどへ行くためだった。そうした旅からシカゴへ戻ってくると、デイナはすっかり疲弊しきっていた。

「こんどの戦争は金と物資が決め手なんだ」あるときデイナは、手に持ったグラスをまわして氷のたてる音を聞きながら、クラッシーに言ったことがある。「ときどき、ぼくはとんでもない馬鹿になったような気がするよ。みんなのさらし者にされるんだからな。『みなさん』」デイナはふざけて口真似をした。「『ここにいらっしゃるのはウォーターベリー大尉です。ウォーターベリー大尉は、ナチの戦闘機に二十回も撃墜されました……そのウォーターベリー大尉がいまここで、みなさんにお願いします。もっと公債を買いましょう……もっと公債を!』」デイナは椅子にすわったまま前かがみになり、両手で頭をかかえてから、ふたたび背筋を伸ばした。

「ところがほんとのことをいえば、誰が公債を買おうが買うまいが、ウォーターベリー大尉はいっさい知っちゃいないんだ。いまのウォーターベリー大尉が心配してるのは、いつ命令が下ってヨーロッパにふたたび送りこまれ……このケツを吹き飛ばされるかどうかだけさ！」

一月がいつしか二月になり、やがて三月になった。三月に、デイナ・ウォーターベリーへの命令が下った。「キャンペーンは終わりってことらしいな」とデイナはクラッシーに言った。出征の前日の夜、デイナはクラッシーを〈ヤー〉へディナーに連れていった。

かつては静かで上品なレストランだった〈ヤー〉は、雑多な客の声が渦巻く騒々しい場所になっていた。隅の小さなテーブルにつくと、デイナは手のこんだ料理とシャンパンの特大ボトルを一本注文した。「ぼくらはここから帰らない」デイナはクラッシーに言った。「あの瓶を一本まるまるあけて……さらにもっと飲むまではね。ここから出ていくときには、ぼくはすっかり酔っぱらい、とてつもなく幸せになってるはずだ。もちろんきみもだよ、ダーリン」

ジプシーの楽団が演奏をはじめた。デイナはむっつりと酒をつぎ、グラスを干した……何杯も何杯も。ようやく料理が運ばれてきたが、デイナはたまにしか手をつけなかった。クラッシーは黙ったまま、直接なにか質問されたときにだけ答えた。

いま、デイナは去ろうとしている。クラッシーは悲しかった。けれど、その悲しみは個人的なものではなく……デイナとも、クラッシー自身とも関係がなかった。もちろん、デイナがいなくなれば淋しく思うことだろう……しかし、それは愛しているからではない。クラッシーは幻想に惑わされたりはしなかった……ただ自分は、またもやひとりぼっちになってしまう。デイナは自分の名前をあたえることでクラッシーを守り、彼女に新しい確固とした社会的地位を授けてくれた。クラッシーは未来に目を向けまいとした……この戦争が終わったあとのことには……ふたたびデイナとの生活をつづけなければならないときのことは。

クラッシーはデイナといっしょにいると、自分がしっかりと守られている気がした。デイナの自信と悩みを知らない快活さは、どんなときでも心を浮きたたせてくれた。彼のクラッシーへの愛は純粋で、その愛につつまれていると、自分は安定した人生を送っているのだという満足感を得ることができた。デイナがいなくなったら、人との親密なふれあいをきっと恋しく思うはずだった。

二人は〈ヤー〉を出て、〈レイク・タワーズ〉の部屋へ帰った。デイナはすっかり酔っぱらっていたが……幸せな気分にはなっていなかった。彼は黙って服を脱ぎ、シャワーを浴び、裸のままベッドに入った。クラッシーはしばらくバスルームでぐずぐずしていた。しかし、ようやく明かりを消し、デイナの隣りにすべりこんだ。デイナは飢えたようにクラッシーを抱き寄せ、ことが終わると、クラッシーの隣りに横たわり、頭を彼女の腕にのせ、乳房に軽く顔を押し当てた。

クラッシーはふと気づくと、デイナの腕に抱かれて愛を交わしたほかの夜のことを考えていた。不快というわけではなかったけれど——とクラッシーは思った——完璧な満足感を味わったことは一度としてなかったし、デイナの情熱が彼女を忘我の彼方へと押し流してくれることもなかった。自分には感じているふりができることを、クラッシーは知っていた……いかにも本当らしく、真に迫った演技で。そんなとき、クラッシーはある種の肉体的な満足感を覚えた。しかしそれは、感情とはまったく無縁だった。

クラッシーはふとわれに返ると、ほっと身体から力を抜いた。

「ぼくたち、あまり多くのことは話し合わなかったね」突然、デイナが言った。「今夜は、ぼくがどれだけきみを愛しているかを話すこともできる。でも、そのかわりに……ほかに話しておかなきゃならないことがあるんだ……」

「言わずにいるのがいちばんいいことだってあると思うわ」とクラッシーは答えた。

「いいや」とデイナは言った。「これはお金とおなじくらい日々の生活に関係した話なんだ。きのう、ぼくはハワードおじさんのところへ行って、おじさんの弁護士に会ってきた。なにがどうなっているか、いまきみに教えておきたい……もしなにかがぼくの身に起こったときのために」

クラッシーは黙りこんだ。

「きみには月々三百ドルの小切手が送られるように手配してある」とデイナはつづけた。「ぼくの外地勤務手当からね。それと、政府保険の名義をきみに書き換えた……祖母の遺産の名義も」

「そんな必要はないわ」とクラッシーは不満そうにつぶやいた。「お金ならじゅうぶんに持っているもの」

「たいした額じゃないんだ。祖母は死んだとき、クリスとぼくにそれぞれ二万ドル遺してくれた。ぼくの名義になっている金はそれだけだ」デイナはいったん言葉を切った。「万が一……ぼくの身になにかがあって……もっと必要になったら、父さんがきみの面倒を見てくれるはずだ。父さんはどっさり財産を持ってるからね」

クラッシーはなにも言わなかった。デイナが眠りに落ちるまで、クラッシーは彼の頭をなでつづけた。

翌朝、デイナ・ウォーターベリーは去っていった。クラッシーの生活にはほとんど変化がなかったが、デイナと結婚したことで、いくつかの出来事があった。まず、四月に三百ドルの小切手をうけとった。つぎに、二回目の小切手を五月にうけとった。そして、おなじ月の末に、デイナ・ウォーターベリー大尉がドイツで戦死したという知らせをうけとった。その結果、クラッシーのもとには、一万ドル相当の政府保険と、デイナの祖母が遺した二万ドルが転がりこんだ。さらに、思いがけない入金もあった。これは七千五百ドルの生命保険証券で、デイナがクラッシーに話し忘れていたものだった。

こうした金をうけとるにあたっては、ハワード・モンロー・パワーズが大いに手を貸してくれた。パワーズ自身が雇っている高級弁護士がすべてを処理してくれたため、クラッシーのすべき手続きと心配は最小限ですんだ。

レイク・ミシガン・ナショナル信託銀行の社長であるパワーズのオフィスは、誰もが畏怖してやまない権力の中枢だった。ここを訪れてパワーズのもとまで案内してもらうのが、クラッシーには楽しくてたまらなかった。彼女が入っていくと誰もがぴたりと話すのをやめ、尊敬と畏敬の念をもって迎えいれるからだ。パワーズはたいてい、革の備品とガラス製のレター・ホルダーのおかれた巨大なデスクにすわっていた。そのすぐ後ろには、アーチ型をした一枚ガラスの高い窓があり、盾をかたどったステンドグラスがはまっていた。琥珀色に輝く盾は、真紅の線で上下に二分されている。線の下には茶色い樫の実が、上には緑の樫の樹が描かれていて、盾のまわりをうねるように囲んでいるリボンには〈樫の実を大樹に育てるは、信頼の力なり〉というモットーが入っていた。クラッシーはそれを見て強い感銘をうけた。最初に見たときには、〈樫の実を大樹に育てるは、信販の力なり〉と読んでしまったのだが。そんなはずはなかったのでもう一度目をこらし……ようやくなんと書いてあるかがわかった。

パワーズはいつも、椅子から立ちあがって堂々とした足どりでデスクをまわってくると、クラッシーの両手を握りしめる。彼女の来訪が頻繁になるにつれ、パワーズが手を握っている時間も次第に長くなっていった。ある日の午後、パワーズは大声で言った。「いいかね、キャンディス。わたしはいつだってきみのことばかりを考えているんだ！」

「あなたが？」とクラッシーは訊いた。

「そうだとも。ここ数カ月というもの、きみは家に閉じこもったきり……どこへも行っていない。そいつはよくないぞ。きみはまだ若いんだ。人生はまだまだこれからなんだからな」

「わたし……わたしには、出歩くなんていいこととは思えませんわ。とにかく、まだ当分のあいだは」クラッシーはハンドバッグをあけ、小さくて可憐なハンカチをとりだし、まなじりをそっと押さえた。

「もちろんきみのいうとおりだ……ある意味ではね」パワーズはあわてて言い、愛情をこめて彼女の手をそっと叩いた。「しかし、なにごとにも限度というものがある。たしかに出歩くのはいいことじゃないかもしれん……酒を飲んだり、クラブで遊びはしゃぐんならね……しかし、オペラを見に行ったとしても、誰も後ろ指は差さないんじゃないか？」

クラッシーはいぶかしげに目を上げた。

「そうだとも」とパワーズは言った。「それなら問題なんてまったくない。知ってのとおり、わたしは特等席をシーズン契約している……今夜の演目は〈ラ・ボエーム〉だ。きみさえよければ……」パワーズはいったん言葉を切り、無理に小さく笑ってから先をつづけた。「結局のところ、わたしはきみの父親といってもおかしくないような年だからな。ハッ！」

「それどころか、祖父であってもおかしくないわ」と思いつつも、クラッシーは急いで訊いた。

「ほんとうに問題ないとお思いになります？　デイナに失礼じゃないかしら？」

「もちろんそんなことはありゃしないとも！」パワーズは心をこめて言い、彼女を安心させた。

「しかもそれだけじゃない。今夜、わたしのクラブでディナーをどうかと思っているんだ」

「それはすてきだと思いますけど」とクラッシーは答えた。

「なら決まりだ！　車を迎えにやらせるよ」パワーズは微笑み、もう一度クラッシーの手を軽く叩いた。

クラッシーの自宅の部屋には、小さな革のフレームに入った小型のカレンダーがあった。カレンダーには、美しい女性を描くことで有名なアーティストのイラストが入っていた。誇張された長い脚、蜂のようにくびれたウェスト、とてつもなく大きなバスト、そして官能的な目。月が変わるたびに、クラッシーはイラストの入った先月のカレンダーを丁寧にはぎ、ライティングデスクの引き出しに入れておいた。

カレンダーはデイナのものだった。戦地へおもむく際に、荷物のなかに入れ忘れたのだ。十二月になり、最後のイラストを見たとき、クラッシーはデイナが死んで半年たつことに気づいた。突然の衝動に駆られ、クラッシーはデスクの引き出しをあけ、古いイラストをとりだした。小さな革のフレームも手にとり、イラストといっしょにキッチンへ持っていくと、すべてゴミ箱に投げ捨てた。罪悪感はまるでなかった。こんなことをしたのは悲しみのせいではない。それどころか、突然ほっとした気持ちがふくれあがるのを感じた。クラッシーの人生の一部はふたたび終わりを告げたのだ。デイナのカレンダーに印刷された日々に終わりがきたように。

最初のうちは、クリスがときどき手紙をくれたし、デイナの母親からも何通か手紙が届いた。

そのたびに、クラッシーは短いが丁重な返信をしたためた。やがて手紙のやりとりは間遠になり、いまやデイナの家族に関するニュースは、ハワード・パワーズからもたらされるものだけになっていた。

いくらもたたないうちに、パワーズはクラッシーを頻繁に連れ歩くようになった……芝居に、コンサートに、そしてオペラに。デイナの死から半年がたち、パワーズの慈愛に満ちたおじのような態度は徐々に変化しつつあった。

クラッシーはこの変化をわざと後押しした。パワーズは自分の気持ちをあからさまには見せないように気をつけていたし、自分の威厳と自尊心を失うことなくいつでも身を引けるよう、ある一線は決して越えようとしなかった。いまでもクラッシーの手を軽くたたくし、劇場では握りしめてもくる。ごくまれに、車のシートの背になにげなく腕をかけ、クラッシーの肩に軽く触れることもあった。パワーズの所有意識が肥大化していくのをとめるようなことを、クラッシーはいっさいしなかった。ことあるごとに自分の服装のことでアドバイスを請い、代わりに、パワーズの容姿や、新しいスーツや、演劇や音楽の趣味を褒《ほ》めた。

クラッシーはまた、いくばくかの自分のお金を、パワーズに頼んで株や公債に投資してもらった。こうした投資は決まって利益をもたらした。そんなあるときのこと、クラッシーはパワーズに純金のシガレット・ライターを贈った。「わたしが知っているなかで、あなたはいちばん頭の切れる人だわ」クラッシーはそう言って、ふざけたようにキスをした。パワーズは自分もふざけたふりをしてキスを返したが、クラッシーには相手の真意が手にとるようだった。「わたしが知ってるなかで、きみはいちばんすてきな娘さんだよ」と、パワーズは優しく答えた。「こんなものを贈ってもらったからには、なにかまた特別すてきなことをしてあげないといかんな」

一九四四年はまたたくまに過ぎ去り、一九四五年になった。やがて夏がきたときには、パワーズはすっかりクラッシーにのぼせあがっていた。これこそクラッシーが長いあいだ心に思い描いていた状況だった。これまで最大限の努力を重ねてきたのも、すべてこのためだ。ただし、この状況をいったいどこまで推し進め、最後にはどうやって終わらせるか——それはまだクラッシーも決めていなかった。

パワーズはすでに六十代の後半だったが、いまだに若々しかった。妻は二十年ほどまえに死んでおり……子供はなかった。莫大な個人資産を持っているにもかかわらず、パワーズは孤独な人生を送っていた。知人の数はごくかぎられており、個人的な友人にいたっては指で数えるほどしかいない。妻が死んだとき、パワーズは大きなタウンハウスを売却し、その後しばらくしてフォレスト湖の農場も売り払った。ダウンタウンのクラブとレイクショア・ドライブのマンションで交互に生活し、私生活ではほとんど金を使わなかった。

唯一の例外はローレライ号という、ディーゼル補助エンジンを装備した全長十七メートルの美しいスクーナーだった。戦時中、この船はドックに入っていたが、パワーズはそれを再装備してクルーを雇い、五大湖をマッキノー島経由でバッファローまで向かう一カ月のクルーズを計画し、クラッシーを喜ばせた。

クラッシーは長く優美な曲線を描くローレライ号の船体が好きで、何時間も船尾に横たわっては、青い湖面に延びるクリームのような白い航跡を見つめつづけた。さもなければ、あおむけになって額に腕をかざし、マホガニーの甲板にそびえるマストを見上げ、空を背にふくらんだ白い帆を眺めた。ときどき、パワーズと船長はクラッシーに舵輪を握らせてくれた。クラッシーは足を大きくひらいてふんばり、真鍮で補強した大きな舵輪を握り、自分の手のなかでローレライ号が生きもののように息づくのを感じるのだった。

しかし、夜になると、クラッシーは狭い専用キャビンの寝棚に横たわり、寝つかれぬままに物思いにふけった。そして心のなかで、ハワード・モンロー・パワーズの財産と影響力のひとつひとつを数えあげた。「これがわたしのものになるかもしれない……これも……これも……それにこれも」パワーズなら、クラッシーがこれまでずっと探し求めていた金銭的な安定をあたえてくれるだろう。ヤードの薄汚い小さな家に逆戻りする心配もなくなるし、特売場の安っぽい模造のシルクドレスを買う必要も、客でごったがえした安物雑貨店のカウンターで下着の奪い合いをする必要もなくなる。

ときには、甲板が軋むのが気になって眠れず、その音に耳をすます夜もあった。そんなとき、クラッシーは父のベッドが軋む音を思いだして一瞬だけ恐慌をきたし、マリアが裸足でペタペ夕と歩きまわる音が聞こえてくるのを待つのだった。

その気になれば、パワーズと結婚できることはわかっていた。たぶんそれが自分の望みなのだろうという確信もある。けれど、クラッシーは本能的に最後の一歩を踏みだすのを躊躇《ちゅうちょ》していた。自分にはいま、ほかに男はいない――ウォーターベリーの死後は、誰とも深い関係を築かないように気をつけてきた。ウォーターベリーの名前は、クラッシーに確固とした社会的地位をあたえてくれた。パワーズや彼の友人がなんのためらいもなくクラッシーをうけいれたのも、それが理由だ。クラッシーはこの非常に貴重な財産を危険にさらさないように細心の注意を払い、ほんのわずかな傷もつけないように努めてきた。それこそが、パワーズの莫大な財産へとつづく扉をあけるための鍵なのだ……もし、あの男との結婚を自分に強いることさえできれば。

方法はもうひとつあった。クラッシーはよくそれを考えた。「身体をゆるすくらいなら我慢できるかもしれない。でも、パワーズは堅物だし、世間体を気にするから、きっとうまくいきっこないわ。ここのところ、あの男は良心の呵責《かしやく》にさいなまれはじめているもの。下手をするとすべてがご破算になってしまいかねない」もしそのとおりだとしたら、クラッシーはいちばん強力な武器を――パワーズからの尊敬を――失ってしまう。彼女はまた、コリンズに圧力をかけたときとおなじ手を使ったらどうだろうとも考えた。パワーズと一夜かぎりの関係を結び、妊娠したという知らせをつきつけてやるのだ。しかし、コリンズからは示談を勝ちとるのに成功したが、パワーズが相手ではうまくいかないだろう。コリンズとパワーズでは、そもそも背景となる事情がまったくちがっている。コリンズは結婚しており、金銭的には妻に頼っていた。一方、パワーズは自由だ。それに、あの年で自分に子供ができたとなれば、おそらく子供と会う権利を主張するだろう。それどころか、養子として引きとると言いだすかもしれない。

クラッシーはこの問題を心のなかでくりかえし考え、何時間も物思いにふけった。最終的に彼女は、これまでに見てきたパワーズの性格を自分の経験と本能を頼りに分析した結果、パワーズと結婚するしかないという気乗りのしない結論に達した。あの男と肌を合わせるかと思うと強烈な嫌悪感が湧いてきた。「でも、彼はもう七十近いのよ」とクラッシーは思った。「老い先は長くないはずだわ。あと一、二年で死んでくれるかもしれない。それに、あれくらいの年の男なら、扱いに困り果てることもないんじゃないかしら。そもそも、そう頻繁には身体を求めてくることもないだろうし」

甲板にふりそそぐまばゆい光の下で、クラッシーはパワーズの身体をじっくりと眺めた。上半身裸になったパワーズは、白いフランネルのズボンに、ゴム底の白いカンバス地のセーリング・シューズをはいていた。クラッシーは、腕の肉のたるみ具合や、筋肉の落ちた貧相な胸を観察した。肌はすっかり日焼けしているにもかかわらず、いかにも老人くさい。弱々しいたるんだ筋肉しかない顎と、目じりや額や口元に刻まれた無数のしわが、否定しがたい老いを高らかに告げている。たしかにパワーズはうまく年をとっているし、贅肉のない身体は背筋がぴんと伸びている。それは認めよう。しかも、その銀髪と内に秘めた威厳のおかげで、周囲の尊敬を勝ち得ている。

「でも、愛は感じないわ」とクラッシーは思った。「欲望さえも」パワーズのかさついた生温かい手のひらで腕や手をなでられると、彼女は思わずぞっとしていた。そう頻繁ではないとはいえ、血色の悪い唇で軽くキスされるのも不快だった。「でも、実際パワーズは老人なんですもの」クラッシーは何度も自分に言い聞かせた。「数年くらいだったら耐えられるわ。そのあとは？　ミセス・ハワード・モンロー・パワーズは、使いきれないほどのお金を手にいれることになるのよ！　それから死ぬまで……望むものすべてが……自分のものになるんだわ！」

マッキノー島からの帰途、ローレライ号はあと二十四時間でシカゴへ着く地点までやってきた。船上での最後の夜、クラッシーは船長室でパワーズと夕食をともにした。スチュワードが食後の皿を片づけているあいだ、二人は食後のブランデーを楽しんだ。突然、クラッシーは自分のブランデーをコーヒーカップのなかにあけ、パワーズを見上げて微笑んだ。

「今夜は何ガロンもブランデーを飲みたい気分だわ。なんだかとっても憂鬱で……」

「なぜだね？」とパワーズが訊いた。

「なぜって……この楽しい旅が……このとっても美しいローレライ号が……」クラッシーは一瞬だけ言葉を切り、最後にぽつりと言った。「これが永遠につづけばいいのに」

「どんな旅にも、いつかは終わりのときがくるさ」パワーズは気どった口調で言った。

「さまよえるオランダ船でもないかぎりはね」とクラッシーは言った。

「まさかきみは、あの幽霊船みたいに……」

「いいえ、もちろんそんなことはないわ。ただちょっとふざけてるだけ。でも、嘘でもお世辞でもなく……今回の旅はとてもすばらしかったわ、ハワード。それに……」クラッシーはためらい、恥ずかしげに目を伏せた。「あなたに会えなくて淋しくなるわ」

「いつだって会えるじゃないか」

「あら、それはそうよ……でも、毎日というわけにはいかないでしょう？……今回の旅みたいに。こんなことを言うなんて、わたしってずうずうしいかしら、ハワード？」

「そんなことはないとも……まったくね！　こんなに光栄なことはない」

「わたしったら、どういうわけかあなたにすっかり頼りきってるの」クラッシーはそっとささやいた。「わたしの人生のいちばん素敵なものは、すべてあなたに結びついているわ……ディナーも、芝居も……人に会うことも……」

「わたしは、きみがいつかそう言ってくれることを願っていたんだよ、キャンディス」

「でも……実際そのとおりなんですもの！　わたしはあなたに会うのが楽しみなのよ、ハワード。いつだって、あなたといるときがいちばん幸せ」

「わたしはときどき、きみの時間を独占しすぎているんじゃないかと思うんだ」パワーズはためらいがちに言った。「たぶんきみはもっと……その……若い男と出歩いたほうがいいんじゃないのかね」

「若い男ですって?」クラッシーは鼻で笑い飛ばした。「若い男にはもううんざりだわ……自分本位で、幼稚で、残酷で。あなたは若い男たちとはちがうわ……親切で、優しくて、思いやりがあって」

パワーズは自尊心をくすぐられて顔を輝かせたが、すぐに考えなおして言った。「しかし、わたしは……少々年をとりすぎている」

「わたしはそうは思わないわ!」クラッシーは真摯な表情を浮かべて言った。「あなたはわたしがこれまでに会ったなかで、いちばん興味深い人ですもの。しかもハンサムだし……ええ、そうよ、ハワード、わたしはほかの女の人たちがあなたを見るときの視線にちゃんと気づいてるわ……」パワーズはキャビンの壁にかかった円形の鏡にちらっと目をやった。「それにあなたは、とっても……その、威厳があるし……」

「本気でそう思ってくれているのかね、キャンディス」とパワーズは訊いた。

「本気もなにも……こんなふうに感じたことは一度だってないわ!」

長い沈黙が流れた。パワーズは自分のグラスの底のブランデーをじっと眺めていたが、ようやくのことで口を開き、ゆっくりと言った。「キャンディス……きみもわたしに幸福を運んできてくれた。きみの好きなことをするのは、わたしにも楽しかった。だが、デイナのことがある……それに、デイナの父親のことがね……なんと言ったらいいかわからんのだが……」

「デイナのことは忘れて！」クラッシーは強い口調で言った。「ウォーターベリー家の人たちのことも、二度と口にしないで。デイナは死んでしまって……二度と戻ってこないんですもの。彼のことは、もうほとんど忘れてしまったわ。ハワード、あなたが忘れさせてくれたのよ！」

「なら」パワーズは深く息を吸いこんだ。「わたしはこれからも、きみに彼のことを忘れさせつづけたい……」

「まあ、ハワード、なんてすてきなプロポーズなの！」クラッシーがそう言って笑うと、パワーズは突然口をつぐんだ。

しばらくパワーズは、驚きのあまりクラッシーを凝視していた。しかし、やがてしっかりとした声で答えた。「そう、たしかにそうだ。プロポーズの言葉と考えてもらってかまわない」

クラッシーは椅子を後ろに押して立ちあがると、すべるようにぐるっとテーブルをまわり、パワーズの膝に飛びこんで首に腕を巻きつけた。

「ダーリン！」とささやき、クラッシーはパワーズの耳に鼻をすりよせた。「わたしの大切な人、愛しいハワード……」

パワーズはクラッシーの唇にまともにキスをし、「結婚式はいつ挙げる？」と訊いた。

「いますぐじゃないほうがいいわ」クラッシーはあわてて言った。「まずは、しばらく婚約期間をおきましょうよ。あなたと婚約してるなんて、とってもすてきだわ。すごく楽しい時が過ごせるはずよ……それから結婚するの。最後にデザートをとっておくみたいに」

パワーズは笑い、クラッシーを強く抱きしめた。

翌日、ローレライ号はシカゴに到着した。その日のうちに、パワーズはクラッシーに八カラットのダイヤモンドの婚約指輪を贈った。二人の婚約は、正式には告知されなかった。

しかし、パワーズはデイナの家族には手紙を書くべきだと言い張った。クラッシーは反対したが、結局は折れ、クリスに手紙を書いた。パワーズ自身は、チャールズ・ウォーターベリーに二人の婚約を冗談めかして伝える長い手紙を書いた。クリスはクラッシーに返事を寄こさなかった。一方、パワーズのほうは、たった四行だけのそっけない祝福の返事をうけとった。それ以降、クラッシーとパワーズは、二度とウォーターベリー家の人々の話をしなかった。

その年の秋から冬にかけて、クラッシーは毎晩パワーズと夕食をともにし、しばしばいっしょにオペラへ出かけた。ときたまクラッシーは、自分の部屋へパワーズを夕食に招待した。パワーズはクラッシーに気ままな生活をさせていることに満足しているようで、彼女のプライバシーにはいっさい干渉しなかった。

婚約はしたものの、二人の関係は——公的にも私的にも——ほとんど変わらなかった。パワーズの所有意識は、大きくもならない代わりに小さくもならず、パワーズと肌を重ねることへのクラッシーの嫌悪感は、向こうがそれ以上要求してこないにつれ、徐々に薄れていった。パワーズは感謝祭まえに結婚したがったが、クラッシーはそれをクリスマスまで延ばし、さらに新年になるまで延期した。

一九四六年の一月十七日、クラッシーはとうとうハワード・モンロー・パワーズと結婚した。式はヴィソロッティ郡判事の手により、判事自身の執務室で執り行なわれた。静かな結婚式で、出席したのはクラッシーとパワーズと判事、それにプロの立会人が二人だけだった。式が終わると、クラッシーとパワーズは新聞がことの重要性に気づくより早く、メキシコ・シティへハネムーンに出発した。

ハネムーンは平穏無事にはすまなかった。パワーズの所有意識は、すぐさま露骨になった。パワーズは驚くほどの能力とスタミナを発揮し、クラッシーの身体をむさぼった。彼の要求は執拗で激しく、はじめての夜から、クラッシーは嫌悪感を隠すのに必死だった。毎晩、パワーズが隣りで眠ってしまうと、彼女は身体の震えを必死で抑え、ヒステリーの発作を喉の奥にのみこんだ。そして、目を固く閉じたまま、心のなかで黒いビロードのカーテンをじっと見つめるのだった。「このカーテンは黒い」とクラッシーは自分に言い聞かせた。「そして、わたしは眠くなる」彼女はこれを何度も何度もくりかえした。ときには、黒いカーテンが目のまえから消えて眠りに落ちるのは、太陽が燦々《さんさん》と輝く昼になってからだった。

一九四九年になるころには、クラッシーは眠りにつくのに黒いカーテンの助けを借りなくなっていた。

代わりに、睡眠薬を飲むようになっていた。

第6章　ダニーとクラッシー

パワーズの住所をつきとめるのは、鼻の頭にできたにきびを見つけるくらい簡単だった。たんに電話帳を開けばいいだけの話だったからだ。そこは……レイクショア・ドライブにある豪華なマンションだった。おれは建物を見に行き、数分ほど通りの反対側をぶらついた……たまたま出てきたクラッシーに会えるかもしれないという、わずかな可能性に賭けて。二分ほどしてから、おれはその場をあとにした。下手にうろついて人目につきたくはなかった。

その夜、自分の部屋で、おれは何度も考えた。「いいか、ダニー。おまえはクラッシーを見つけた。しかし、いったいぜんたい、これからどうするつもりだ？」

まさか、いきなり彼女のまえへ歩いていって、「やあ、ぼくはきみを知ってるんだ。きみのほうはぼくを知らないし……聞いたこともないだろうけどね。ぼくはストックヤードからここまで、ずっときみの足跡を追ってきたんだよ、ベイビー。ほんと、きみは最高さ！」と言うわけにはいかない。なにか策を練る必要がある。

とうとう、おれはいいアイディアを思いついた。最高の手とはいえないが、それ以上の案を思いつくことはできなかった。おれは小さな青いノートとハンド・クロッカー（手に握って小さなボタンを押す例のあれだ）を買った。クロッカーにはボタンを押した回数が表示される。おれはクラッシーの住むマンションへ戻ると、通りの角に立ち、車が通るたびにクロッカーのボタンを押した。そして、一時間ごとに、時刻と通りすぎた車の台数を書きこんだ。一度だけ、小さな子供が寄ってきて、なにをしているのかと尋ねた。おれは交通調査をしているんだと答えた。ほかの人間は、わざわざ訊いてもこなかった。

十一時三十分過ぎ、背の高い黒髪の女性がマンションから出てきてタクシーに乗りこんだ。マンションまえの通りを渡った向かい側にはタクシー乗り場があった。ただし、おれの立っている場所からはかなり離れていたので、それがクラッシーなのかどうかははっきりしなかった。その女が去ってからも、おれはもう一時間ほどそこに立っていた。

翌日、ふたたびほぼおなじ時間に、きのうとおなじ女が建物から出てきた。こんどはもっと角に近い場所に立っていたので、きのうよりよく見ることができた。疑問の余地はなかった。

クラッシーだった。

思っていたよりもやせており、帽子についた短いヴェールで目を覆っているため、はっきりとは顔が見えなかった。クラッシーが乗りこむとタクシーは走り去った。たんなる勘でしかなかったが、おそらく毎日ほぼおなじ時間にマンションを出るのだろう。彼女を尾行するのに、通りの反対側で客待ちしているタクシーを使うのは危険だった。クラッシーを知っている運転手に当たってしまう可能性があるからだ。そこで、翌日おれはダウンタウンでタクシーを拾い、十一時三十分にレイクショア・ドライブに向かった。運転手はマンションのまえを通りすぎ、路肩に寄せてタクシーを停めた。おれたちは待った。数分もしないうちにクラッシーが出てきて、通りを渡ってタクシーに乗りこんだ。クラッシーを乗せたタクシーはループ地区に向かった。おれは運転手に、あのタクシーを追ってくれと頼んだ。

クラッシーの乗ったタクシーはミシガン通りを南下し、橋を渡ると、右折してウォバッシュ通りに入り、高架鉄道の下を走りはじめた。モンローの南にくると、タクシーはオフィスビルのまえで停まった。クラッシーが出てきた。おれは運転手に料金を払い、あとを追ってロビーに入った。クラッシーはすでにエレベーターに乗りこむところだった。エレベーターはかなり混んでいた。なのに、さらに何人かが乗ろうとしている。そこでおれも無理やり身体を押しこんだ。クラッシーはこっちに気づきもしなかった。

クラッシーは三階で降り、ふりむきもせずに廊下を歩いていった。廊下のつきあたりには、部屋番号も名前も出ていないがっしりしたクルミ材のドアがあった。クラッシーがノックしてしばらくすると、ドアが開いた。彼女はなかに入った。おれはドアを見つめたまま、その場に立ちつくした。

なにもできることは思いつかなかったので、廊下の反対端まで歩いていき、煙草に火をつけた。立ったまま煙草を吸い、これはいったいどういうことなのかと頭をひねった。エレベーターがふたたび止まり、男が二人降りてきた。二人はクラッシーとまったくおなじことをし、ドアの向こうに消えた。数分後、こんどは女がひとり現われた。それからつぎに男がひとり、そのつぎに男が二人、さらにそのまたつぎに女がもう二人。彼らは全員、クラッシーとおなじ部屋に入っていった。

しかし、もうそのころには、おれにもだいたいの見当がついていた。ここは秘密会員制のノミ屋なのだ。紹介もされずにのこのこ入りこむことはできないし、そんなつもりもなかった。まだクラッシーに会う準備は調っていない。それに、尾行していたことを向こうに知られたくなかった。

だが、ひとつだけわかったことがある。クラッシーは馬に賭けているのだ。ただし、金儲けが目当てのはずはない。あのパワーズ老人ほどの財産があれば、賭けるどころか、馬を買うことだってできるだろう。一時ごろ、ドアが開いてクラッシーが廊下へ出てきた。向こうがエレベーターに乗りこむまで、おれは背中を向けていた。エレベーターのドアが閉まるやいなや、階段を大急ぎで駆け降り、クラッシーが正面玄関から歩道へ出ていくのと同時にロビーについた。クラッシーはモンロー通りを歩いて東へ向かい、ミシガン通りへ出ると右折して、コングレス・ホテルをめざした。ホテルに着くと、ロビーの奥のレストランに入った。おれは外でぶらつき、ときどき入口のまえを通りすぎた。クラッシーはひとりでテーブルに向かい、ダブルのマティーニを三杯飲んだ。昼ひなかに飲むには、ちょいとばかり多すぎる量だ。そのあとで、軽いランチを注文した。誰かと待ち合わせをしている様子はまったくなかったし……誰も現われなかった。

クラッシーは皿の上の料理をいじくりまわし、すこしだけ食べ、勘定をすませた。店を出ると、タクシーを拾ってマンションに戻った。この日はここで切りあげることにして、おれはちょっとした仕事の件でオフィスに連絡を入れた。

それにしても、いったいどういうことなのだろう。馬に賭けるくらいなら電話一本ですむはずなのに、クラッシーはなぜ毎日出かけていくのか。おれには理解できなかった。もちろん、妻がギャンブルに興じるのをパワーズが快く思っていないとすれば話はべつだ。銀行家であるパワーズは、妻が現金をシャベルで投げ捨てるのを恥ずべきことだと考えているのだろう……しかし、金ならやつにはいくらでもあるはずだ。おれは最終的に、クラッシーは退屈してうんざりしているのだと判断を下した。馬券を買っているのは、ほかになにもやることがないからだ。昼間から何杯もマティーニを飲む姿を見て、おれはクラッシーが幸福でないことを確信していた……さもなければ、パワーズ老人に腹をたてているのだろう。

しかし、おれはまだいちばんの疑問に答えを出せずにいた。クラッシーとの出会いをどんなふうに仕組めばいいのか？　さらに、最初の出会いのあともおれと会いつづけたいと思わせるには、どうすればいいのか？　考えをめぐらす時間はたっぷりあったから、あせりはしなかった。とにかく、なにがあっても失敗は許されないのだ。

翌週はクラッシーのマンションに一度も近づかなかった。しかし、ある朝それ以上我慢できなくなり、ふと気づくと、おれは彼女のマンションへ向かっていた。マンションの一ブロック手前でレイクショア・ドライブから西へ折れ、アスター通りを渡った。アスター通りとノース・ステイト通りの中間に、屋内を小さく分割して高級アパートメントとして貸している、グレーストーン造りの古い大きな屋敷があった。屋敷の裏には、路地に面した小さな別棟があり、屋敷とその別棟をむすぶ私道には、ブラックウッドで内装されたブルーのステーションワゴンが停まっていた。しかし、屋敷と私道でつながっているにもかかわらず、別棟には屋敷のほうに面した壁にドアがなかった。玄関のドアは通りに面しているし、壁からひっこんだもうひとつの小さなドアは路地に面している。

私道では、おれとそう年のちがわない若者が、ステーションワゴンの後部に旅行鞄をつめていた。旅行鞄はどれも深みのある光沢を放っており、いかにも高級そうだった。おれがそこを通りかかったちょうどそのとき、通りの向こうからクリーニング屋のトラックがやってきて停まった。運転手はトラックを降り、クリーニングしたてのスーツを二着持って若者のほうへ近づいていった。若者は旅行鞄を下におろし、ふりかえってクリーニング屋に食ってかかった。

「おいおい、そのスーツはきのうまでに仕上げてくれと頼んでおいたじゃないか。荷造りはもうぜんぶ終わってしまったんだぞ。その二着のスーツのために、もう一度荷造りをしなおすのはまっぴらごめんだ」

クリーニング屋がなにか言ったが、おれには聞こえなかった。すると、若者は別棟を指さして言った。「わかったよ！　そいつは家のなかにおいといてくれ」クリーニング屋は路地に面したドアからなかに入っていき、すぐに手ぶらで出てきた。

「あのスーツのことはお詫びしますよ、ミスター・ホーマー」クリーニング屋は礼儀正しく言った。「とにかく、よいご旅行を」

「ああ」ホーマーと呼ばれた若者は、ステーションワゴンの後部ドアを閉めてロックし、車のフロントのほうへ歩いていった。

「お帰りはいつごろになるんですか？」とクリーニング屋が聞いた。

ホーマーは別棟の正面と脇のドアに鍵がかかっていることを確かめ、ステーションワゴンに乗りこんだ。「五月か……さもなきゃもっと先だな」と言い、ホーマーはアクセルを踏んだ。「戻ったら電話を入れるよ」

「ありがとうございます」とクリーニング屋は言った。「楽しんできてください」

ホーマーは手を振って走り去った。運のいいやつってのはいるもんだな、と考えながら、おれは歩きつづけた。あの若者はブルーのステーションワゴンでフロリダかアリゾナかカリフォルニアかどこかへ行き、六カ月間ゆっくりと休暇を満喫するのだ。しかし、そのときはそれ以上深く考えず、すぐに忘れてしまった。ふたたび思いだしたのは、その日の夜になってからだった。

おれはベッドの上で身体を起こし、パックを振って煙草を一本とりだし、クラッシーとの出会いをどんなふうに仕組むべきか考えていた。そのとき突然、ホーマーの記憶が甦った。やがて、ふとひとつのアイディアが浮かんだ。

その後おれは、ホーマーの住む別棟に数回ほど足を運んだ。誰かが生活している気配はまったくなかった。母屋である屋敷のほうを向いた壁には、窓もドアもない。窓があるのは通りに面している左右の壁だけで……屋敷からは別棟のなかの様子を見ることはできない。玄関のドアはステップを二段あがったところにあり、歩道から直接別棟に入れるようになっている。玄関脇の郵便受けには〈エドワード・A・ホーマー〉と表札が出ていた。出入口はほかに、路地に面している例の小さなドアがあるだけだ。

おれはムーン集金代理店のオフィスへ行き、二通の封筒に自分の住所を書いた……鉛筆で、非常に薄く。それから封筒のなかに白紙を何枚か入れ、封をし、投函した。翌朝、封筒は消印を押され、オフィスへ配達されてきた。おれは消しゴムで自分の名前と住所を消し、ミスター・エドワード・A・ホーマーの名前と別棟の住所をタイプで打った。ホーマーはおそらく、郵便局に郵便物の転送届けを出しているだろう。おれに必要なのは、つぎにすべきことのための身元証明書代わりになるものだった。

おれはクラーク通りへ行き、みすぼらしいちっぽけな店を見つけた。店の表には〈鍵つくります――五十セント〉という看板が出ている。おれはなかに入った。目の充血した老人が、カードテーブルほどの大きさしかないカウンターの奥で、背のまっすぐな椅子にすわっていた。

老人の後ろの壁のボードには、番号のふられた釘がずらっと突きでている。それぞれの釘には、未加工の鍵がたくさんぶらさがっていた。

「鍵をつくってほしいんだが」とおれは言った。

「合い鍵かね?」

「いや、ちがうんだ。数日旅行に出て、鍵束をなくしてしまってね。自分の家に入れなくなってしまったんだよ。うちまできて、鍵をつくってほしい」

「なにか身元を証明するものはお持ちかね?」と老人は訊いた。

「ああ」おれはホーマーの住所がタイプされた封筒をカウンターの上に放り投げた。「もっとなにか必要かい?」おれは運転免許証でも探すかのように、ポケットのなかをまさぐりはじめた。

「いいや、そいつで充分だ」老人は壁から未加工の鍵をひとつかみ手にとり、小さな道具をいくつかかき集め、ポケットにつっこんだ。おれは老人が店の戸締まりをするのを待ち、タクシーを拾って別棟に向かった。わざわざタクシーに乗るほどの距離ではなかったが、歩きだと途中で老人にあれこれ質問される心配があった。別棟に着くと、老人はステップを登って正面玄関のドアへ行こうとした。

「ちがう!　そのドアじゃない……そこには内側からチェーンがかかってるんだ。反対側のドアをあけてもらったほうがいい」おれはそう言って、路地のほうを指さした。老人がドアをいじくっているのを誰かに見られるわけにはいかないからだ。老人は肩をすくめ、角をまわり、路地に面した例の小さなドアまで歩いていった。おれは老人の横で壁にもたれかかり、煙草を吸った……上目づかいに、路地を通りすぎる車に目を光らせながら。しかし、車は一台も通らなかった。

仕事をしながら、老人は錠前についてもごもごとしゃべりつづけ、途中で一度、あまり熱心とはいえない口調で新しい錠前を売りつけようとした。やがて老人は、やっとのことで鍵穴に合う未加工の鍵を見つけると、カーボン紙でこすり、もう一度鍵穴につっこんだ。つぎに、ふたたび引き抜いた鍵を一、二分ほど検分してから、ポケットの道具をとりだし、鍵に刻み目を彫りはじめた。老人は数分ごとにそれをカーボン紙でこすり、鍵穴に差し、まわしてみた。最後にようやく鍵がまわり、ドアがぱっと開いた。

「ありがたい」おれはドアのまえに立ちはだかった。「いくらだい?」

「三ドルだよ」と老人は答えた。

「おいおい!」おれは錠前から鍵を抜いてポケットに入れた。「看板には五十セントと出ていたじゃないか!」

「五十セントは鍵代だ。残りの二ドル五十セントは出張費さ」

金を払うと、老人はすぐに立ち去った。おれはホーマーの家のなかに入った。路地に面したドアをあけると、暗くて短い廊下があり、キッチンへとつづいていた。キッチンの白いほうろうとクロームはぴかぴかに磨き抜かれていた。片隅には真っ黒に塗られた小さなダイニングテーブルと、木製の明るい色の椅子が四脚おいてあった。椅子には中国製の赤いシートが敷いてある。天井からは、中国の風景画が描かれた畝織りの絨毯を思わせる、ガラス繊維製の厚いパーティションが下がっている。パーティションは高さを調節できるようになっていて、いちばん下までおろすと、小食堂とキッチンを完全に仕切ることができた。

キッチンの先はリビングルームだった。非常に広い部屋で、建物の一階部分をほぼ独占している。床には濃いブリリアント・グリーンの絨毯が敷きつめられており、スイカのように赤いクッションのついたモダンな椅子が、部屋の中央にかたまっておかれ、巨大な暖炉のほうに向けてあった。エンドテーブルとコーヒーテーブルは黒く塗られている。暖炉も黒だが、金色の模様が入っている。暖炉の上の壁には、天井まである大きな鏡がはめこんであった。部屋の壁は黒っぽいグレーで、細い黒の額縁と白い大きな台紙で額装された絵がいくつかかかっている。通りに面した窓にはブラインドが下がり、天井から床まである大きなカーテンが一枚かかっていた。カーテンは紐を引いて開け閉めできるタイプのもので、窓が三つある壁をすべて覆えるようになっており、色は絨毯とおなじグリーンだった。

誇張でもなんでもなく、そこはとてつもなく豪華な部屋だった。

リビングルームには小さな階段があり、二階へ通じていた。二階にはガラス張りのシャワー室がついたバスルームと、特大ベッドのおかれた寝室と、さらにもうひとつ部屋があった。この最後の部屋は寝室とほぼおなじ広さで、書斎として使われていた。なかには木彫りのデスクと、小さなソファー、二脚の安楽椅子、ラジオ付きの大きなレコード・プレーヤー、それに小さなテレビがあり、壁には本棚とレコード・キャビネットが並んでいた。

おれは階段を降りてキッチンに戻った。キッチンのドアの裏には、クリーニング屋が一週間ほどまえに配達してきたスーツがかかっていた。スイッチを入れると、明かりがついた。流しの蛇口もためしてみた。水道も止められていない。しかし、リビングルームの電話は不通になっていた。

その日の午後、おれは電話会社に連絡を入れ、エドワード・A・ホーマーと名乗り、電話をまた使えるようにしてくれと頼んだ。「ただし、今回は非公開の番号がほしいんだ……電話帳には載せないでほしい」翌日、電話は使えるようになり、おれは非公開の電話番号をうけとった。

こうして、クラッシーと会う用意がととのった。

計画をたてるにあたって、先の先まで考え抜くことのできる者はいない。いまのおれにわかっているのは、自分はけちな集金代理店を経営するダニー・エイプリルだと自己紹介するわけにはいかないということだけだった。とはいっても、おれも馬鹿ではないから、大金持ちを装ったりするといつか無理が生じることもわかっていた。とにかく、一度クラッシーにおれという人間をよく知ってもらえれば、それまで身分を偽っていたことをたとえ明かしても、たいした問題にはならないだろう。

　おれはホーマーの家を使うと同時に、彼の名前も使うことに決めた。どんな失敗も犯すわけにはいかないことを考えれば、玄関からホーマーの名前をはずす気にはなれなかったからだ。ためしにホーマーのスーツのひとつを着てみると、ほとんど身体にぴったりだった。ネクタイは、クロゼットのドアの裏に何十本とかかっているなかから一本選んで締めた。こうしてめかしこむと、おれは二ブロック歩いてレイクショア・ドライブへ行き、左に曲がってもう一ブロック北へ向かい、クラッシーの住むマンションへとおもむいた。濃い栗色のミリタリー・コートを着たドアマンが、おれのためにドアをあけてくれた。

「ミスター・パワーズのフラットは何階かね？」とおれは訊いた。

「二十三階です」とドアマンは答えた。「お約束はございますか？」

「ああ。なぜだね？」

「ミスター・パワーズはただいまお出かけになられておりますので」

「かまわないんだ。代わりに、ミセス・パワーズにお会いするから」おれはドアマンの横をすり抜け、すばやくエレベーターに乗りこんだ。名前を訊かれ、上に内線で連絡を入れられるわけにはいかなかった。「二十三階へ」おれはエレベーター・ボーイに言った。

　エレベーターが音もなくスムーズに止まると、おれはフロアへ足を踏みだした。そこはパワーズ家専用の小さな玄関広間になっており、大理石のベンチと小さな噴水があった。どっしりした玄関のドアには、ばかでかい真鍮製のノッカーがついている。おれはドアのまえまで行き、ノッカーを持ちあげかけて、ドアの脇に小さな押しボタンがあるのに気がついた。おれはそれを押した。しばらくすると、執事がドアをあけた。執事は白い太った顔をしており、目の下の肉が過剰なほどたるんでいた。横わけにした灰色の髪は両脇を後ろになでつけてある。執事は上目づかいにおれを見て、挨拶の言葉を口にした。

「ミセス・パワーズにお会いしたいんだが」とおれは告げた。

「お約束はございますか?」

「いいや。しかし、たぶん会ってくれるはずだ。ちょっと待ってくれ」おれはノートのページをやぶりとり、そこに走り書きをした。〝とある競馬狂から、同好の士へ〟。おれはそれを何回か畳み、執事に渡した。「これをミセス・パワーズに届けてくれ。そして、ミスター・エドワード・A・ホーマーが会いたがっていると伝えてほしい」

執事はおれの目のまえでそっとドアを閉めた。玄関広間にひとり残されたおれは、噴水へ歩いていった。噴水には本物の金魚が泳ぎまわっていた。

数分後、背後でドアの開く音がし、穏やかでハスキーな声が響いた。「わたしに会いたいというのはあなた?」おれはふりかえった。

クラッシーだった。

一瞬、頭のなかが真っ白になり、なにも言えなかった。クラッシーは想像していたとおりの美しさで、おれがこれまでの人生で会ったなかでいちばん愛らしい女性だった。しかし、思っていたよりも老けている……年をとり、疲れている。落ちつきはらった顔の裏に、なんとも説明のしがたい疲労の色をたたえている。たぶんそう思わせるのは、彼女の目だろう——ちょっと見ただけでは、その目に秘められた激しさを誰もが見逃してしまうにちがいない。その目は見るべき対象に向けられてはいるが、同時に見まいとしている。黒く輝く髪は肩までたれ、顔に柔らかな威厳をあたえていた。上目づかいにこちらを見つめたまま、クラッシーはおれが答えるのを待っていた。もう一度質問をくりかえしてもらうまで、おれはなにを訊かれていたのかを忘れていた。

「ええ」とおれは言った。「あなたにお会いしたかったんです。名前は……ホーマーといいます」

クラッシーはなにも言わずにうなずいた。

「じつは……あなたを何度かお見かけしたことがありまして。その……例のクラブで」

「クラブ?」

「あのノミ屋ですよ」

「ああ」

「じつはこういうことなんです、ミセス・パワーズ」おれは口ごもりながらつづけた。「わたしは自分で商売をやっています。ちょっとしたノミ屋を開いているんです……それでその……

すぐそこの角を曲がったところに住んでいるものですから、わたしのところで賭けるほうがあなたにも便利ではないかと」

クラッシーはその場に立ったままこちらを見つめ、じっと話を聞きながらおれを値踏みしていた。

「だからその……わざわざダウンタウンまで出かけていく必要はないってことです」とおれは言った。「ほかの誰かに見られることもない」

「誰かに見られて、なにがいけないの？」

「そりゃもちろん、いけないわけじゃない……ただわたしが思うに、ミスター・パワーズはあまり快く思わないんじゃないかと……」

「たぶんね」クラッシーはそう言って、考えこむようにおれを眺めた。おれはいささか落ちつかない気分だった。向こうがなにを考えているかわからなかったからだ。やがて、クラッシーはなにかを心に決め、決断を下したらしかった。突然その顔に笑みが浮かび、気づまりな空気がふっとゆるんだ。「そうね」クラッシーはうなずいた。「試しにやってみてもいいわ」いったん言葉を切り、さらにつづけた。「わたしはこれまでいつも思ってたの。小規模な……ビジネスをやっている人を助けてあげたいって」顔に笑みが浮かび、目から激しさが消え、身体の緊張が解けたように見えた。

おれはノートをとりだし、自分の住所と電話番号――実際にはホーマーのものだが――を走り書きし、やぶりとって彼女に渡した。「賭けをするときは直接お出でいただいてもかまいませんし、電話でもけっこうです」

おれはエレベーターのまえまで歩いていき、ボタンを押した。クラッシーはふりかえって玄関のドアをあけた。おれが後ろに目をやると、彼女はドアのところで立ちどまっておれを見ていた。それから、指をひらひらさせ、ドアを閉めた。

建物を出るおれは、何枚も重ねたフォームラバーの上を歩いている気分だった。脚に小さな鋼鉄のスプリングが入っているかのようで、自分はこれまで一度も跳ねたことがなかったのではないかと思えるくらい足が弾んだ。気分はよかった……最高だった……天にも昇るようだった！ おれはクラッシーに会い、まんまと騙すことに成功したのだ。彼女がおれの話を信じたことで、ついに道が拓けた……広くて大きな道が……彼女にふたたび会うための。そして、これからも会いつづけるための。クラッシーは想像していたとおりの美しさだった。あれほど魅力的な女性は、どこを探したって見つかるもんじゃない！

しかし同時に、心配にもなってきた。クラッシーがいつ電話をかけてくるか、こちらには知りようがないからだ。おれはホーマーの家で電話に出なければならない。もし何回か電話をかけても誰も出なかったら、クラッシーはたぶんすべてをご破算にしてしまうだろう。ということは、昼のあいだはホーマーの家に張りついている必要がある。夜は問題なかった。どっちにしろ、クラッシーが夜に電話をかけてくることはないだろう。

翌日、おれは朝の九時にホーマーの家に行った。この日は夕方の六時までいたが、クラッシーからの電話はなかった。家に閉じこもって電話が鳴るのを待つのは、拷問以外のなにものでもなかった……しかも、電話は鳴らなかった。おれは長椅子に横になって手足をのばし、うたた寝をしようとした。しかし、気持ちがざわついて眠ることなどできなかった。午後になると腹がへったが、キッチンには食べるものがなにもなかった。こんど食料を買ってきておく必要がある、とおれは思った。その夜、おれは死ぬほどげっそりして自分の部屋へ戻った。

つぎの日、午前十一時ごろに電話が鳴った。心臓が喉から飛びだすほど胸が高鳴り、電話に出てもまともに話すことさえできなかった。しかし、それは電話会社からだった。彼らは電話がきちんと作動しているかを確認し、おれがサービスに満足しているか知りたがった。おれは文句なしだと答えておいた。クラッシーはこの日も電話をかけてこなかった。

さらにそのつぎの日になると、おれはすでに希望を失っていた。クラッシーはたんに話を聞くだけ聞いて、丁重におれを追い払ったのだろう。そのとき、ドアベルが鳴った。ブラインドの隙間からのぞいてみると、玄関のまえに彼女が立っていた。おれは大急ぎでドアをあけた。

クラッシーはリビングルームに入ってきて、さりげなく室内を見まわした。

「あなたがどんなふうに仕事をなさっているのか、ちょっと拝見させていただこうと思ったの、ミスター・ホーマー」

「お越しいただけて光栄ですよ」とおれは言った。

「お客でにぎわっているというわけではないみたいね」

「ええ。顧客の多くは電話で賭けをしますから。それに、こっちとしても慎重を期す必要がありますし」とおれは説明した。「あんまりたくさんの人間がここに出入りするのを見られたら、誰かに警察へ通報され、店を閉鎖されてしまうかもしれない」

クラッシーは真顔でうなずいた。「そうね、わたしももうこないようにするわ」

「あなたはべつですよ……ミセス・パワーズ」おれは慌てて言った。「いつでもきたいときにきてください。わたしはただ……説明しようと思っただけなんです……なぜここに人があまりいないかをね。さてと」おれは話題を変えた。「ちょうどいま、なにか一杯飲もうかと思ってたとこなんです……あなたもなにかお飲みになりますか？　スコッチ、マティーニ、それともブランデー？」おれは本物のホーマーが酒を豊富にとりそろえているのを見つけていた。酒はすべて、流し台の下の大きなほうろうのキャビネットにしまってあった。

「それはありがたいわ。マティーニをいただこうかしら……とってもドライなのを」

おれはキッチンへ行き、シェイカーを振った。リビングルームに戻ってみると、クラッシーは毛皮のコートを脱ぎ、ぼんやりと椅子にすわっていた。おれはマティーニを差しだした。彼女は一口飲んで味見をし、「おいしいわ」と言った。おれたちはすわったまま、馬についてあれこれ話し合った。クラッシーはおれに、ローレライ号というスクーナーの話をしてくれた。二杯目のマティーニを飲み終えたところで、彼女はハンドバッグをあけ、おれに二十ドルを手渡した。

「それをロケット・レディに賭けてちょうだい。きょうのサンタアニタの第六レース」とクラッシーは言った。「単勝で」

おれはそれを手早くノートにメモした。

「オッズはどうなっているの？」

おれは虚を突かれた。それから、適当に話を取り繕った。「相棒に電話をかけてみますよ」とおれは言った。「オッズ関係はそいつの担当なんです。わたしは接客関係を担当しているだけでね」おれは受話器を上げ、下宿屋を出て角を曲がってすぐの精肉市場の裏にある、小さなノミ屋の番号をダイヤルした。そのノミ屋はバックに犯罪組織がついており、サムという名の小男が運営していた。おれたち二人は顔を合わせることがよくあり、土曜の夜に偶然会ったときなど、いっしょに軽く酒をひっかけに行くことがあった。ただし、サムとはこの一カ月ほど話をしていない。おれはびっしょり汗をかいていた。もしやつにおれの声がわからなければ――もしくは、こちらが名乗らないとオッズを教えてくれなければ――すべての計画は水泡に帰してしまう。

「やあ、サムか？」とおれは訊いた。「サンタアニタの六番レース、ロケット・レディのオッズはどうなってる？」

「あんた誰だ？」サムは疑わしそうに訊いた。

「さっさと調べてくれ。四月《エイプリル》まで待ってるわけにはいかないんだ!」

「四月《エイプリル》だと?」サムは面食らっているらしかった。「いったい四月《エイプリル》がどうしたって……ああ、なんだ! おまえか、エイプリル! ダニー・エイプリルか?」

「そうだ」おれはほっとしてため息をついた。

「あのレディなら六対二だ」とサムは言った。

「わかった。すぐにかけなおすよ」おれは電話を切り、クラッシーのほうをふりむいて言った。

「六対二です」

「それでいいわ」クラッシーは立ちあがった。おれはコートを着るのを手伝った。ハンドバッグと手袋を持つと、クラッシーは玄関のほうへ歩きだした。

「すみませんが、ミセス・パワーズ」おれは丁重に声をかけた。「脇のドアを使っていただけますか?」

クラッシーは立ちどまってふりかえった。

「あなたのためを思ってのことなんです……おわかりでしょう。ここを借りたのはそれが理由なんですよ。出入りに脇のドアを使えますからね。通りから誰かに見られる心配がない。失礼かもしれませんが……」

「あら、失礼だなんて」クラッシーは微笑んだ。「そんなことちっともありませんわ、ミスター・ホーマー。それどころか、とてもいい考えじゃないかしら……」

クラッシーが去ってしまうと、おれはすぐさまサムに電話を入れ、彼女の賭けを頼んだ。

「おまえにしては大金じゃないか、ダニー」とサムは言った。

「ああ。しかし、いまじゃおれも自分の会社をかまえてるからな」

「なら、仕事のほうは調子がいいってことだな？」

「ぼちぼちさ」とおれは答えた。「なあ、サム、金のほうは、きょうの午後レースがはじまるまえにそっちへ持っていくよ。ただ、ひとつだけ訊いておきたいことがあるんだ。おれの信用度はどれくらいあるのかな？」

「そうさな」サムはゆっくりと言った。「ま、こういうことさ、ダニー。その男が金を必要としていなけりゃ、そいつの信用度は高い。おれの知ってるかぎりじゃ、おまえは正直で信用できる。しかし、なんだってそんなことを訊くんだ？」

「じつはここんところ、めったやたらと忙しいんだ。二、三日オフィスを空けることもめずらしくない。そこで相談なんだが、おれが電話で頼んだら、賭けをうけてくれるか？」

「ああ……無理のない範囲内ならな」

「つけはそっちに行ったときに払うよ」とおれは言った。「それが無理でも、月のはじめにはかならず清算する」

「おいおい、ダニー」とサムは言った。「おまえとおれは友だちだ。そして、おれは自分の友だちがトラブルに巻きこまれるのを見るのは好きじゃない。もちろん、おまえがそうしてほしいっていうんなら、つけで賭けさせてやるのはかまわん。しかしな、ダニー、忘れないでくれよ……金の取り立てをするのはおれじゃない。組織のやつらはその手の仕事のために……特別の連中を雇ってるんだ」

「ああ、わかってるさ」とおれは言った。

「オーケー、そういうことなら話は決まりだ」

それ以降、おれの生活パターンはいささか常軌を逸したものになってしまった。最初のうちは、毎日クラッシーに会っていたわけではない。彼女は二、三日つづけて電話で賭けをすることもあれば、二日ほどつづけて直接やってきて酒を飲んでいくこともあった。けれど、電話をかけてくるのも直接やってくるのも、時間帯はほぼ決まっていた。だいたい午前十一時から午後一時のあいだだ。ひとつにはレースをやっている時間帯ということもあるのだろうが、彼女の個人的な生活とも関係しているのだろう。たいてい、クラッシーは一日に一レースか二レース賭けた……どれも単勝で。賭け金はだいたい二十ドルから五十ドルのあいだ。おれはそれをサムに伝えた。

数日ほど顔を見せない日がつづくと、クラッシーは直接やってきて、おれが電話でうけた賭け金を支払う。彼女が帰ってしまうと、おれは歩いてサムのところへ行き、金を払う。ときたま予想が当たったときは、サムはおれに配当を払ってくれる。おれはそれをクラッシーに渡す。しかし、ほとんどは負けばかりだった。損失は月に六百ドルから千ドルにはなったはずだ。だが、クラッシーが気にしている様子はなかった。

ただし、ひとつだけ気になることがあった。ふつう、競馬狂にはギャンブル好きの血が流れている。やつらはやたらと熱くなる。しかし、クラッシーはちがっていた。勝ち負けにとくに興味があるようには見えなかった。競馬で負けた損失など、彼女にしてみればどうってことないものだったのだろう。しかし、勝ったときでも、たいして興奮している様子はなかった。それともうひとつ、たいていの競馬狂は延々と時間をつぎこみ、馬体重や、コースのコンディションや、騎手や、過去の成績を調べあげる。本物のギャンブラーというやつは、馬が走るコースのあらゆる場所の草の状態を知っているものだ。しかし、クラッシーはちがう。行き当たりばったりの理由で馬を選び……単勝に賭ける。

やがてクラッシーが電話をかけてくる回数は減り、かなり定期的に直接やってくるようになった。おれはきっちりノミ屋を演じつづけた。口説いたりもしなかったし、自分の言ったことと矛盾する行動もとらなかった。彼女のことはかならずミセス・パワーズと呼んだ。もうこのころには、向こうはおれをエディと呼ぶようになっていたが。

そんなこんなで、おれは朝早めにオフィスへ行くようになった。それから十一時にホーマーの家へ行き、一時までずっとそこにいる。クラッシーが帰ってしまうとダウンタウンに戻り、あとは夜まで仕事をする。本業のほうはどんどん軌道に乗っていき、おれはさらにもうひとり、ヘンリー・スピンデルという男を雇い、個人的な取り立て業務を手伝わせた。スピンデルとバド・グラスゴーは、おれがホーマーの家に行っているあいだなにをしているかは、まったく知らなかった。二人にはその話はいっさいしなかった。もちろんクラッシーのことも。やつらにはまったく関係のない話だからだ。

やがてクラッシーは、毎日十二時ごろにホーマーの家へ顔を見せるようになった。おれはいつもシェイカーを振ってマティーニをつくり、彼女といっしょにすわって話をした。ある日のこと、クラッシーが音楽の話をはじめた。おれは二階の部屋にプレーヤーとレコードがごっそりあると話した。どんなレコードを持っているか知りたいと言うので、二人で二階に上がった。クラッシーはレコードにざっと目を通し、何枚か抜きだした。おれはそれをプレーヤーにかけた。どれもクラシックだったが、クラッシーは気にいったらしく、ソファーの上でまるくなり、マティーニを飲みながら音楽に耳をかたむけた。しばらくして、彼女は言った。「エディ、あなたには驚かされてばかりだわ」

「ぼくに?」とおれは訊いた。

「ええ」と彼女は言った。「あなたがこんな音楽を聴くなんて、夢にも思わなかったわ。あなた自身のことを聞かせてくれない」

「なにを話せばいいんだい?」

「あなたはシカゴの出身なの?」

「いいや」と、おれは答えた。「ニューヨーク……ニューヨーク・シティさ。生まれも育ちもね」そう答えておけば安心だと思った。おれの知るかぎり、クラッシーはニューヨークには詳しくないはずだったからだ。それに、ニューヨーク出身だと聞けば感心してくれるのではないかという計算もあった。

「大学へは行ったの？」

おれはもっとクラッシーを感心させたかった。エドワード・ホーマーはこんな家に住み、クラシック音楽を好み、しかも出身はニューヨークなのだ……だとすれば、大学へ行っていないはずはない！　そこでおれは言った。「ああ。でも、二年行っただけだ……コロンビアにね」ニューヨークの近くにある大学でおれに思いつけるのは、コロンビアしかなかった。それに、あそこのフットボール・チームのことならちょいと知識があった。

「まあ」とクラッシーは言った。「でも、あなたの話し方は……なんていうか、ニューヨーカーっぽくないわ」

「言葉づかいが荒いってことかい？」とおれは訊いた。「たぶん悪友どものせいだろうな。でもまあ、馬に話しかけるのに学位はいらないわけだし」

クラッシーはふたたび微笑んだ。「ご家族は？」

「ああ、みんなまだニューヨークに住んでるよ」

「あなたがギャンブルをやっていることを、お母さまはどう思ってらっしゃるの？」

「お袋はなにも知らないんだ」とおれは言った。「ぼくがブローカーをやってると思ってる」

クラッシーはグラスで揺れているオリーブを見つめた。なにやら思案げな顔だった。しばらくして、彼女は帰っていった。

べつの日の午後、クラッシーはいつもより遅めにやってきて、マティーニをすばやく二杯飲みほした。

「エディ、ちょっと聞きたいんだけど、あなた恋人はいるの？」

「いいや」とおれは答えた。

「何人も女がいるんだと思ったわ。あなたってハンサムだし……お金だってどっさり持ってるんですもの」

「いつも忙しくしてるもんだからね」

「恋人をつくる暇もないほど忙しい男の人なんて、いるわけないと思ってたわ」

「ふつうはね」とおれは言った。「しかし、自分にとってなんの意味もない女に時間や金をつぎこんで、いったいなにが楽しいっていうんだい？」

「意味のある女の人に出会ったことはないの？」

「あるよ」とおれは答えた。

「どんな女の人？　その人のことを聞きたいわ」

「もし話したら、きみは気分を害すだろうな、たぶん」おれはクラッシーの目をまっすぐに見つめて言った。

クラッシーはゆっくりと目を伏せ、ささやくような小声で言った。「そんなこと、話してくれなければわからないわ」

しかし、突然おれはすっかり度胸をなくしていた。自分が間違ったことを言ったりしたりするのではないかと怖くなり、怯えてしまったのだ。結局おれはなにも言わなかった。

クリスマスになるころには、銀行残高はちょっとしたものになっていた。それほど多くはなかったが、クラレンス・ムーン集金代理店はそこそこの利益を上げていたので、おれはグラスゴーとスピンデルにそれぞれ五十ドルやり、自分は残りの三百五十ドルをとった。そしてノース・クラーク通りの〈ジェイコブスン質店〉へ行き、真珠の小さなネックレスを買った……首にぴったり合う短いネックレスで、質流れの品だった。真珠の粒はさほど大きくないが、すべて本物だった。つぎにおれは黒いビロードの箱を買い、そのなかにネックレスを入れると、ギフト包装ショップに持っていって青い包装紙で包んでもらい、銀色の星のシールを貼ってもらった。それから、ホーマーの家へ向かう途中で、テーブルの上におけるくらいの小さなクリスマスツリーと、電飾コードを二本買った。

おれはクリスマスツリーをリビングルームのテーブルに飾り、電飾コードをつるしてから、カードに〈メリークリスマス、ミセス・パワーズ〉と書いた。カードは真珠の箱の上に載せ、いっしょにツリーの下においた。翌日、クラッシーはやってくると、テーブルのツリーに目をとめた。

「すごくかわいいツリーじゃない、エディ！」

「気にいったかい？」

「あなたがセンチメンタルな人だってことはわかってたわ！」クラッシーはツリーのそばに近づき、その下におかれた包みに気づいた。「これって、わたしに？」と彼女は訊いた。

おれはそうだと答えた。

「いますぐあけていい？　プレゼントって大好きなの！　見るのが待ちきれないわ！」クラッシーは有頂天になった子供のように、包みを手のなかで何度もひっくり返した。

「いいとも」おれはうなずいた。

すばやく包装紙をやぶって箱をあけると、クラッシーは真珠を手にとって鏡のまえへ行き、首にとめた。「とってもすてきじゃない、エディ！　ほんと、すごく気にいったわ！」それからツリーのところまで戻り、カードをとりあげ、それでこちらに合図するような仕草をした。

「あなたにお願いがあるの」とクラッシーは言った。

「きみの言うことならなんだって聞くさ」とおれは言った。

クラッシーはカードに書かれた宛名をこちらに見せた。「わたしを〝ミセス・パワーズ〟と呼ぶのはやめて。あなたにはキャンディスと呼んでもらいたいの」

「いいとも、キャンディス」

クラッシーはおれのまえまで歩いてくると、爪先立ちになり、両手を首に巻きつけてキスをした。「これはすてきなクリスマス・プレゼントへのお礼」すぐ目のまえにクラッシーの瞳があった。おれはその瞳をまっすぐにのぞきこんだ……あたかも、水流がいくらうねっても表面にはさざなみひとつたたぬほど深い水の底に目をこらすように。おれはキスを返した。彼女のことを夢見ながら何カ月もひたすら探し歩いた、その情熱をこめて。そして、おれの内なる彼女への……愛のありったけをこめて。

やがて、クラッシーは泣きながらおれを押しのけた。「ああ、エディ」その声は涙に震えていた。「エディ……エディ……エディ……」

おれはクラッシーを抱いていた腕をほどき、一歩後ろへさがった。「すまない、こんなことはすべきじゃなかったんだ」

「いいえ、わたしはこうしてほしかったの。たぶん、あなたにはじめて会った日から、ずっとこうしてほしかったんだわ」

「だったら、なぜ泣いているんだい?」

「わからないわ……ほんと馬鹿よね、泣くだなんて」とクラッシーは言った。「だけどわたしは結婚しているのよ。あなたはどう思う、エディ? 夫がいる身でありながら、べつの男にあんなキスをする女のことを」

「もしぼくときみのことを言っているんなら……これほどすてきなことはないと思うね」とおれは言った。

「エディ」クラッシーはそっと言った。「わたしたちが深みにはまるまえに……わたしたちが心の底で望んでいる場所へ深く堕ちてしまうまえに、話しておきたいことがあるの」

「話さなければならないことなんか、なにもないさ」

「もう一杯マティーニをつくってくださらない。そしたら二階の書斎へ行って、音楽を聴きながら……話をしましょ」

「わかった」おれはキッチンへ行ってシェイカーを振り、彼女といっしょに二階へ行った。クラッシーはバッハを一枚選び、プレーヤーにかけ、ソファーにもたれかかった。おれはその隣にすわり、シェイカーを床においた。

「わたしがなぜハワード・パワーズと結婚したと思う?」とクラッシーは訊いた。

「わからない」

「愛していたからじゃないの。ハワードに愛を感じたことはないわ……一度たりともね！　わたしがそのまえに一度結婚していたことはご存じ?」

おれは一瞬ためらい、ノーと答えたほうがいいと判断した。「いいや、知らなかったよ」

「それがね、じつはしていたの」とクラッシーは言った。「相手はとてもすてきな人で……デイナ・ウォーターベリーといったわ。デイナは戦死したの。わたしはデイナを愛していたのよ、エディ……わたし、あの人の容姿が大好きだった。優しくて、性格がまっすぐで。デイナはわたしにとって最初の男の人だったわ。そして結婚したの」声が喉につまり、目に涙があふれた。

「あの人が死んだときに、わたしの世界は終わったわ。それ以上生きていく意味なんてひとつもなかった。あの人のいなくなった穴を埋めてくれる男なんて、ひとりも……ひとりもいなかったわ。誰かほかの男の人を愛したり……自分がその男のものになるなんて……考えることもできなかった！」

クラッシーがウォーターベリーへの愛を語るその口調に、おれはすっかり打ちひしがれた。

「彼はとても幸運な男だったんだな」ようやくおれは言葉をしぼりだした。

「幸運だったのはわたしのほうよ」クラッシーは小さな声で言った。「ハワードは家族の友人だったの。デイナの家族とは何年もまえから親交があって……〝ハワードおじさん〟と呼ばれていたわ。デイナの死後、ハワードはとてもよくしてくれて、わたしが喪失感を克服し……孤独と絶望を乗り越えるのに手を貸してくれたの。でも、ハワードは老人だった。わたしにとっては祖父といってもいいくらい。彼は愛を語ったりはしなかったわ……ただわたしを助けて守ってくれようとしただけ。最後に彼は結婚してくれと言い、わたしはその申し出をうけたわ」

「なぜだい？」と訊き、おれはもう一杯マティーニをついだ。

「彼のことを愛してなかったからよ！　どういうことかわかる、エディ？　わたしは二人の結婚を……なにか、父と娘のような関係だと思っていたの。親密な関係ではまったく……まったくないんだって。わたしたちは二人とも幸福で、おたがいがいれば……もう孤独じゃないんだとね。わたしはてっきり、ハワードはもう年だから、女性への興味なんてなくしてしまったんだと思ってたわ」

「それで？」

「最初のうちはそのとおりに思えたわ。でも、やがてハワードは所有意識が強くなり、嫉妬深くなってきたの。そして、身体を求めてきたわ……わたしには耐えられなかった。吐き気がしたわ！　わたしはひとりにしてもらおうとしたけど、彼は要求してくるの……妻としてのつとめを。あれじゃまるで近親相姦よ！」

クラッシーは身震いすると同時に泣きだした。おれは彼女の身体に腕をまわし、ぎゅっと抱きしめた。パワーズを憎むあまり、はらわたが煮えくりかえっていた。

「彼はなんでも知りたがるの。わたしがどこへ行ったかや……なにをしたかを。だからわたしはあなたに賭けを頼んでいるのよ、エディ……あれはたんなる彼への面当てなの。わたしはささやかでちっぽけな勝利を楽しんでいるだけ。しかも、ハワードはお酒を忌み嫌ってるわ！　わたし、まえはお酒なんて一滴も飲まなかったのに、いまじゃ大好き。家に帰ったときには頭がぼんやりして、しばらくは眠ることができるの。そして、自分がどれだけ不幸か忘れられるのよ！」床に向けられた目は熱く燃え、傷つき、狂気にも似たものが浮かんでいた。

おれはクラッシーの顎に手をあて、こちらを向かせた。そして、キスをした。「なぜあのじいさんを捨てないんだ？」

「そうするつもりよ、エディ……本気でね。でも、どこへ行っていいかわからなくて……それに、どうしたらいいかも。自分の自由になるお金はまったくないし、行くところだってないんですもの……手を貸してくれる人だっていないわ」

「ぼくが手を貸すよ」とおれは言った。

「エディ、自分の言っていることがわかっているの？　ハワードには何百万という財産があるのよ。それに、とてつもない権力とコネがね！　彼ならあなたを棒きれみたいに……まっぷたつに折ってしまうわ」

「あんな男なんてクソくらえだ」

「あなた、ほんとうにわたしを愛してる？」とクラッシーは訊いた。

「ああ」とおれは答えた。

「ぜったいに？」

「もちろん、ぜったいにだ！　きみはどうなんだ？」

「ばかを言わないで、ダーリン。もちろん愛してるわ……さもなければ、ここにはいないもの。それで思いだした……」クラッシーは大きな声を上げて身体を起こした。「わたし、あなたにクリスマス・プレゼントを買いに行かなくちゃ。すてきで、ゴージャスで、びっくりするくらい大きなプレゼントを！」

「ちょっと待ってくれ」おれはクラッシーを自分の隣りに引き戻した。「パワーズの金でプレゼントを買ってもらっても、ぼくは嬉しくもなんともない。それより、あとすこしでいいからここにいっしょにいてくれ。それ以上のことはこの世になにもありゃしない！」

「ほんとに？　ああ、そう言ってくれるとすごく嬉しい！」クラッシーはソファーの上でさっとこちらを向き、おれの首に腕を巻きつけた。彼女の唇がおれの唇に重なり……突然激しく求めてきた。おれはクラッシーの身体に手をすべらせ、腰をぐっと引き寄せた。

「いいかい」とおれはささやいた。「きみ以外にほしいものなんて、なにもありゃしない」

クラッシーはなにも答えず、飢えたようにおれの唇をむさぼった。

「どういう意味かわかるかい？」

「ええ」クラッシーは息を切らしていた。

おれはソファーから立ちあがり、彼女の手をとった。なにもいわずに、クラッシーは寝室へとついてきた。

第7章　ダニーとクラッシー

その後の数カ月は、薔薇色の輝きのなかへと溶けていった。おれは土曜と日曜以外、毎日クラッシーと会った。週末はパワーズが家にいるので抜けだせないのだとクラッシーは言った。おれは意気消沈してホーマーの家のなかを歩きまわり、ひたすら身を焦がした。クラッシーがパワーズといっしょにいると考えただけで激しい怒りがこみあげた。同時におれは、いったい最後にはどうなるのだろうと考えつづけた。おれはクラッシーにパワーズのもとを去ってほしかった。そして離婚手続きをとり……おれとどこかへ逃げてほしかった……たとえ場所がどこであろうとも！　おれ自身の正体はまだ明かしていなかった。じつはおれが……ダニー・エイプリルという名の平凡な男で、けちな集金代理店を経営していることは。おれは自分自身の嘘で身動きがとれなくなり、いまや真実を話すのが怖くなっていた。一方、クラッシーのほうもいまだにキャンディス・ウォーターベリー・パワーズを演じていた。どういうわけか、彼女がほんとうは誰であるかをおれが知っていることは、黙っていたほうがいい気がした。もし話したら、おれたちの関係は完全に変わってしまうはずだった。

おれはいまだにエディ・ホーマーだった。都会慣れした遊び人で、ギャンブラーで、ノミ屋だった。そう遠くない将来、本物のエディ・ホーマーが帰ってくるだろう。クラッシーとおれの生活にホーマーが侵入してくると考えるのは、まさに悪夢だった。まるでコカインに酔った男のように、おれは現実に目を向けられなかった。クラッシーの人生とおれの人生において、なにが現実でなにが空想なのか……どれが嘘でどれが真実なのか……すべてが混ざり合ってわけがわからなくなり、おれは決断を先延ばしにしつづけた。下手な行動を起こし、クラッシーに会えなくなったら？　そう思うと耐えられなかった。

ある日の午後、陰のある瞳に光を宿し、クラッシーが現われた。顔がむくんでいるように見えた。

「ねえ、ダーリン」と彼女は訊いた。「わたしたち、これからどうするの？」

「まえにも話したじゃないか。パワーズと別れてぼくといっしょに逃げよう」

「そのことは……よく話し合ったはずよ。わたしはあの人が怖いの……自分のことがかわいいだけじゃないわ。あなたのことも心配なの」

おれはクラッシーのまぶたにキスをし、身体を引き寄せた。彼女が震えているのがわかった。

「ぼくのことは心配しなくていい。きみの望むとおりにするよ」

「じつはね、エディ、ちょっと頼みたいことがあるの……ああ、こんなこと言ったらばかにされるのはわかってるわ……でも、そうしてくれると、わたしとっても嬉しいんだけど」

「なんだい？」

「夕食の時間に電話をかけてほしいの……ただひとこと話すだけでいいわ。わたし、夕食の時間がいちばんつらいのよ、ダーリン。わたしはいつもあなたのことを想い、いっしょに過ごしたすてきな午後のことを思い浮かべるの。だけど、夕食の時間になって食卓につくと、どうしたってハワードと顔を合わせないと……」

「でも、電話なんかかけてどうするんだい？　やつが腹をたててるんじゃないのか？」

「わたしにも電話はよくかかってくるの……いろんな人たちからね。あなたからの電話だとは、彼にはぜったいわからないわ。それに、なにも話せないような状況だったら、電話はとらないし……そのときはあなたもわかってちょうだい。わたしのほうは、電話が鳴りさえすれば、あなたがわたしのことを考えてくれてるってわかるわ……」

胸が高鳴り、おれはクラッシーを力いっぱい抱きしめた。「もちろんさ。かならず電話するよ。毎晩ね。ジョンなんとかとでも名乗るさ……なんていう名前がいい？」

「本名でまったく問題ないわ。たとえ名前を耳にしても、ハワードには誰だかわかりっこないもの……それに、わたしはあなたの名前を聞くのが好きなの。何度でも何度でも」

「わかったよ」

「でも、忘れないでね、ダーリン。もしハワードがすぐそばにいて……わたしが出られなかったりしても……怒ったりしない？」

「怒ったりするもんか」とおれは言った。

こうしておれは、毎晩六時に電話するようになった。パワーズのマンションに電話すると、まずは執事が出る。たいていの場合、執事はおれの名前を聞いていったん引き下がり、戻ってきてミセス・パワーズはご不在ですと答えた。そんなときは不快になり、口のなかに嫌な味がこみあげてきた。おれは受話器をおきながら執事を憎み、パワーズを憎んだ。しかし、ときにはクラッシー本人が出ることもあった。そんなとき、おれたちは小さな声で手短に会話をかわし、彼女はおれに愛してるとささやく。電話を切るときには、世界はダニー・エイプリルという名の幸運な男のための美しい場所になっていた。

平日の午後にホーマーの家へきても、クラッシーはもうめったに競馬はやらなかった。おれたちは腰をおろしてマティーニを飲み、音楽を聴き、愛し合った。いまや寝室には、大型のオートマチック・レコードプレーヤーを運びこんであった。おれたちは窓のカーテンをすべてぴったりと閉ざし、ハリウッド・ベッドに横たわる。部屋は居心地がよく、暗く、暖かい。おれは肘をついて上半身を起こす。暗闇のなか、白いシーツをバックに、柔らかいカーブを描いたクラッシーの身体がぼんやりと浮かんで見える。枕の上には、部屋の闇よりさらに暗い影となって、漆黒の髪がスカーフのように広がっている。ときどきおれは彼女の顎に指先を当て、身体のほうへとそっとすべらせ、腰の曲線をなでていく。クラッシーは象牙の彫刻のようにじっとしたまま、身じろぎひとつしない。それから、ほっと吐息をもらし、小さな声でなにかをつぶやく。

あるとき、クラッシーはおれに言った。「ダーリン、あなたたくさんお金を持ってる?」

「いいや」とおれは答えた。「それほど多くはない……パワーズとは較べようもないさ」

「そういう意味で言ったんじゃないの」クラッシーは微笑んだ。「わたしにプレゼントを買ってくれるくらいのお金はあるかってこと」

「たまにだったらね」

「だめ！　わたしは毎日ほしいの！　あなたは自分の愛人に、二十五セントのプレゼントも買えないの?」

「そんな言いかたはやめてくれ！」おれは愛人という言葉の響きが気にいらなかった。

クラッシーは声を上げて笑い、おれをからかった。「恥ずかしがってるのね、エディ。でも、実際わたしはあなたの愛人でしょ?」

「ぼくはきみに首ったけなんだ」

「だったら、わたしにプレゼントを買ってくれなきゃ。毎日新しいプレゼントをね！　ただし、毎回二十五セント以上は使っちゃいけないの」

「どういうつもりだい?」とおれは訊いた。

「わたしはプレゼントをもらうのが大好きなの。ただそれだけのことよ」クラッシーは身を乗りだし、おれにキスをした。「わたしはいつだってプレゼントが好きだったわ……とくに包みをあけるときがね。いまやわたしはあなたの愛人なわけでしょ。毎日プレゼントをもらう権利くらいあるはずよ。とはいっても、大げさなプレゼントなんかじゃないわ。あなたは一回に二十五セント以上は使っちゃいけないの。いい？」

おれは気分が浮きたってきた。たしかに面白いアイディアだ。「いいとも。二十五セントのプレゼントをどっさり贈るよ」

「きれいに包装してくれなきゃだめよ」クラッシーは警告するようにつけくわえた。「すてきなカードもつけてね」

このゲームはすぐに習慣になった。いわば儀式みたいなものだった。毎日、おれはどこかからクラッシーに小さなプレゼントを買ってくる。数本のヒナギクや、卵の泡立て器、ジャックス遊び用のボール、ビー玉を一袋、ポケットブック判の小説、青いビーズのネックレス……さもなければ、安物雑貨店で売っている一千もの商品のうちのひとつ。おれはそれをギフト用の包装紙で包み、贈り物にふさわしいカードを添えた。

青いビーズのネックレスを贈ったときにはこう書いた。〝きみの美しい首にこのサファイアのネックレスを――崇敬の念をこめて、エディ〟。小説には、こんなカードを同封した。〝この本はぼくの意見の正しさを証明してくれている。パワーズと別れなければどうなるか思い知るんだな！――エディ〟。こうしたカードを添え、ほかにも二十か三十ほどのプレゼントを贈ったはずだ。どれも馬鹿げた代物だったが、クラッシーは喜んだ。彼女は息を押し殺すふりをして包装をあける。そして、驚いて笑い、プレゼントをかかげてみせる。「すてきだわ、ダーリン」嬉しそうにそう言い、髪を顔から払いのける。「ちょうどほしかったところなの！」それからおれにキスをし、メモを読み、さらに笑う。

生きているのが嬉しくてしかたがなかった。おれの生活はクラッシーを中心にまわっていた。ただし、夜はいまでも自分の下宿屋で寝ていた。ホーマーの家に明かりが灯っているのを見られるのが怖かったのだ。朝は起きてすぐにオフィスへ行き、十時半まで働いた。それから、十一時ごろにホーマーの家へ行き、クラッシーを待つ。クラッシーは一時半か二時までおれといっしょ過ごす。彼女が帰ってしまうと、おれはダウンタウンに戻り、あとは仕事に精を出す。六時にダウンタウンからクラッシーに電話をかけ、夕食をとり、そのあとでまたオフィスに戻って仕事をするか……下宿屋へ帰る。グラスゴーとスピンデルは懸命に働き、会社は繁盛し、おれはクラッシーを手にいれた。おれはとてつもなく幸福だった。

それからしばらくして、クラッシーが思わぬニュースを持ってきた。パワーズが週末に街を離れるというのだ。

「考えてもみて、ダーリン」クラッシーは興奮したように言った。「二人きりで三日間、思いきり楽しめるのよ！」

「やつはどこへ？」とおれは訊いた。

「ワシントンよ」と答え、彼女はその話題を脇へ押しやった。「目的はビジネスか……政治的駆け引きか……よく知らないわ」

「きみはなにをしたい?」

クラッシーの顔は期待に輝いていた。「なにかすてきなことをしましょうよ……すっかり羽目をはずして楽しむの!」彼女は言葉を切って考えた。「いい考えがあるわ! どこかへ行くのよ……シカゴを離れてね。わたしたちを知ってる人が誰もいないところ……そしたらいっしょにいられるわ」

クラッシーの興奮はおれにまで伝染した。「そいつは最高だな!」

「ハワードは金曜の夜遅くに出発するの。だから、金曜に出発するのは無理ね。わたし、週末は使用人に暇を出すから、土曜の正午くらいに迎えにきてくれればいいわ」

「ぼくは車を持ってない」

「それは問題ないわよ。わたしが一台持ってるから……それを使えばいいわ。二人でウィスコンシンまでドライブするの。小さなロッジを借りたいわね。大きな石造りの暖炉があって、まわりには松の木が生えていて……湖が見えて……」

「いいとも、ベイビー」おれはうなずいた。「もちろんさ!」

「旅行鞄に厚手の服をつめて、正午ごろに迎えにきて。ベルは鳴らさなくていいわ。どっちにしろ、奥の部屋にいると……よく聞こえないのよ。ドアの鍵をあけておくから、直接入ってきてちょうだい。もしわたしの姿が見えないようだったら、自分の部屋で荷物をつめてると思ってね」

「話を聞いてると、きみのマンションはユニオン駅くらい広いみたいだな」

「だってそのとおりなんですもの。それどころか、ユニオン駅よりも悪いくらい……寒いし、陰鬱だし、風通しが悪いし。わたしの嫌いなことだらけ！　考えてもみて、ダーリン。あのマンションを離れてすてきな三日間を過ごせるのよ！」

翌日の金曜日、クラッシーはいつものようにホーマーの家へやってきて、おれといっしょに計画を煮つめた。おれが買ってきたウィスコンシンの地図を二人で眺め、小さな冬用のロッジを見つけた。その夜、おれは眠れなかった。土曜の朝は早起きをして髭を剃り、小さなスーツケースにウールのシャツを二枚と厚手のスラックスと温かいソックスをつめた。

十二時きっかりに、おれは荷物を持ってクラッシーの住むマンションのまえに立っていた。いろいろ考えた末に、スーツケースを持ってなかに入るのはやめた。たぶん人から怪訝に思われるだろうと思ったのだ。そこで、通りを渡ってタクシー乗り場へ行き、列のいちばん最後尾に停まっているタクシーの運転手に、荷物を見張っていてくれるように頼んだ。十分以内に戻ると言い、礼に一ドル払うと約束した。

建物に入っていくと、ドアマンに呼びとめられた。

「どなたにお会いになりたいんです？」とドアマンは訊いた。

「ミセス・パワーズだ」とおれは答えた。

「申し訳ありませんが、ミセス・パワーズはいまいらっしゃいません」

「いるのはわかっているんだ。それに、ぼくがくるのを待ってる」

「ミセス・パワーズはご不在です」とドアマンはくりかえした。

一瞬、どういうことかわからなかったが、すぐに思いだした。パワーズが旅行で不在なうえに、使用人たちも休暇をあたえられたので、このドアマンはクラッシーもいないと思いこんでいるのだ。

「わかったよ」とおれは言った。「押し問答をつづけるのはよそう。内線で電話を入れて、ぼくがきたことを伝えてくれないか」

「申し訳ありませんが」ドアマンはにべもなくくりかえした。「ミセス・パワーズはご不在です」

おれは腹がたってきた。ほんとうなら、この時点でいったん外へ出てクラッシーに電話を入れ、ドアマンに内線で事情を話すように頼むべきだったのだろう。しかし、このときにはすっかり怒りがふくれあがっていたため、おれはドアマンを突き飛ばした。ドアマンはおれの腕をつかんだ。

「その手を放せ」とおれは叫んだ。「さもないと、きさまの顔をぶっつぶしてやる」

ドアマンはすぐさま手を放し、あたりを見まわした。

「ミセス・パワーズに内線を入れて、おれがいま行くと伝えるんだ。名前はホーマーだ」おれはエレベーターに乗りこんだ。エレベーター係は半分口をあけたまま、さっきからこちらを見していた。「一言でも口をきいてみろ」おれはエレベーター係に言った。「きさまの顔もぶっつぶしてやるからな」

エレベーター係はなにも言わなかった。ドアがすっと閉じ、エレベーターが上昇しはじめた。二十三階へ着くと、おれはパワーズ家の玄関広間へ足を踏みだした。背後でドアが閉まり、エレベーターはメインロビーへ降りていった。金魚の泳いでいる小さな噴水をぐるっとまわってドアのまえまで行き、おれはベルを押しかけた。しかしそこで、クラッシーの説明を思いだした。ノブに手をかけてまわした。ドアはさっと開いた。おれはなかに足を踏みいれ……執事と鉢合わせしそうになった。

「ここでなにをしているんだ？」と執事が訊いた。

おれは混乱し……狼狽した。まだドアマンに腹をたてていたうえに、マンションに執事がいるのを見てびっくりしてしまったのだ。反射的にあんたの知ったこっちゃないと言ったが、さらに言葉を継ぐまえに、「いいのよ、ロビンズ。わたしがなんとかするわ」というクラッシーの声が聞こえた。ロビンズはこわばった態度で頭を下げ、廊下を歩いていき、ドアの向こうに消えた。

クラッシーは人差し指を唇にあて、おれについてくるように手招きした。彼女の向かった先にはアーチ型のドアがあり、その奥は広くて天井の高いリビングルームになっていた。リビングルームの床は廊下より低く、ドアのところに三段の短いステップがついている。なかはかなり暗かった。二階分の高さがある窓の一部にはカーテンが引かれている。壁の暖炉はとてつもなく大きく……牛を一頭まるまるバーベキューにできそうだった。

クラッシーはスーツを着て小さな帽子をかぶり、黒い手袋をしていた。手には大きなハンドバッグをかかえている。

「どうしたんだね、おまえ?」という男の声がした。ぎくっとして目をやると、暖炉のまえの椅子に、男がどっかりとふんぞりかえっていた。男はこちらに背を向けており、おれに見えるのは椅子の背の上から突きでている白髪頭のてっぺんだけだった。

「なんでもないのよ、ハワード」と答え、クラッシーは男のほうへ歩いていった。なら、あそこにすわっているのはハワード・モンロー・パワーズなのだ。パワーズはふりかえらなかった。クラッシーはそのすぐ背後へ近づいていった……なだめるように話しかけながら。クラッシーのあとについていきながらも、おれの心は驚きのあまり凍りついていた。

「また例のホーマーとかいう男なのか?」とパワーズが言った。

「さあ、心配しないで、ハワード」クラッシーはそっと言った。「すべてわたしがなんとかするから……」

いまやクラッシーは、パワーズのすぐ後ろまできていた。彼女は手を伸ばし、パワーズの頭をそっと叩いた。それから、手をひっこめ、ハンドバッグをあけると、一歩だけ後ろにさがった。

クラッシーは流れるような動作でさっとリボルバーを抜き、パワーズの後頭部に銃口を当て、引き金を引いた。

銃弾はたった一発。

パワーズの頭の一部が、部屋の向こうに吹き飛んだ。

第8章　ダニーとクラッシー

クラッシーはくるっとこちらを向き、銃をおれの手に押しこんだ。おれは銃を手にしたまま、その場に凍りついた。彼女はすばやくふりかえり、廊下に通じているアーチ型のドアへ向かって走った。ふと気づくと、彼女は大声で叫んでいた。

「大変！　大変よ！　あの男がハワードを撃ったわ！」クラッシーはヒステリックに叫んだ。白髪まじりの年老いた執事が突然ドアの向こうに現われ、恐怖に射すくめられたかのようにおれを見つめた。

「警察を呼んで！」クラッシーは執事に向かって叫んだ。「みんな殺されるわ！　あいつは狂ってる……狂ってるのよ！」

執事は姿を消した。おれは椅子にすわったまま動かない身体を見つめた。その髪はいまやケチャップのような真紅に染まっている……まるで、頭の上から一瓶まるまるぶちまけられたかのようだ。真紅の液体はゆっくりとクッションの上へしたたり落ちていく。やがておれは、誰かが部屋に入ってきているのに気づいた。部屋の向こう端に、数人の男女が小さくかたまって立っている。メイドと、白いエプロンをしたコックと、それに運転手だ。

すぐにここを出なければならないのはわかっていた。驚きと恐怖による最初のショックが去ると、ふたたび頭が働きはじめた。おれの背後では、いまだにクラッシーが叫んでいた。執事はもう警察に通報したはずだ。警官がすぐに駆けつけてくるだろう。おれは使用人たちのいるほうに向かって駆けだした。たぶんあっちにキッチンがあるはずだ……だとすれば裏口と……もしかしたら通用階段も。メイドとコックが恐怖に金切り声を上げながら逃げていく。運転手は一瞬だけその場にとどまっていたが、すぐに背を向け、背後の大きなドアに飛びこんだ。おれは全力疾走で運転手のあとを追い、広い本格的なダイニングルームを抜けた。運転手はおれのすぐまえを必死で走り、ばかでかい配膳室を抜け、キッチンに入った。おれが追いついたときには、運転手は必死に裏口のドアをあけようとしていた。追いつめられた動物のように、運転手は恐怖に目を血走らせ、ふりかえっておれに突進してきた。おれは大きく腕を振って拳をくりだし、手にした銃で相手の側頭部を強打した。運転手は白目をむき、あんぐりと口をあけ、ドアのすぐまえの床にくずおれた。運転手の身体をその場から引きずってまたぎ越し、おれはドアをこじあけた。かすかに、新しい音が聞こえてきた……甲高い音がどんどん大きくなってくる。パトカーのサイレンの音だ。

おれは裏口から廊下へ飛びだした。一瞬ためらい、あたりを見まわし、業務用エレベーターのボタンを押した。赤いランプが灯った。エレベーターが一階から上がってくる。

そのとき、おれはサイレンの音がとまったことに気がついた。警官が到着したのだ。すでにやつらはこの建物のなかにいる。ここをめざして上がってくるところだろう。おれは走ってキッチンにとってかえした。ほうろう引きのテーブルの引き出しをあけ、銀のナイフと大きな肉切り包丁をひっつかんだ。裏の廊下へ駆け戻り、赤いランプに目をやった。エレベーターはいま十八階にきている。おれはふりかえって通用階段を駆けあがり、一階上のフロアへ行った。二十四階だ。下の二十三階でエレベーターがとまる音がした。エレベーターのドアに耳を押しあてたが、誰かが乗ってきた気配はない。

おれは銀のナイフをエレベーターのドアの留め金につっこんだ。梃子《てこ》の要領でようやく留め金をはずしたときには、ナイフは半分に折れ曲がっていた。それから、ドアの隙間に肉切り包丁の刃を差しこみ、大きくこじあけた。ドアが閉じないように手で押さえ、一階下にとまっている業務用エレベーターの箱を見下ろした。ほぼ六十センチほど下だ。おれはドアを押さえたまま床にかがみこみ、ナイフと包丁と拳銃をポケットに入れると、最後にドアから手を離し、エレベーターのルーフに飛び降りた。すぐさま、ドアが音をたてて閉まった。エレベーター・シャフトのなかは暗く、寒かった。風洞のなかのように、風が激しい音をたてて吹き抜けていく。エレベーターの箱はさしずめ大きな木箱だった。おれはその場にすわりこみ、両腕を身体に巻きつけ、脚を太い金属製のケーブルにからめた。

突然、すぐ下でエレベーターのドアが開き、警官がどっと乗りこんできた。

「やつはこのエレベーターを使ってない」警官のひとりが言った。「さもなけりゃ、この階にとまってるはずがないからな」

「たぶん通用階段を使ったんだろう」

「上に逃げたのか？　それとも下？」

「わかるわけがないだろが！　しかし、下であることを望むね。もしそうなら、裏口から逃げようとするところを捕まえられるはずだ」

エレベーターはおれを上に乗せたたまま、下に降りはじめた。おれがパワーズのフラットに入ったのは十二時か……十二時半くらいだったろう。あのときは時間を確認することなど考えていなかった。それから午後いっぱい、おれはエレベーターの上にすわったまま上下した。その間、警察は建物の部屋や階段の捜索をつづけ、屋上にあるエレベーターの動力室まで調べあげた。

警察は夕方六時の時点で、おれがなんらかの手段を講じて建物から逃げ去ったのだと判断を下した。小耳にはさんだ警官たちの会話から、パワーズの死体は運びだされ、クラッシーが声明を発表し、全市に捜査網が敷かれたことがわかった。夕食の時間になり、警官たちは帰っていった。おれが建物に再侵入するのをふせぐため、裏口に制服警官をひとり配置して……万一おれが戻ってきたときにそなえているのだ。しかし、その警官も真夜中には任務を解かれるだろう。

九時になるころには、業務用のエレベーターはほとんど運行停止も同然になっていた。エレベーターの箱は一階にとまったままで、使う者は誰もいない。警備についた警官が椅子を引っぱってきて、裏口の脇にすわるのが聞こえた……エレベーターを出てすぐ右側のあたりだ。それからしばらく、新聞のカサカサいう音が聞こえていた。警官は腰を落ちつけて新聞を読んでいるらしい。

おれはポケットに手をつっこみ、ライターをとりだした。シャフトのなかは風が強く、火をつけたままでいるのはむずかしかった。揺らめく炎を頼りにエレベーターのルーフをつぶさに調べ、メンテナンス用の小さな跳ね上げ戸を見つけた。そこからエレベーターの箱のなかへ入ることができる。蝶番《ちょうつがい》で留められた跳ね上げ戸は、外側に向かって開くようになっていた。おれはそれをそっと開いた。軋まなかったので、完全に引きあけると、エレベーターのルーフの上に寝かせた。

腹ばいになり、なかに手を伸ばした。箱の天井にとりつけられている電球に手が届いた。電球は熱くなっており、寒さのせいでかじかんだ指に心地よかった。指が感覚を取り戻すまで、おれはしばらく手を温めた。それから電球をねじってはずし、エレベーターの内部を真っ暗にした。ゆっくりと両足で立ちあがり、血行が戻るまで何度か膝の屈伸をした。

見張りの警官はときどき咳払いをし、椅子の上で身体を動かした。姿は見えないが、音は聞こえてくる。おれは危険を承知で煙草に火をつけた。警官からは見えなくても、煙の匂いはするかもしれない。神経が昂《たかぶ》り、どうしても一本吸いたかった。そこで、足の感覚が戻ってくるのを待ちながら、おれは煙草を吸い、上に向かって煙を吐きだした……煙がシャフトのほうへ吸いあげられていくことを祈って。

煙草を吸い終わるころには、ようやく足が生きかえり、手にも感覚が戻っていた。おれはまっすぐ跳ね上げ戸の端に移動し、その場にしゃがみこんだ。かすかに明かりが入ってくるシャフトに較べ、エレベーターの内部は真っ暗だった。ポケットに手をつっこみ、数枚の硬貨をとりだすと、おれは指先でそのうちの一枚を選び、跳ね上げ戸から下に落とした。

静寂のなかで、硬貨の音はまるでベルのように響いた。

警官が耳をそばだてるのが感じとれた。それから、ふたたび新聞のカサカサいう音が聞こえてきた。おれはもう一枚硬貨を落とした。こんどは、椅子の軋む音がした。警官が立ちあがって耳をすませているのだ。ゆっくりとした重い足音がエレベーターに近づいてきた。ドアの外で、警官は耳をそばだてている。おれは神経を研ぎすませ、もう一枚硬貨を落とした。大きい硬貨は——たぶん五十セント硬貨だろう——エレベーターの床に当たってチャリンと音をたてた。

警官がすばやくエレベーターのドアをあけた。廊下の光が流れこみ、エレベーターの内部はどっと光に満たされた。拳銃を手にした警官は、不審そうな顔をしてなかをのぞきこみ、エレベーターのなかが真っ暗なのを見て一瞬足をとめた。それから後ろにさがり、ドアを閉めた。警官がもといた場所まで戻り、椅子を引きずってくるのが聞こえた。警官はふたたび戻ってくると、ドアをあけ、閉じないように椅子でつっかい棒をした。そして、ドアのまえに立ち、なかを見まわした。その目が、床で光っている五十セント硬貨にとまった。

警官はエレベーターのなかに足を踏みいれ、硬貨を拾いあげようと腰をかがめた。跳ね上げ戸の真下に警官の肩が見えた。

おれは跳ね上げ戸から下へ飛び降りた。足から先に。

背中のどまんなかを直撃され、警官はエレベーターの床に顔を叩きつけた。おれは片側に転がって右手を自由にし、リボルバーで相手を殴りつけた。警官はすぐさま気を失った。

廊下へ出て、裏口を探した。明かりの下で見ると、おれの格好は惨憺《さんたん》たるありさまだった。身体じゅうグリースとオイルの染みだらけだ。建物の外へ出ると、誰にも見られることなく、まっすぐに路地へ飛びこんだ。路地を半分ほど行ったところに、うまい具合に暗がりがあった。何週間かまえの吹雪でつもった雪が薄汚い山になっている横で足をとめ、顔と手に雪をこすりつけてできるだけ汚れを落とし、ハンカチで拭いた。できるかぎりのことはやった。すこしはきれいになった気がした。ハンカチをポケットに戻し、ノース通りへ向かった。

走れ！　タクシーを拾え！　車を盗め！　いや、だめだ！　おれはなんとかパニックを鎮めようとした。かすかに残った理性が、危険を冒すことはできないと告げていた。走っている男は不審だ。タクシーの運転手に顔を見られるのはまずい。車を盗んでも事故を起こすのが落ちだろう。そこで、おれは歩いた。ノース通りからクラーク通りに折れ、下宿屋のある南をめざした。クラーク通りについたころには、気分もすこしよくなっていた。やつれきったおれの薄汚い格好に目を向ける者は誰もいなかった。通りを歩いているほとんどの者がおなじような格好をしていた。

小さなハンバーガー・ショップを通りかかったとき、腹がすいているのに気がついた。恋人を連れた男がカウンターにすわり、年老いた浮浪者が歯のない口でコーヒーを飲んでいた。おれはなかに入り、チリとハンバーガーとコーヒーを注文し、わざとゆっくり食べた。

通りの角で路面電車に乗り、スペリオルで降りると、通りを渡って下宿屋へ戻った。新聞を二紙買った以外、どこにも寄らなかった。

おれが帰りついたときには、玄関ホールには誰もいなかった。おれは自分の部屋まで上がっていき、服を脱ぎ捨て、廊下の奥のバスルームへ行った。長いことシャワーを浴びていたが、水はいっこうに温かくならなかった。

これまでのところは、すべてうまくいっていた。

しかし、ベッドに入るやいなや、震えが襲ってきた。アルコール中毒で錯乱状態になったかのように身体が震え、とめることができなかった。これまでは、すっかり怯えていたせいで、考えをめぐらす時間がなかった。それがいま、突然襲いかかってきた！　激しく振りおろされた棍棒のように！　おれはベッドから抜けだし……どこへも行くところがないことに気づいた。

おれは自分の部屋に帰ってきたのだ……自分の知っている唯一の場所に。ここよりましな場所などどこにもない。

ベッドに戻ったとたん、気分が悪くなってきた。おれはよろめくようにバスルームへ行き、吐いた。しかし、それもなんの役にもたたず、気分は悪いままだった。それからおれは、クラッシーのことを考えた。なぜだ？　なぜ彼女はあんなことを？　なぜおれを罠にはめた？　おれは輾転反側した。身体が熱くなり、口のなかが燃え、汗が噴きだし、ぐっしょり湿ったシーツがおれをくるみこんだ。熱くねばねばした奇妙な時間が流れていった。そのとき、おれはふと思いだした。もはやうまくものを考えることさえできなかったが、パワーズを撃った銃を自分がまだ持っていることは忘れていなかった。なんとしても、あの銃を処分しなければならない。考えが頭に浮かび……消えていった。あの銃をいったいどこに隠せばいいのか？　思考停止。ゴミ捨て場や下水溝は警察が目を光らせているだろう。思考停止。はやいところ処分しなければならない。思考停止。ずっとそんなくりかえしだった。

なんとか服を着こみ、歩いてシカゴ通りへ向かった。どこからともなく、エヴァンストンへ行ったときにハワード通りで酒を飲んだ夜の記憶が甦ってきた。おれは高架鉄道に乗ってハワード通りへ行き、湖のある北へ向かって歩いた。どこかそっちのほうで墓地を見た覚えがあったのだ。やはりあった。正面の門は閉まっていたので、高い塀に沿ってぐるっとまわり、通りから見通せない場所を探しだした。だが、足に力が入らないうえに、腕もうまく動かず、塀を乗り越えるのにやたらと手間どってしまった。しかも、あたりは暗く、月も出ていなかった。まだ土を埋めたばかりの墓を見つけたときには、探しはじめてからほぼ二十分以上が過ぎていた。

おれはよつんばいになって小さな穴を掘りはじめた。注意してひとかきずつ土を掘りだし、あとでわからなくならないように、自分のすぐ脇に積んだ。半分凍った冷たい地面に爪をたて、指先が切れて血が流れだすまで土をかき、腕がすっぽりつっこめるだけの穴を掘った。穴ができると、リボルバーをいちばん奥までつっこみ、つづいてナイフと肉切り包丁も放りこんだ。最後に自分が掘りだした土で穴を埋め、できるだけあたりをきれいにするように注意した。すべてが終わると、近くから汚い雪を両手ですくってきて、あたりにまきちらした。雪が溶けてしまえば、穴を掘った形跡はすっかり消えてしまうだろう。

おれは無事に下宿屋まで戻った。しかし、部屋に帰ってから気づいてみると、おれはソックスもはいていなければ、シャツも着ていなかった。この格好で一晩じゅう外をうろついていたのだ。そのうえ、コートも着ていなかった。おれはもう一度ベッドに入った。

それが最後の記憶だ。以後二週間の記憶はいっさいない。

文字どおり、ただのひとつも。

時間の感覚や夜昼の区別といったものは完全に失われていた。肺炎だった。翌日、おれがオフィスにこないのを心配して、グラスゴーが様子を見にきた。そして、病院に連れていってくれた。そのあいだも、おれにはなにが起こっているのかまるでわかっていなかった。ただし数回ほど……だと思うのだが……すこしだけ意識を取り戻したらしい。というのも、朦朧《もうろう》とした意識のなかを、小さなアイディアが跳ねまわっていたのを憶えているからだ。実際には、アイディアというほどのものではなく、なにかを自分に告げようとするかすかな記憶のようなものだったが。

やがて回復に向かいはじめたおれは、病院のベッドに横になったまま、そのかすかな記憶がなんだったのか考えてみた。答えはすぐに出た。そうだ！　おれはグラスゴーに頼み、マンションから逃げた夜に買った新聞を下宿屋からとってきてもらった。

殺人のニュースは、パワーズとクラッシーの写真とともに第一面をでかでかと飾っていた。写真のクラッシーは、おれが最後にマンションで見たときとおなじ黒いスーツと帽子を身につけていた。ただし、帽子についたヴェールで目もとが見えないうえに、顔はやや横を向いてしまっている。かなりお粗末な写真といってよく、とてつもない美人らしいという以外、どんな顔なのかもはっきりとは識別できない。

片方の新聞の見出しは〈ギャンブラーが大金持ちの銀行家を殺害！〉と謳《うた》っていた。もう一方のタブロイド新聞には〈プレイボーイのギャンブラーが銀行家を射殺——慈悲を請う妻の眼前で！〉とあった。

記事の内容はどちらも似たり寄ったりだった。

片方の新聞にはこう書かれていた。

悪名高いシカゴの賭博師エドワード・ホーマーがきょう、慈善家としても知られる銀行家ハワード・モンロー・パワーズ氏宅に押し入り、夫人の目の前で同氏を射殺した。夫人はかねてよりホーマーの求愛に悩まされており、直接ホーマー本人に会ったうえで、パワーズ氏のマンションにきてはならぬと通告していた。事件があったのは本日正午過ぎ。夫人がダウンタウンへでかけようとしていたところ、ホーマーがドアマンを脅してマンションに押し入り、パワーズ氏のフラットへ乱入、パワーズ家の執事であるハーバート・ロビンズ氏を押しのけてリビングルームへ行き、高名な銀行家の前に立ちはだかった。

現場に居合わせ、ことのなりゆきをただ呆然と見つめていた夫人によれば、ホーマーはパワーズ氏に近づき、「あんたにこいつをおみまいするときを待ってたんだ」と叫ぶや、立ちあがろうとした同氏の頭を撃ち抜いたという。

夫人は部屋を走りでて執事に助けを求めた。執事のロビンズ氏はただちに警察へ通報、警官が殺人現場に急行した。ホーマーは裏口を使って現場から逃走し、その際、勇敢にも行く手を阻もうとしたパワーズ氏の運転手アーサー・ビューラ氏に激しい暴行をくわえた。

ドアマンの証言に関しても、ふたつの記事はほぼ同内容だった。それによると、ドアマンはミセス・パワーズから〝ホーマーがきてもなかには入れるな〟と厳命されていたものの、拳銃を脇腹につきつけられたため、やむなく脅しに屈したことになっていた。エレベーター係は、顔をぶっつぶしてやると脅された、と証言していた。

執事のロビンズは「あのドアはいつも施錠してあるんです。おそらくあの男は、道具を使ってこじあけたか、万能鍵を使ったんでしょう」と話していた。ロビンズはまた、玄関広間で鉢合わせしたときのおれは「怒りのあまり顔を真っ赤にしていた」と語り、自分がリビングルームに駆けつけたときには、おれは煙の立ちのぼる拳銃をまだパワーズに向けたままだった、と証言していた。

運転手のビューラは、キッチンでおれと格闘した話をことこまかに説明し、おれがいきなり銃をつきつけてこなければ頭を殴られることもなかったし、ぜったいに捕まえていたはずだ、とうそぶいていた。

ことのあらましが徐々にはっきりしてきた。それにしても、なんとよくできた罠だろう！クラッシーはただの三文芝居を完全無欠な犯罪計画に変えてしまったのだ。なのにこっちは、彼女の愛を手にいれるつもりだったとは！　おれはグラスゴーに、病気で意識をなくしていたあいだになにがあったか知りたいので、読みそこなったここ二週間分の新聞をすべて持ってきてくれと頼んだ。グラスゴーは言われたとおりにしてくれた。

殺人事件は数日間にわたって世間の話題を独占しつづけており、新聞には何枚ものパワーズの写真が掲載されていた……なかには古い写真もあり、ほとんど伝記風とさえいってよかった。そのほか、ロビンズ、ビューラ、ドアマンの写真にくわえ、警察の画家が目撃者の証言をもとに描いたホーマーの〝似顔絵〟もあった。この似顔絵はアフリカのツチブタほどにもおれに似ていなかった。たとえ死んだお袋が見ても息子だとはわからなかっただろう。なら、クラッシーは？　彼女はここでも抜かりがなかった！　医師団が写真撮影を許可しなかったため、唯一使用できる写真は、殺人事件の当日に撮られたものだけだった。黒い帽子とヴェールで顔を隠した例の写真だ。そこに写ったクラッシーに似ている女など、軽く千人はいただろう。それでいて、クラッシー・アルマーニスキーにも、キャサリン・アンドリュースにも、カレン・アリスンにも、キャンディス・オースティンにも、さらにはミセス・デイナ・ウォーターベリーにも、まるで似ていなかった。

しかし、クラッシーの写真がないことに報道の過熱ぶりはまるで影響をうけず、新聞は事件に関するニュースを些細な事実までことこまかに書きたてつづけた。ミセス・パワーズはその証言のなかで、自分は一度ホーマーの家までおもむき、うるさくつきまとうのはやめてくれと頼んだ、と語っていた。記事には〝ノミ屋の豪奢な部屋〟として、ホーマーの家の写真も掲載されている。一方、警察は部屋の内部の指紋を採取し、誰のものか特定できない指紋を多数発見したとのことだった。

ミセス・パワーズはまた、おれが高価なプレゼントを山のように送りつけてきたとも語っていた……プレゼントはどれもすぐに返却してしまったものの、彼女は警察に対し、証拠としてプレゼントに添えられていたカードを提出した。〝きみの美しい首にこのサファイアのネックレスを――崇敬の念をこめて、エディ〟というカードをはじめ、ほかにも何枚も。

なにも知らない執事のロビンズは彼女の話を裏づけ、おれが毎晩夕食の時間に電話をかけてきたと証言し、「奥さまはあの男と話すのを拒否なさっていらっしゃいました」と語った。

ミセス・パワーズはおなじ話を何度もくりかえした。彼女には証人がいた……それも何人も。執事のロビンズ、メイド、コック、そして運転手。ミセス・パワーズは、ある日おれと競馬場で会い……しつこく言い寄られたと語った。ただし、おれと外出したことはなく……二人きりで会ったことは一度もないと。つきまとうのはやめてくれと説得するために、大きな屋敷の別棟を訪ねたとき以外は。そのときでさえも――とミセス・パワーズは言っていた――別棟には賭けをやりにきた客がたくさんいた。しかし、このときに居合わせた客は、誰も彼女の話を立証しに現われなかった。

それから、おれがスーツケースの見張りを頼んだタクシーの運転手がいた。運転手は自分も世間の脚光を浴びたいと考えたらしく、スーツケースを持って警察に出頭し、殺人事件が起きた日におれがそれをおいていった顛末を話した。なかに入っていた厚手の服を見た警察は、おれがカナダへ逃亡しようと計画していたと判断し、そちらの方面に捜査の手をのばした。

それが新聞に載っているいちばん新しいニュースだった。

そのとき、看護婦がおれの部屋に入ってきた。「あすには退院できますよ、ミスター・エイプリル」

思わずおれははっとした。そうとも、おれはダニー・エイプリルなのだ。エディ・ホーマーではない！　おれは心のなかで快哉を叫んだ。警察が探しているエディ・ホーマーなどという男はどこにも存在しない。もちろん最後には、警察も本物のエディ・ホーマーを見つけだすだろう……だが、それはおれではないし……警察の追っている人物でもない。おれは警察の厄介になったことがないから、ホーマーの家で発見された指紋がダニー・エイプリルと結びつけられる心配はなかった。ただし、ひとつだけ忘れてはならないことがある。今後おれは……これから死ぬまで……警察沙汰にはいっさい巻きこまれるわけにはいかない。それどころか、いかなる目的であろうと、ぜったいに指紋をとられてはならない。もしとられたら最後、間違いなく指紋を照合されてしまう。

とにかくおれは、クラッシーの愛を勝ち得るために自分がとった行動が誇らしかった。クラッシーを深く愛していたからこそ、自分はいまこうして命を救われたのだ！　おれはクラッシーをどうしても自分のものにしたいあまり、彼女につゆほどの疑念をいだかせることなく、エディ・ホーマーという名の男をつくりあげた。クラッシーはその男を実在の人間と信じ……罠にはめた。彼女を深く愛しているがゆえに、完璧な偽りの生活を送った男を。

ノミ屋を経営するギャンブラーのエディ・ホーマー。ニューヨークで生まれ、コロンビア大学に通い、豪邸の別棟に住み、バッハを愛好するエディ・ホーマー。クラッシーを愛人にしていたエディ・ホーマー……そんな男は存在しない！　この世界のどこを探しても。クラッシーの頭のなか以外には。

警察はホーマーを捕まえようと躍起になっていた。だが、ホーマーにはいっさい前科がなく、その行方は杳《よう》として知れなかった。

退院してからの一週間は、新しい進展はなにもなかった。おれは毎日オフィスへ行き、グラスゴーとスピンデルに会い、新聞を読んだ。やがて、本物のニュースが飛びこんできた。

エディ・ホーマーが見つかったのだ！

本物のエドワード・A・ホーマーは自宅にブルーのステーションワゴンを乗りつけ……警官たちの腕のなかへまっすぐに飛びこみ、逮捕された。

しかし、それは警察が探していたホーマーではなかった。ミセス・パワーズは彼の顔を見たことがなかった……ほかの証人たちも。ホーマーは烈火のごとく怒り、関係者全員を名誉毀損で訴えると脅した。ホーマーは完璧に無実が証明された。事件当日の……殺人があったまさにその瞬間、フロリダ州のマイアミにいるところを、信頼するにたる二十人もの男女に目撃されていたのだ。ホーマーはミセス・パワーズに会ったことなどないばかりか、その発言からするに、気の毒に思っている気配さえなかった。

その後、こんどは錠前屋の老人の存在が浮かびあがった。老人はホーマーの家の合い鍵をつくったと証言したが、仕事を依頼した人物が本物のエドワード・ホーマーであることは否定した。老人が憶えているのは、べつの男のために合い鍵をつくったということだけだった。事態はさらに混迷の度合いを深めた。

しかし、本物のエドワード・A・ホーマーが無実であることには疑いの余地がなかった。ホーマーは現在の家に住むようになって三年になることがわかり……ノミ屋の運営に関与したことなど一度としてないことが証明された。現在の家でも、それ以外の場所でも。

状況はとてつもなく混沌としていた。捜査陣は完全にお手上げだった。彼らはなんとか事件に筋の通った説明をつけようとし、もしかしたらミセス・パワーズ自身もいささか混乱しているのではないかとの判断を下すにいたった。ただしこの時点で、ミセス・パワーズが真実を語っていることはなかば盲信されており、揺るぎのない事実として認識されていた。こと〝エディ・ホーマー〟に関してはクラッシーが実際に真実を語っていたことにくわえ、彼女には三百万ドルもの財産があり、アメリカでも指折りの弁護士がついていたため、警察はなんの疑念もいだかなかったのだ。

検視陪審は、ハワード・モンロー・パワーズは偽名を使用していた未知の人物により故意に射殺されたとの判定を下した。その他の偽名や本名に関しては不明。検視陪審はまた、イリノイ州クック郡警察に対し、妥当なる捜査により当該人物を発見、逮捕することを要請した。

しかし、警察は犯人を捕まえることができなかった。もちろん、犯人といっても真犯人のことではない。このおれを、という意味だ。一方、ミセス・パワーズは悲嘆に打ち勝つことができず、フランスのリヴィエラへ移住した。

おれの名はダニー・エイプリル。クラレンス・ムーン集金代理店の経営者だ。暮らし向きは上々で、どうしてなかなか悪くない人生を送っている。ただし、夜だけは話がべつだ。

夜になると、おれの目には、ベッドの隣りに横たわる美しい女が見える。女の頭のまわりには、死のように黒い髪が、スカーフのようにふわりと広がっている。女には顔がない。煙のようにかすんでいて、おれがキスをしようとすると、ゆっくりとぼやけていき、最後にはすっかり消えてしまう。代わりにこんどは、甲高いサイレンの音がかすかに響いてくる。ドアが押しやぶられ、警官がそこにいる。おれは逮捕され、署へ連行される。やつらはおれの指紋をとる。それから、大きな警官がこちらを見上げ、面と向かってあざ笑い、「よくきたな、ダニー・エイプリル。おれたちゃおまえのことを待ってたんだ」と言う。彼らはおれの服のポケットから硬貨をすべてかっさらう。そして、硬貨が何枚あるか数え終わると、電力会社に電話をかける。

やつらは言う。「またお願いしたいんだがな。新しい客がきたんだ」やつらがメーター・ボックスに硬貨を投入すると、どこかで発電機が鈍い音をたてて回転しはじめ、明かりがちらつき、独房棟に低いうめき声が響きわたる。そして最後に、警官たちがひどく丁寧に言う。「すまないが、ここへきてすわってくれないかね?」と。

バリンジャー自作を語る

（註／本稿は一九七一年にアメリカで刊行された『煙で描いた肖像画』『消された時間』『歯と爪』の合本『トリプティック』に〈序文〉として寄せられたものである）

わたしはよく人から、ご自分の作品のなかでなにがいちばん好きですか、と訊かれる。これはできれば避けて通りたい質問だ。大勢の女性を愛人に持つ男なら、たぶんこの気持ちをわかってくれるだろう。それぞれべつの理由から、どれもすべて愛しているのである。ここに収められた三作は、それぞれちがう時期に、ちがう状況のもと、ちがう場所で書かれた。こうした要素は、すべて個々の作品に強く反映されている。もう二十年近くも昔の話なので、執筆当時の記憶は完璧に鮮明なわけではない。公平な目で順位をつけることもまた、無理な話なのである。

『煙で描いた肖像画』を書きはじめたのは一九四九年のことだ。これはわたしにとって三番目の長篇だった。わたしはしばらくのあいだ――おそらく一年ほどだったと思う――アイディアを温めつづけていた。当時のわたしが住んでいたのは、シカゴのニア・ノース・サイドにあるアパートメントだった。入居したとき、部屋の壁は濃い紫色に塗られていた。わたしはそれを塗りかえようと心に誓ったものの、結局は果たさずに終わった。そのころのニア・ノース・サイドは第二次世界大戦中の戦時規制から解放され、活気に満ちあふれていた。わたしは開戦の年からそこに居を定め、ラジオ番組のシナリオを書いていた。当時のシカゴは、ラジオの連続メロドラマの中心だったのである。しかし、一九四九年に放送業界の拠点は東海岸と西海岸へ移り、ラジオはあっというまにテレビにとってかわられた。わたしはシカゴを隅から隅まで知りつくしており、すっかりあの街に魅了されていた。わたしにとって、シカゴはいまでもいちばんのお気に入りの都市のひとつだ。

　とにかく、シカゴにはベン・ヘクトとチャールズ・マッカーサーの時代から受け継がれてきた創作の伝統があった（ヘクトとマッカーサーはともに劇作家で、共作による舞台劇〈フロント・ページ〉が有名。この作品は『犯罪都市』『ヒズ・ガール・フライデー』『フロント・ページ』『スイッチング・チャンネル』と、都合四回も映画化されている）。街は作家たちを励ました。ネルスン・オルグレンやウィラード・モトリーをはじめとする数多くの作家がデビューしようとしていたし——なかにはもうデビューしている者もいた。当時のわたしはラジオに何万語も書きまくっており、すでに小説を二作発表していたが、さらにもっと書きたいと思っていた。わたしがアイディアを温めていた小説は、それまでに書いたものとはまったくちがう作品だった。

　時代の気分は希望と幻滅のあいだで揺れていた。アメリカは国民の純粋無垢な善意の力を頼りに、大戦による世界的ともいえる打撃と荒廃から立ち直ったところだった。しかしわたしは、アメリカ国民の持つこの純粋無垢な精神が、いつの日か――おそらくはあっというまに――失われてしまうだろうと感じていた。

『煙で描いた肖像画』の主人公ダニー・エイプリルにもこれとおなじことがいえる――彼はなかば肉体的ともいえる打撃をうけたあとで、自分自身の純粋無垢な精神によって救われるのである。わたしはエイプリルを時代の申し子と考えた。ミシガン通りを見渡しさえすれば、彼の兄弟ともいうべき者たちが大勢歩いているのを見ることができた。いやはや、それどころか、わたし自身もそのうちのひとりだったのである。

しかし、エピローグにおけるダニー・エイプリルがその後どうなっていくかは、すべて未来にかかっている。それを書くことはできなかった。純粋無垢な精神によって救われはしたが、エイプリルは危険と隣り合わせの日々を送っていくだろう。このエピローグはわれわれ全員にとり、現在でも真実だとわたしは信じている。

というような次第で、わたしの頭のなかには『煙で描いた肖像画』の確固としたプロットがあった。しかし、それをどうあつかうべきかとなると、途方に暮れるばかりだった。ストーリーを進めていくのにふたつの話を並行して描いていくというアイディアを思いついたのがいつだったかは憶えていない。しかし、それこそが自分の求めていた唯一の答えに思えた。とはいっても、このテクニックがうまくいくという強い確信があったわけではなく、書き進めていくのは手探りの連続だった。よくベッドにすわっては、スーツケースに載せたポータブルのロイヤルをまえに、ブラインドの隙間から何時間も外を眺めていたものだ。ついでにいっておくと、わたしがすわっていたのはリビングルームの窓のまえではない。リビングルームのほうが明るいのだが、友人たちのせいでそこを使うわけにはいかなかった。わたしのアパートメントは建物の一階の正面にあったため、波止場で肉体労働をしている友人たちがわたしの姿を見かけるとちょっと一杯ひっかけに寄り、そのまま何日もいついてしまうのである。こうしてやってくる者たちのなかには、作家もいれば俳優もいたし、モデルや画家など、それこそありとあらゆる種類の人間がいた。

あのころほど楽しかったことはない。原稿のほうもようやくのことで完成し、出版社に郵送された。

『歯と爪』を執筆していた一九五四年には、ニューヨークへ引っ越し、ブルックリン・ハイツにあるブラウンストーンの建物に住んでいた。勝手気ままだったシカゴ時代とはうって変わり、このころの生活はずっと地味になっていた。ブルックリン・ハイツにはたくさんの作家が住んでおり、なかには知り合いもいたが、その数は少なかった。ほとんどの時間はテレビのシナリオの執筆に費やされた。わたしは俳優や監督や技術スタッフは好きだったものの、テレビ会社の重役は好きではなかった。広告代理店の連中のほとんどは心底嫌いだった。広告代理店の人間にも友人がいないわけではなかったが、そのうちの誰かと血の誓いをたてるつもりはさらさらなかった。

普通、家に帰るのは夜遅くなってからだった。自分の担当している番組が放映されたあとだ。そのころ、ほとんどのテレビ番組は生放送だったのである。わたしは軽く食事をとり、数時間ほど仮眠をとると、深夜の一時か二時に起きだして『歯と爪』の執筆をした。まったく苦痛ではなかった。わたしは深夜の孤独な時間が好きだった。リビングルームのソファーにすわり、大理石のテーブルにおいたタイプライターを叩いた。部屋はとても狭く、すぐ目のまえには薔薇と葡萄の模様が入った古い大理石の暖炉があった。執筆の途中で煮詰まると、タイプの手を休めて薔薇の数をかぞえ、つぎに葡萄の数をかぞえた。何度かぞえてみても、最終的な数がおなじになったことは一度もなかった。

『歯と爪』もまた、時代と非常に密接に結びついている。すくなくとも、自分ではそう思う。社会は変化しつつあった。ミシガン湖の近くに住んでいたころとはまったくちがう時代になっていた。新聞には赤狩りの犠牲者に関する記事があふれていたし、裁判における政府当局のやり口は〝この件でやつを有罪にできなければ、なにかほかの罪をかぶせろ〟だった。また、その当時かなり世間の耳目を集めた殺人事件のひとつは、物的証拠である死体が発見されていないにもかかわらず有罪判決が下された。これらのアイディアが意識と無意識の狭間を漂い、その後ゆっくりと形をなしていき、どうにかこうにか最終的な物語ができあがるにいたった。

わたしには、リュウ・モンタナはわれわれが住む社会の一部のように感じられる。もちろん、わたしの家の隣りに住んでいる輸入会社の社員やダンス・スクールの経営者と較べたら、モンタナはこの社会を代表する〝典型的な人物〟ではないだろう。しかし、モンタナが感じ、信じていることは、わたしの隣人をはじめとする多くの人々の思いを代弁していると思う。

ただしこの作品では、物語をどう書くかに悩むことはなかった。『煙で描いた肖像画』のときとおなじテクニックを使ったからだ。実際、いったん書きはじめると、筆のほうが勝手に進んでいくかのようだった——よくある三週目の〝虚脱期間〟以外は。執筆をはじめて三週間ほどすると、わたしは急になにも書けなくなってしまう。この活動停止期間はほぼ一週間つづく。その七日間、わたしはひたすら自分に言い聞かせつづける。このアイディアはどうしてなかなか悪くないじゃないか、このまま執筆をつづけるんだ、ときに感じられるほど人生は困難ではないんだから、と。その一方では、自分が金持ちに生まれなかったことに深く腹をたてながら。こうして、ようやくのことでわたしは仕事に戻る。

『消された時間』は、『煙で描いた肖像画』や『歯と爪』より書くのがむずかしかった。この作品の執筆を開始したのは一九五六年、ブルックリン・ハイツからマンハッタンへ引っ越してからのことだ。わたしはユニヴァーシティ・プレイスと十番街の角の近くにある古い家の最上階をまるまる占めているアパートメントに住んでいた。そこにはかつて女優のダイアナ・バリモアが住んでいたという噂だったが、わたしは疑わしいと思う。もしほんとうだったとしても、彼女はそのことを決して自慢しなかっただろう。ちなみに、わたしはブルックリン・ハイツからマンハッタンへ引っ越すまえにコネティカットで休暇をとった——場所はほんとうの田舎で、カエルの鳴き声を聞く以外、ほとんどなにもしなかった。そのときは精神的に落ちこんでいたうえに、財布まで落としてしまった。落とした場所はフィラデルフィアではなく、どこかニューミルフォードの近くだったが（『歯と爪』の冒頭で、のちに主人公モンタナの妻となるタリー・ショウは、フィラデルフィアで財布を落とす）。

わたしは東十番街も好きではなかったが、賃貸契約から逃れられなかった。そこで、一番街と二番街にはさまれた四十九番ストリートにある、給湯設備のない安アパートを借りた。建物はすっかり荒れ果てていたものの、ありがたいことにシロアリだけは誰かが撃滅してくれていた。そこで仕事をするのは楽しかった――家賃を二軒ぶん払わなければならないうえに、ホテルを転々としている家族の者が請求書を送りつけてくることに目をつぶれば。

その安アパートは実際のところ社交クラブのようなもので、月に六十ドルの生活保護をうけながらフライドオニオンだけを食べて暮らしている老夫婦をはじめ、ブロードウェイのショーに出演している魅力的なダンサーと彼女のボーイフレンドで（運のいいことに）いつも旅をしている男や、有名画廊のオーナーの感情的な元妻、大出版社の熱血女性編集者、ゲイのコーラスボーイのカップル、大学を出たての若い作家（彼はその後知識人としての名声を確立したが、自分がかつてそこに住んでいたことは口にしたことがない）、ニュージャージーの原子力研究会社で重役におさまっている三十がらみの男、さらには三人の子持ちの若い未亡人などが住んでいた。たまに、娼婦が入居してきては去っていった。おそらく売春宿の経営者が部屋を借りていて、自分の店で働いている娘に使わせていたのだろう。誰も正式な賃貸契約など交わしていなかったから、それで問題が持ちあがることはなかった。家賃は安く、立地は最高で、平和と愛が支配していた。ただし、廊下はとてつもなく臭く、出入りするときには鼻の穴に指をつっこまなければならなかったが。しかしそれも、いったん自分の部屋に入ってエアコンのスイッチを入れれば解消することができた（ちなみにこのエアコンは、わたしが個人的に買ったものだった）。

こんな状況だったので、たぶんわたしは以前よりも人生をシニカルな目で見ていたのだと思う。『消された時間』を書くきっかけになったのは、〝……過去の時間、現在の時間、未来の時間〟とかいうT・S・エリオットの詩の一節だった。これを読んでわたしは物語の構成を思いついた。わたしは主人公のヴィクター・パシフィックをダニー・エイプリルとは正反対のキャラクターに設定することに決めた。そう考えた背景には、当時の新聞や雑誌に発表された国連の委員会報告の影響もある。傲慢を承知でいわせてもらえば、そこで報告されていた国際状況はいまだに改善されていない。

野球選手でのちに監督になったレオ・ドゥローシャーの言い草ではないが、わたしはいい人間が勝者になることはめったにないと考えていた。だったら、悪い男がたった一度だけいい人間になろうとしたらどうなるだろう？　その男は処罰をまぬがれるだろうか？　いいや、そんなはずはない。すくなくとも、わたしにはそうは思えなかった。なら、虎のような自己保存本能を持つヴィクター・パシフィックが、人生でたった一度だけ人間らしい行動をとったらどうなるか？

こうしてわたしは、東四十九番ストリートの粗末な部屋のエアコンをフル回転させ、タイプライターに向かった。実際、この作品を執筆していたときの記憶は、『煙で描いた肖像画』や『歯と爪』を書いていたときの記憶ほど鮮明ではない。わたしは夜も昼も寝ないで、盛大なパーティを開いてばかりいた。そして、とてつもなく不幸だった。私生活は混乱しており、「ここから抜けだしてどこかへ引っ越そう」と漠然と計画していた。念頭にあった行き先はタヒチだ。二年後、わたしはカリフォルニアで妥協した。

話はそれるが、カリフォルニアへ越したあと、わたしはその部屋をミステリ作家のブレット・ハリデイに貸した。ある晩、ハリデイは危うくそこを全焼させてしまいそうになった。実際に燃えたのはソファーと絨毯と原稿だけだったのだが、建物の住人たちは裸で部屋から飛びだし、「火事だ」と叫んでまわったらしい――まあ、たしかに火事だといっても間違いではなかった。実際、火の手は上がったのだから。その後もハリデイは、その燃え跡でなに不自由なく暮らしつづけた――建物を解体するために大家がほかの住人をすべて立ち退かせてしまい、いよいよ自分も引っ越さざるをえなくなるまで。わたしはニューヨークの自分のエージェントに頼み、部屋の家具を売り払ってもらった。わたしの手元には、炭になるのをまぬがれた家具を売ってできた十六ドルとエアコンが残った。ただしエアコンのほうは、最上階に住む小柄なダンサーが「自分がもらう約束になっていた」と言い張り、持っていってしまった。わたしはそんな約束をした覚えなどなかったのだが。

というような次第で、ブレット・ハリデイは何年もわたしに恩義を感じてきた……はずである。そこで編集者は、この大冊への序文を彼に依頼するのをいささかもためらわなかった。しかし、もしハリデイがいまやわたしたちが完全に五分になったと考えているとすれば、それは彼の思いちがいである。

『消された時間』はわたしがカットバックの手法を使った三作目の小説である。この作品が完成すると、わたしはギリシアへ向かった。

しかし、それはまた別の話だ。

カリフォルニア州ノース・ハリウッドにて

一九七〇年十月十五日

B・S・B

バリンジャーの三大名作

（註／本稿は『死の配当』『死体が転がりこんできた』などで知られるミステリ作家ブレット・ハリデイが、前出の『トリプティック』に〈緒言〉として寄稿したものである）

本書に収められた三つの長篇は、発表後二十年から十五年しかたっていないにもかかわらず、すでにサスペンス小説の古典としての地位を確立している。『歯と爪』は二十世紀のアメリカで書かれた最高のサスペンス小説のひとつだと考えているファンや評論家もすくなくない。これは、ビル・S・バリンジャーがストーリーテラーとしての卓越した才能を持っていることの証しといっていいだろう。

不幸なことに、この三作はここ数年ほど絶版になっていた。新しい世代の読者たちはこれらの作品を読む機会と喜びを奪われていたのである。このたび本書『トリプティック』がシャーボーン・プレス社より上梓される運びになったことは、まさに欣快《きんかい》の至りとしかいいようがない。ちなみに〝トリプティック〟とは、三枚の板に描かれた聖画像を蝶番で留めた祭壇画のことである。ここに収められた三つの小説は、五〇年代を背景にしているという共通点で結ばれたトリプティックと考えることができる。また、これら三作は、ふたつの物語が交互に描かれていくという独自のテクニックが使われている点でも共通している。そしてさらに、もうひとつ共通点がある。それはこれらの作品が、わたしたちのようなある一定以上の年齢の者に、自分が〝あの時代の一部だった〟ことを思いださせてくれる点だ。

ここに収められた作品はどれも、〝サスペンス小説〟であるまえに、まず小説である。それぞれの作品で、バリンジャーはふたつの物語を並行して描くという技巧を用いた。ふたつの物語はときとしてなんの接点も示されないままに進んでいき、やがて驚愕すべきクライマックスで交錯する。このクライマックスで待ちうけているのは、ほぼ一様に破滅の瞬間だ。これらの作品が最初に刊行されたときに批評家が贈った賛辞の数々を、わたしはいまでもはっきりと憶えている。三作とも出版と同時にさまざまな言語に翻訳され――たしか十一カ国語だったはずだ――二十八カ国に版権が売れた。

いまは亡きミステリ評論家のアンソニー・バウチャーは、これらの作品を傑作中の傑作だと考えていた。バウチャーが亡くなる一年ほどまえ、わたしとバリンジャーはサンフランシスコで彼と会い、ディナーをともにしたことがある。バウチャーはこれらの作品を読んだときの喜びをきのうのことのように憶えていた。

このなかから自分のいちばん好きな作品を一作だけ選ぶのは非常にむずかしい。どの作品も章が進むにつれてサスペンスがほとんど耐えがたいまでに高まっていき、ショッキングかつ意想外な、それでいて完全に納得のいく結末へとなだれこんでいく。

それでもあえて選ぶなら、三作のなかでいちばん最初に書かれた『煙で描いた肖像画』だろうか。二十年たった現在にいたるまで、わたしは最初に読んだときのスリルを一度として忘れたことがない。章を追うごとに高まっていく興奮。そして思いもかけない結末。二十年前、この作品が最初に登場したときの時代状況を考えてみてほしい。当時の小説ときたら、登場人物もプロットも古めかしくてカビ臭いものばかりだった。この斬新かつ新鮮な作品は、そこに爽《さわ》やかな空気を送りこんだのである。この物語を読んだ者は誰もが、ダニー・エイプリルとクラッシーの二人を決して忘れることがないだろう。

『煙で描いた肖像画』の五年後に発表された『歯と爪』は、サスペンス小説のプロットづくりにおけるすぐれた見本のような作品であり、現代の作家にもぜひ推薦しておきたい。これに比肩する作品として思い浮かぶものといったら、アガサ・クリスティの『アクロイド殺害事件』があるくらいのものだ。サプライズ・エンディングはまさに申し分がないし、二人の主人公のキャラクターもしっかりと書きこまれている。しかも、最後の最後までサスペンスが途切れることがない。

『消された時間』は『歯と爪』の二年後の一九五七年に刊行された。このオムニバスに収録されたほかの二作品同様、ふたつの章が交互に語られるテクニックが使われている――これは緊張感を維持するのが非常にむずかしいテクニックで、一部のバリンジャー作品のトレードマークともなっている。『消された時間』については、これ以上なにも言うつもりはない。著者が入念に仕掛けたトリックを明かしてしまう恐れがあるからだ。しかし、この作品がビル・S・バリンジャーの面白くてやめられないサスペンス小説の好例であることは保証しておこう。

これら三作品では、ダニー・エイプリルやクラッシー、リュウ・モンタナ、タリー、ヴィック・パシフィック、ビアンカなどといったキャラクターがいきいきと描かれる——彼らはわたしたちのように働き、愛し、欲望に駆られ、憎み、さらには破壊的な行動にさえ走る。ある意味で、彼らはどこにでもいるごく普通の男女なのだ。彼らは等身大で、まさに生きている。これらの作品が世界中のあらゆる国（日本やポルトガルから、フィンランド、ギリシアまで）のさまざまな年齢の読者にアピールするのも、それが理由だろう。

多くの新しいファンをビル・S・バリンジャーにもたらすであろうこのオムニバスを紹介できることは、わたしにとって無上の喜びであり、大変な名誉だ——そして最後に、一言だけいわせていただきたい。

「このうちの一作でもいい。書いたのがこの自分だったらよかったのに」

ブレット・ハリデイ

ビル・S・バリンジャー著作リスト

●ミステリ長篇（☆はフレデリック・フレイア、★はB・X・サンボーン名義の作品）

The Body in the Bed (1948)

The Body Beautiful (1949)

Portrait in Smoke (1950)［別題　*The Deadlier Sex*］本書

The Darkening Door (1952)

Rafferty (1953)［別題　*The Beautiful Trap*］『美しき罠』（尾之上浩司訳／ハヤカワ・ミステリ刊）

The Black, Black Hearse (1955)［別題　*The Case of the Black, Black Hearse*］☆

The Tooth and the Nail (1955)『歯と爪』（大久保康雄訳／創元推理文庫刊）

The Longest Second (1957)『消された時間』（仁賀克雄訳／ハヤカワ・ミステリ文庫刊）

The Wife of the Red-Haired Man (1957)『赤毛の男の妻』（大久保康雄訳／創元推理文庫刊）

Beacon in the Night (1958)

Formula for Murder (1958)

The Doom-Maker (1959)［別題　*The Blonde on Borrowed Time*］★

The Fourth of Forever (1963)
The Chinese Mask (1965)
Not I, Said the Vixen (1965)
The Spy in Bangkok (1965)
The Spy in the Jungle (1965)
The Heir Hunters (1966)
The Spy at Angkor Wat (1966)
The Spy in the Java Sea (1966)
The Source of Fear (1968)
The 49 Days of Death (1969)
Heist Me Higher (1969)
The Lopsided Man (1969)『歪められた男』(矢田智佳子訳/論創社刊)
The Corsican (1974)
The Law (1975) 同名テレビムービー(一九七四制作　監督/ジョン・バダム　脚本/ジョエル・オリアンスキー　主演/ジャッド・ハーシュ)のノベライズ

●その他の作品

The Ultimate Warrior (1975)　映画『SF最後の巨人』（監督／ロバート・クローズ　主演／ユル・ブリンナー、マックス・フォン・シドー）のノベライズ

Lost City of Stone (1978)　ノンフィクション

The California Story: Credit Union's First Fifty Years (1979)　ノンフィクション

●映画シナリオ

The Strangler (1964)　日本未公開　監督／バート・トッパー　主演／ヴィクター・ブオノ、デイヴィッド・マクリーン、エレン・コービー

Operation C.I.A. (1966)『虐殺部隊』　監督／クリスチャン・ナイビー　共同脚本／ピーター・J・オッペンハイマー　主演／バート・レイノルズ、キュウ・チン

●映画化作品

Wicked as They Come (1956)　日本未公開　原作／『煙で描いた肖像画』　監督／ケン・ヒューズ　主演／アーリーン・ダール、フィル・ケアリー、ハーバート・マーシャル

Pushover (1954)『殺人者はバッジをつけていた』原作／Rafferty 及びトマス・ウォルシュ『深夜の張り込み』　監督／リチャード・クワイン　主演／フレッド・マクマレイ、キム・ノヴアク

석조저택 살인사건（2017）『復讐のトリック』原作／『歯と爪』監督／キム・フィ、チョン・シク　主演／コ・ス

訳者あとがき

本書は〝サスペンスの魔術師〟の異名をとるビル・S・バリンジャーが一九五〇年に発表した *Portrait in Smoke* の全訳である。訳者としては、これにつけくわえることはほとんどなにもない。バリンジャーの作品については、創元推理文庫既刊の『赤毛の男の妻』と『歯と爪』に、それぞれ植草甚一、戸川安宣両氏のすぐれた解説があるし、本書『煙で描いた肖像画』に関しては、巻末に評論家の小森収氏がこれまたすぐれた解説を寄せてくださっているからだ。

もちろん、訳者として本書がいかに傑作であるかを熱く語りたい誘惑に駆られないわけではない。しかし、いたずらに読者の期待を煽るのは百害あって一利なしだろう。ミステリ小説にとって過大な期待は最大の敵である。読者の方々には、なんら予備知識なく本文を読んでいただきたいと思う。

ただ、現代的な視点から本書を読む場合のことを考え、以下の二点だけは補足しておきたい。

ひとつは、本書がダニー・エイプリルという純粋な心を持つ青年の物語だという点だ。現代人の目からすると、いささか常軌を逸した彼の〝純愛〟には、ある種ストーカーめいたものが感じられる。これはマーティン・スコセッシ監督の映画『タクシードライバー』をいま見直したときにうける印象に近いといっていい。実際のところ、こうした視点から読むと本書の面白さはさらに加速したりもするのだが、本書が執筆された時点で〝ストーカー〟という概念はまだ一般的ではなかった。〈バリンジャー自作を語る〉にもあるとおり、著者の意図はあくまでダニーのピュアネスを描くことにあった点は念頭においておくべきだろう。

二点目は、本書のもうひとりの主人公クラッシーについてである。小森氏の解説を読めばおわかりのとおり、クラッシーは当時のアメリカ社会にはびこっていた差別と偏見の被害者であり、単純に〝悪女〟と割り切れる存在ではない。彼女が膝をかかえてひとり湖を見つめる姿に、訳者はF・スコット・フィッツジェラルド『グレート・ギャツビー』の、海辺で遠い緑色の光を見つめていたギャツビーの姿を重ねてしまうのだが、それもあながち間違いではないと思う。

本書の翻訳にあたっては、ニュー・アメリカン・ライブラリー社から刊行されたシグネット・ブック版ペイパーバックの第八刷を底本に使用し、一九七一年にシャーボーン・プレスより刊行された『煙で描いた肖像画』『消された時間』『歯と爪』の合本 *Triptych* を適宜参照した。簡単な誤植の訂正以外、両者のテキストにほとんど異同はないが、*Triptych* ではクラッシーの登場する章の活字がすべてイタリック体となっており、その代わり章番号のあとの〈ダニー〉〈クラッシー〉〈ダニーとクラッシー〉などの表題は削除されている。なお、本書一七七頁で登場人物のオバニオンが引用するのは、エドガー・アラン・ポオの詩「ヘレンに」の一節である。訳文には創元推理文庫刊『ポオ　詩と詩論』所収の福永武彦訳を使わせていただいた。ここに記して感謝したい。

三年前にサラリーマン生活に終止符を打って翻訳の仕事をはじめたとき、わたしには自分で訳したい小説が漠然と十作ほどあった。しかし、一介の翻訳家が企画を持ちこんだところで、出版社からOKをもらうのはそうそう簡単ではない。その点、本書『煙で描いた肖像画』に関しては幸運だった。企画書をまとめて持ちこんだところ、東京創元社でも十年以上まえから本書の刊行を検討していたというのである。中学のころから好きだったバリンジャーの作品をこうして翻訳できて、いまは長年の夢がひとつかなった思いである。東京創元社編集部の方々をはじめ、原書を入手してくださった翻訳家の浜野アキオ氏、玉木亨氏など、お世話になった方に深くお礼を申し上げたい。みなさん、どうもありがとうございました。

二〇〇二年六月六日

解説

小森 収

「わたしは自由で、白人で、二十一歳で（中略）わたしはなにもほしがったりなんかしてないでしょ？……第一、あなたからはなにも期待していないわ……あなただけじゃない、ほかの誰からもね！」

これは、第四章で、ヒロインのクラッシーが愛人に向かって言う台詞です。『煙で描いた肖像画』は、彼女のこの台詞が、嘘であり建前であることを描ききったミステリです。彼女は、さまざまな意味でほしがり期待しました。年齢も、ときとしてごまかしました。では、どれほど彼女は自由だったでしょうか。どれほど白人だったのでしょうか。

ビル・S・バリンジャーは、『煙で描いた肖像画』以外に、三作の長編小説がこれまでに翻訳されています。おもに一九五〇年代に活躍したアメリカの作家で、邦訳のある三編も、五〇年代に書かれ、あまり時を置かずに紹介されたものです。バリンジャーの全体像については、のちに触れますが、トリッキイな構成法が注目されるこの作家には、他方で、都市に出てきた人間の孤独に対する独特の嗅覚があります。

ある幸運から小さな集金代理店を買収した青年ダニーが、店のファイルに発見した美女の新聞記事を手がかりに、十年前に十七歳だった彼女を探し始めます。彼は貧乏な鉄道の機関助手だった祖父と喧嘩して、シカゴに家出してきた貧しい青年でした。記事の女性に、彼は、自分がシカゴに着いたばかりのころミシガン湖のビーチで目撃した娘を、重ね合わせます。青年は、のめりこむように記事の女性の足取りを追いますが、彼女は次々と名前を変え、居場所を変えています。ダニーの調べがある程度進んだところで、章が変わると、その女性クラッシーが、実は、そのころどうやって生きていたのかが、描かれます。以後、ダニーの調べとクラッシーの物語が交互に描かれ、最後にそのふたつの話がひとつになるという、この作家独特の展開で物語は奏でられます。

「ループ地区に林立する巨大な美しいビルの上層階を、煤煙と霧が覆っていた……しかし、煤煙も霧も、本物のシカゴには触れていない」

これは冒頭に出てくるダニーの一人称の文章です。本当のシカゴを描いてやろうという意気を感じさせるではありませんか。実際、通りの名前や建物の名前などが頻出し、それが描写に一役かっています。そもそも、右の文章に出てくるループ地区というのは、シカゴの中央部分を指し、高架鉄道がループになって囲んでいたことからついた名前です。クラッシーが、そこからの脱出に全力をつくすストックヤードは、通常は家畜置場を指し、事実、シカゴは一大畜産都市でもありました。同時に、作家アプトン・シンクレアが『ジャングル』で告発したように、食肉工場では、移民の労働者が過酷な労働環境にさらされていました。

クラッシーは北へ北へと動きます。美人コンテスト賞品のクーポン券でタクシーに乗り、シカゴの中心ループ地区を通りすぎて、北東の湖岸近くゴールドコースト（「これがシカゴの表向きの顔」と説明されています）へやって来ます。彼女はミシガン通りに面した広告代理店に勤めを得ます。何気なくビルの二十九階から三十一階をオフィスが占めると書いてありますが、シカゴは十九世紀末から高層建築で知られた街でもあります。彼女の家はデラウェア通り。ループ地区の北東、ミシガン通りを少し西に入ったあたりで、数年後には、魅惑の一マイル《マグニフィセント・マイル》と呼ばれるようになる目抜き通りの、すぐ隣りになります。彼女は副社長のコリンズと関係を持つことで、シカゴを出て、西郊十数キロのオーク・パークに住まいを得ます。さらに、シカゴの北エヴァンストンで、東部出身プリンストン大学出のウォーターベリー大尉（ケープコッドでセイリングをする）と暮らします。ちなみに、コリンズが妻と住むウィネトカは、エヴァンストンのさらに北です。

クラッシーは移住とともに名前も変えます。「クラッシー・アルマーニスキーという名前が好ましくないのはよくわかっていた。もっと響きがよくて……洗練された名前でないとだめだ」と思ったのです。彼女はキャサリン・アンドリュースと名乗り、以下、カレン・アリスン、キャンディス・オースティン、結婚してキャンディス・ウォーターベリーと、名前を変えていきます。彼女の父親はポーランド移民（の子孫）のようですが、アルマーニスキーという東欧的な苗字を嫌ったのでしょう。越智道雄は著書の『ワスプ（WASP）』の中で、ハリウッドが非ワスプ（ユダヤ系、イタリア系その他）の映画スターを、ワスプ的な名前にすることで、スクリーン上でワスプを演じやすくし、そうして作られた映画が、ワスプの価値観をアメリカの価値基準にするのに一役かうという構造を指摘しています。クラッシーがやったのも、その模倣といっていいかもしれません。ショウビジネスに関わっているエイブは、彼女の名前を聞いて「そんな名前じゃ変えるよりほかに手はない」と言い放ちます。ただし、クラッシーが望んだことは、ひとりで生きていく術を身につけることではなくて、望ましい男と出会うことでした。その男性像は「いい仕事についていて、金持ちで、洗練された紳士であるという以外は、かなり漠然としていた」のですが。

クラッシーもダニーも、都市のただなかに、ひとり放り出された人間でした。飛び出してきたと言ってもいいかもしれませんが、なんらかのアドヴァンテージどころか、成算すらなかったのですから、本人の気持ちはともかく、放り出されたようなものでしょう。都市で孤立無援の人間というのは、実は、バリンジャーにはおなじみの主人公なのです。

一九五五年の『歯と爪』は、死体の存在しない異様な殺人事件の裁判と、あるマジシャンがニューヨークで偶然恋に落ち、その恋が破局を迎えるまでの、ふたつのエピソードが交互に語られましたが、カーニヴァルに飛び込むことで故郷を捨てた主人公と、フィラデルフィアから逃げるようにやってきた彼の恋人は、ともに孤独でした。一九五六年の『赤毛の男の妻』は、カナダの刑務所から脱走した赤毛の男が、かつての妻のもとにやってきて、彼を死んだと思い込んで再婚した彼女の現在の夫を撃ち殺し、ふたりで逃亡する話と、彼らを追うニューヨークの刑事を描くエピソードが交互に語られましたが、脱獄囚である赤毛の男はもちろん、彼を選ぶことで彼の妻も、この世に頼る人間がいなくなり、そして、誰よりも彼らの孤立感を知っていたのは、ふたりを追う刑事でした。一九五七年の『消された時間』は、深夜のニューヨークで全裸で喉を斬られていた瀕死の男が、失われた自分の記憶を取り戻そうとする話と、同じく深夜のニューヨークで全裸で喉を斬られて殺された同じ男の事件を捜査する話とが、交互に語られましたが、もちろん、この記憶喪失の男は孤立無援でした。

B・S・バリンジャーは放送作家としての経歴が長い人で、そういえば、クラッシーがシーザーに身体をまかせる場面の描写など、映像の影響を感じます。『煙で描いた肖像画』は一九五〇年の長編第三作めで、カットバックの手法をバリンジャーが使い始めた作品として、これまで名のみ知られていました。それ以前のふたつの長編はバー・ブリードという私立探偵を主人公にしたミステリですが、第二作めの The Body Beautiful は、シカゴのショウビジネス界を舞台に、バー・ブリードが事件に巻き込まれる形といい、ラストの謎解きのしつこさといい、タフ・ガイ・ノヴェルとは、ちょっと違います。この作品でも、被害者の女性は孤独でした。ただし、『煙で描いた肖像画』の構成法を以後バリンジャーが多用し、そうすることで、すでに翻訳のある傑作群をものしたことは事実です。この手法は、当時は斬新だったでしょうし、『歯と爪』や『消された時間』は、本の後半部分を帯で封じて、そこまで読んで興味を失った人には代金を返すという商業的な仕掛けもなされました。

もっとも、ケレン味たっぷりで見ための派手な構成法は、そこだけを取り出せば、時代の変遷で、その衝撃は全くなくなってしまったと言えるでしょう。しかし、そうした手法で描き出された、アメリカの都市社会で生きることの孤独と淋しさは、半世紀を経た現在も人の心をうちます。それは『歯と爪』のラスト近く、夜汽車の汽笛と、独房での「誰だ」という呟きに込められたものであり、この結末のためには、あの構成が必要でした。『赤毛の男の妻』では、主人公三人の互いの立場と性格が追跡劇と不可分でした。そのうちのひとつは巧妙に隠されているので、ここで具体的には触れませんが、この小説の面白さは、最後の意外性が読者に明かされた、はるか後に分かるのです。私は、バリンジャーでひとつと言われれば、この渋い秀作をとるでしょう。

シカゴという「最も典型的なアメリカ的都市」（ジョン・ガンサー。ただし平凡社『アメリカを知る事典』からの孫引きです）を具体的な背景として、地理的にも社会的にも動き続けた女と、それを追いかける男の物語を、バリンジャーは独自の構成で小説に仕組みました。その結果、技巧的な描き方とそれが奏効するモチーフを得たというふたつの意味で、この『煙で描いた肖像画』において、バリンジャーは作家としてのスタートラインに立つことになったのです。

検印
廃止

訳者紹介 1962年生まれ。慶應大学文学部卒。英米文学翻訳家。主な訳書、フラナガン「A&R」、ウィリアムズ「絶海の訪問者」など。

煙で描いた肖像画

2002年7月12日　初版
2024年9月13日　3版

著　者　ビル・S・バリンジャー

訳　者　矢《や》口《ぐち》　誠《まこと》

発行所　（株）東京創元社
代表者　渋谷健太郎

162-0814/東京都新宿区新小川町1-5
電　話　03・3268・8231-営業部
03・3268・8204-編集部
URL　http://www.tsogen.co.jp
DTP　工友会印刷
暁印刷・本間製本

乱丁・落丁本は、ご面倒ですが小社までご送付ください。送料小社負担にてお取替えいたします。

ISBN978-4-488-16303-7　C0197

創元推理文庫

コンティネンタル・オプ初登場

RED HARVEST◆Dashiell Hammett

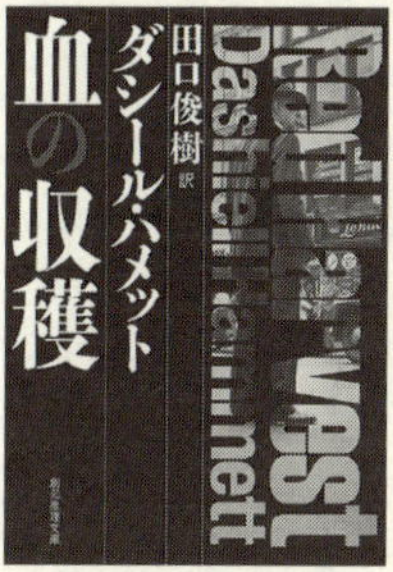

血の収穫

ダシール・ハメット 田口俊樹 訳

◆

コンティネンタル探偵社調査員の私が、ある市《まち》の新聞社社長の依頼を受け現地に飛ぶと、当の社長は殺害されてしまう。ポイズンヴィルとよばれる市の浄化を望んだ社長の死に有力者である父親は怒り狂う。彼が労働争議対策にギャングを雇った結果、悪がはびこったのだが、今度は彼が私に悪の一掃を依頼する。ハードボイルドの始祖ハメットの長編第一作、新訳決定版。(解説・吉野仁)

2024年復刊フェア

◆ミステリ◆

『レディに捧げる殺人物語』(新カバー)
フランシス・アイルズ／鮎川信夫訳

殺人者と結婚した女性の心理を克明に描く、アイルズ畢生の大作。

『この町の誰かが』(新カバー)
ヒラリー・ウォー／法村里絵訳

警察小説の巨匠がインタビュー形式で描くアメリカの悲劇。

『フレンチ警部の多忙な休暇』(新カバー)
F・W・クロフツ／中村能三訳

賭博室つき豪華客船に絡む殺人。フレンチ、アリバイ破りに挑む！

『死体をどうぞ』(新カバー)
ドロシー・L・セイヤーズ／浅羽莢子訳

砂浜の死体が巻き起こす怪事件にかのピーター卿も途方に暮れる⁉

『煙で描いた肖像画』(新カバー)
ビル・S・バリンジャー／矢口誠訳

『歯と爪』『赤毛の男の妻』と並ぶ、サスペンスの魔術師の代表作。

『検死審問－インクエスト－』
パーシヴァル・ワイルド／越前敏弥訳

乱歩やチャンドラーも認めた幻の傑作にして洒脱な謎解きミステリ。

◆怪奇幻想◆

『淑やかな悪夢　英米女流怪談集』
シンシア・アスキス他／倉阪鬼一郎・南條竹則・西崎憲 編訳

英米の淑女たちが練達の手で織りなす、妖美と戦慄の恐怖譚12篇。

◆SF◆

『時間泥棒』
ジェイムズ・P・ホーガン／小隅黎訳

街角ごとに時間の進み方が違う？　巨匠が贈る時間SFの新機軸！